新潮文庫

海　　峡

［海峡 幼年篇］

伊集院 静著

目次

海峡

［海峡 幼年篇］

海流はそびえる大きな樹《き》に似ている。

樹木が大地の力を太い幹からいくつもの枝に伝え、鳥や虫たちに恩恵を与える果実や葉をつくるように、海流は多くの支流にわかれ、やがてたどり着いた海辺の土地に豊かな恵みをもたらす。

はるか南の海原《うなばら》で生まれた黒潮は東シナ海を北上し、南西諸島の沖合いで日本海流と対馬《つしま》海流のふた手にわかれる。真北にむかった対馬海流は朝鮮半島の南端でふたたびわかれ、さらに朝鮮海流をはじめとする支流をつぎつぎに生む。わかれるたびに海流は速度を増し、いくつもの海峡を通過していく。

対馬海流は玄界灘《げんかいなだ》と響灘《ひびき》でさらにふくらんで、本州と九州の狭い海の関へ押し寄せる。そこが紀伊水道まで五百キロにおよぶ瀬戸内海の門、関門海峡である。海峡の潮流は、抗《あら》がう者を無口にし、潮に乗る者を勢いづける。やがて潮勢がゆるやかにかわると、数千キロの旅を続けてきた海流は初めて内海のやさしさに抱かれる。周防灘《すおう》である。

周防灘の北岸に、ふたつの岬《みさき》にかこまれたちいさな港町があった。海からその町を訪れる者は、堤防のむこうに白煙を吹きあげる煙突群を見上げて、敗戦から十年足らずで復興したこの町の勢いに感心する。しかし船が少しずつ港の奥へ入ると、河口にへばりつくようにトタン屋根の家々が建ち並ぶ異様な光景を目《ま》のあたりにして、口ごもる。やがて前方に、古い二本の橋でつながれた中洲《なかす》があらわれる。河の流れと潮の流れがぶつかるあたりに、かたむきかけた桟橋があり、船が錨《いかり》を下ろすと、

「遊んでゆきいよ」

と遊廓《ゆうかく》の女が声をかける。

新開地と呼ばれる中洲の遊女たちである。

三十軒ばかりの遊廓の通りを抜けて、曙橋《あけぼのばし》と欄干に刻まれた橋の上に海を背にして立つと、右手は発破の音が響く山肌も露《あら》わな採石場、左手は古町《ふるまち》、新町の通り、その通りの山の手の高台に屋敷町の高い塀をめぐらせた家々が見える。立派な瓦《かわら》屋根のむこうには青い中国山脈が続いている。

あらためて周囲を見渡すと、潮の香りはさまざまな人間の匂《にお》いに変わっていて、そ

こが流れ着いた人たちの溜《たま》り場のような界隈《かいわい》であることに気付く。

第一章　二番子

リンさんが、新湊《しんみなと》劇場の二階桟敷《さじき》から墜《お》ちて死んだのは、八月も終ろうとする静かな宵《よい》のことだった。

盆の祭りごとが終り、帰省していた人たちが去り、陸《おか》に揚っていた船乗りたちも海原《うなばら》へ帰って、瀬戸内海沿いのちいさな港町はおだやかな日々を送っていた。

平日の夕暮れ、しかも劇場《こや》にかかっていた映画が洋画《ようもの》であったこともあって、二階席にはほとんど客はおらず、一階席もまばらな人の入りだった。

何かが墜ちてきたというより、誰かがつまずいて転んだような音だったと、その夜、映画を観《み》ていた人が後になって話していた。

下手《しもて》の通路の暗がりに、頭を椅子《いす》の下に突っ込むような恰好《かっこう》をして、うつぶせに倒れていたリンさんを見つけたのは、この新町界隈《しんまちかいわい》でも映画好きで知られた炭屋の婆《ばあ》さんだった。

「最初見た時は、酔ってるのかと思ってね……」

婆さんは二本立ての最終上映の西部劇に遅れて入って来て、急ぎ足で通路を歩いている時に、黒い人影を見つけた。

「なんだか気になったんでな、大丈夫って、声をかけたのよ。けど返事をしないもんだから、肩をゆすぶったわけ、そうしたら襟元《えりもと》が濡《ぬ》れていて、嫌だよこの人吐いちまったんだと、濡れた手を見ると真っ黒じゃない。それで目を凝らしたら血じゃないか……」

——高木さん、高木さん。

玄関の方で騒々しい男の声がした。

高木絹子は夕餉《ゆうげ》のかたづけをしていた手を止めて、水に濡れた両手を割烹着《かっぽうぎ》のはじで叩《たた》きながら、庭づたいに通用口へ走った。

通用口から顔をのぞけると、門燈のうす灯《あか》りの下で、ランニング・シャツに半ズボン、下駄履《げたば》きの若い男が木戸を叩きながら大声を出していた。

見たことがある男だと、目を細めると、広告主になっている新湊劇場の若い衆で、月の初めに映画の招待切符を届けに来る男だった。

「何か……」

絹子が声をかけると、

「あっ、女将《おかみ》さん、大変だ。おたくの人だと思うんですが、今しがたうちの二階の桟敷から墜っこちて……」

早口にしゃべる男に、

「うちの家の誰が、何ですって」

絹子は聞きなおした。

「二階の桟敷から墜ちたらしいんです」

「墜ちた？　それで容態はどうなの」

「それがいけないようなんです。今医者を呼んでまして」

「いけないって、どういうこと。たしかにうちの誰かなの」

劇場のある新町から高木の家のある古町《ふるまち》まで走って来た男は、絹子の強い口調に、汗だらけの顔にどんぐりの実のようについた目をしばたたかせながら、

「俺にはその人の名前はわからないけど、炭屋の婆さんが古町の〝高木の人〟だと言うもんだから……」

とこころもとなげに言った。

「小夜《さよ》、小夜！」

絹子は通用口から家の中にむかって、手伝いの名前を大声で呼んだ。

はーい、と長い返事がして、つっかけの音をさせながら男のように日焼けした元気そうな若い女があらわれた。

「何ですか、女将さん」

彼女は手にハンガーを持ったまま鷹揚《おうよう》な声でこたえた。

「うちの誰かが新湊劇場で怪我《けが》をしたらしいの」

「えっ」

「私はすぐに行って様子を見てくるから、駅前の店に電話して源造さんに知らせてちょうだい」

「は、はい」

小夜は絹子の様子にあわてて返事をし、

「誰なんですか？」

と訊《き》き返した。

「誰だかわからないから……」

絹子は怒ったように言った。

「身体《からだ》の大きな人だよ」

男が口をはさむと、

「えっ、旦那《だんな》さんなんですか？」

小夜がすっとんきょうな声を出した。

「いや、高木のおやじさんとは違う。もっとこう……」

男は両手をひろげて山のような形をつくりながら口ごもった。

その瞬間、絹子の背中に冷たいものが走った。言いたいことが喉《のど》の奥で止まって、逆にその気持ちが刺すような目になって男を睨《にら》み返していた。

「人まちがいかも知れないし……」

男はたじろぎながら言った。絹子はうなずくと彼の手を取って、劇場のある新町の方へ駆け出した。そしてすぐに立ち止まると、見送っていた小夜に叫んだ。

「小夜、源造さんに、お父さんを探してこのことを連絡するように言ってちょうだい」

ちょうどその時、英雄《ひでお》は母屋《おもや》の居間にある大簞笥《おおだんす》の抽《ひ》き出《だ》しの中をのぞいていた。

一番上の抽き出しは、それでなくともチビと笑われている九歳の英雄の背丈では手が届かなかったから、父の斉次郎《さいじろう》が昼寝に使う竹枕《たけまくら》を縦にして、そこに器用に身体を乗せ、中に頭を突っこんでいた。

右の手は大事そうに何かを握っている。その手のひらがこそばゆいのは、夕刻、大柳の木の下でつかまえた、こおろぎの子が入っているからだ。

英雄はこのこおろぎの棲《す》み家《か》になる小箱を探していた。彼の持っている虫籠《むしかご》では、格子《こうし》の幅が大き過ぎて、ちいさなこおろぎの子は簡単に逃げてしまう。

その抽き出しには、家のいろんな遊び道具がしまってある。

——将棋の駒《こま》の入っている紙箱もよさそうだな……、あれなら千枚通しで空ければ空気穴もこしらえられる。でも中身をどこかにしまわなくちゃいけない……。花札の箱はどうだろう。少し固いな、それにやっぱり中身を移さなくちゃ……。

次にセルロイドの煙草《たばこ》入れを見て、英雄はうまいことを思いついた。

——そうだ。石鹸《せっけん》箱ならちょうどいい。底に穴も空いているし。

彼は自分の思いつきに喜んだ。身体を支えていた左手で抽き出しを押しこみ、その反動を使って竹枕から飛び降りると、風呂場《ふろば》の方へ走り出し、居間の障子戸を勢い良く開けて、廊下に出た。

何かにバーン、とぶつかって、目の玉から火花が散った。

壁際《かべぎわ》に一回転して、痛え、と目を開くと、ぶつかってきた相手の小夜は、ゴメンナサイ、と言ったまま居間に飛び込んだ。

「あっ、こおろぎが」

英雄はあわてて廊下の床を探した。いない。尻《しり》で圧《お》しつぶしたのかと中腰になってあたりを見回した。逃げられた、と中庭の濡縁に続く方角を床に鼻をつけるように探したが見つからない。

――畜生、小夜の奴《やつ》……。

英雄は歯ぎしりして小夜が入って行った居間に顔をのぞかせた。

「古町ですけど、源造さんを呼んで下さい。急いでるんです。お願いします」

小夜は電話をかけていた。

「源造さんですか。小夜です。今さっき、うちの誰かが新湊劇場の二階から墜ちて怪我をしたらしいんです。女将さんがすぐに行きました。詳しいことはわかりません。旦那さんにも連絡して下さいとのことです。……いいえ、旦那さんは朝からこっちの家にはいらっしゃいません。はい、だから誰だかわからないそうで、それで女将さんが……、はい」

興奮しているのか、小夜の声は段々と大きくなっている。彼女は受話器を置くと、深いため息をついた。

「何かあったのか、小夜」

英雄が電話機をぼんやり見つめている小夜に声をかけた。彼女は口を半開きにしたまま英雄の方をむくと、

「はい、そうです」

大人に返答するような口調でこたえた。

リンさんは、駅前のキャバレーから新湊劇場に駆けつけた数人の若い衆の手で、三輪車の荷台に乗せられて帰って来た。

高木の家は、その敷地の中に高木斉次郎の家族が住む母屋と、それに続く庭をへだてて、海のある東側に斉次郎の店に勤める人たちの棟が並んでいた。母屋と東の棟の間に、〝お化け柳〟と近所の子供たちが呼ぶ、大きな柳の木が一本あった。その「東《ひがし》」と家の皆が呼ぶ棟の海側の門から三輪車はぷつぷつとエンジン音をさせながら入って来た。

いつもは寄り合いや宴会に使う広間の棟の灯りが赤々と点《とも》って、集まった人影を照らし出している。

英雄はその光景を大柳の木の蔭で見ていた。

毛布にくるまったリンさんを、高木の家の中でも力自慢の幸吉が抱きかかえて、広間の中に入って行った。皆、黙りこくって、大柳の葉が風にざわめく音だけが響いていた。

英雄は母の姿を探した。大勢の人が集まると、いつも輪の真ん中にいる父の姿もなかった。しかし母はその人の群れの中にいなかった。母屋にも姿がなかった。

目を真っ赤にした小夜がしゃくり上げながら、毛布をかかえて戻って来た。

「小夜、リンさんはほんとに死んだのか」

英雄は小夜を見上げて言った。小夜は顔をふるわせて大粒の涙をこぼし、

「はい、はい」

とくり返して、毛布に顔をうずめた。

その小夜の姿を見て、今しがたまで母屋と東の間を往《ゆ》き来《き》しながら、

——えらいことになって。

——可哀相《かわいそう》に。

と声をひそめて話していた女衆たちの会話にも信じられなかったリンさんの死が、背後から重くのしかかってくるのを感じた。

同級生の婆様《ばあさま》が死んだとか、古町で首吊《くびつ》りがあったとか、新町の喧嘩《けんか》で人が殺されたとか……、死は彼の周辺にいくつも起こっていたが、それは自分とは無関係なものだった。

今日の昼間、同級生の真ちゃんが裏山で野球をやろうと誘いにやって来た時も、リンさんは葡萄《ぶどう》棚の下に腰をかけて、いつものように氷水《こおりすい》を飲みながら、空を見上げていた。

「リンさん、行ってくるぞ」

英雄がグローブを片手に手をふると、

「英《ひで》さん、ナイスボールよ」

とピッチングの恰好をしてみせた。

静まりかえった母屋には人の気配がなく、広間の灯りの下で蠢《うごめ》く人の群れはおそろしく冷たく見えた。彼は、自分だけがとり残された気がした。

母はどこへ行ったのだろう。お父やんはもう広間に帰っているのか。英雄は、広間にむかって走り出した。

皓々《こうこう》と点る裸電球を吊した広間の中央に蒲団《ふとん》が敷かれ、そこにリンさんが眠っていた。

蒲団のまわりには東の人たちが座っていた。飯炊《めした》きのサキ婆が手拭《てぬぐ》いを頬に押しつけて泣いている。リンさんに何度も相撲を挑戦しては敗けていた幸吉は怒ったような顔で一点を見つめている。普段は冗談ばかり言う時雄《ときお》は鼻水をすすりながら目をしばたたかせている。江州《ごうしゅう》、石健《いしけん》、笠戸《かさやん》、修《おさむ》……、それに女衆が額にしわ寄せて、リンさんを囲んでいた。

そんな中で枕元に座った番頭の源造だけが、いつものように左肩を少し落として煙草を吸っていた。

彼は広間の入口に突っ立ったままの英雄を見つけると、

「ああ、英さん」

と目を細めて笑い、静かな声で、

「林《はやし》が死んでしまいました」

と言った。英雄は源造のそばに行った。

「林、英さんが来てくれたぞ」

源造は生きている人に話すように、背をかがめてリンさんの耳元で囁《ささや》いた。

「林、英さんだぞ」

その声に幸吉が嗚咽《おえつ》を上げた。

リンさんは少し口を開けて、目を閉じていた。顔のどこにも傷跡はなく、今にも目を開けて起き上りそうな表情をしていた。

――本当に死んでいるのだろうか。

英雄は死体を見るのが初めてだったから、リンさんの顔を注意深く見つめた。

「どうぞ拝んでやって下さい」

源造の声に、英雄は目を閉じて両手を合わせた。何をどう拝んでいいのか、わからなかった。

「馬鹿《ばか》な奴だ……」

源造の言葉に、サキ婆の、哀号《アイゴー》、哀号と叫ぶ声が重なった。そのサキ婆の泣き声が急にやんだ。

英雄が目を開けると、母の絹子が立っていた。絹子は唇を嚙《か》んだまま枕元まで来ると、線香とロウソクの点った台の横に座った。そうして手にした風呂敷包みから夏蜜《なつみ》柑《かん》を出して皿に盛りながら、

「こんな箱しかなかったのですか」

と広間中に響き渡るような声で言った。

それは穴のあいた林檎《りんご》箱だった。

「小夜、母屋に行って白布を持って来なさい。……ぼおっとしてないで、すぐに取って来てっ」

いつにない絹子の大きな声に、皆が圧倒された。

「サキさん、着替えをさせてやってくれませんか」

絹子はサキ婆を呼ぶと、白い絣《かすり》の浴衣《ゆかた》を差し出した。

「はい、女将さん。綺麗《きれい》な着物で、これならリンもあの世で恥ずかしゅうはないですよ」

絹子はサキ婆に風呂敷の中にあった茶碗《ちゃわん》や箸《はし》を渡すと、リンさんに手を合わせるでもなく、そばにいた英雄も目に入らないような様子で、広間を出て行った。替りに小夜が白布を持って、あわてて入って来た。

サキ婆が浴衣をひろげた。幸吉と石健が蒲団を剥《は》いで、リンさんの身体を起こした。サキ婆は、山羊《やぎ》でもばらすようにリンさんの下着をとり、器用に浴衣を着せていった。幸吉にうしろからかかえられたリンさんは、あやつり人形のように見えた。

その時、リンさんは口から白い汁を吐き出した。何もまじりっ気のない透明な水のような液体だった。サキ婆は、自分の手拭《てぬぐ》いで、それを拭《ふ》きながら、

「リンの仕舞いの水が出た」

とポツリと言った。皆にはその言葉は聞えないほどちいさなつぶやきだったが、英雄にはたしかに聞えた。

ふたたび蒲団をかけられたリンさんの顔は、先刻まで開いていた唇も閉じて、やさしい表情に変わっていた。

酒が運ばれて皆足をくずした。

東の衆が広間に集まってきた。少しずつ人の輪がひろがった。

「リンは女将さんの大のお気に入りだったものな。女将さんだってああなるわ」

下戸《げこ》の時雄がもう酒に酔ったのか、赤い顔で言った。

「時雄、つまんないことを言うんじゃない」

幸吉が睨《にら》んだ。

「冗談だよ。冗談じゃねえか」

幸吉は怒ったように酒を飲んでいた。

「家族はいなかったんだかな……」

源造が皆に訊《たず》ねるともなく言った。

「姉さんが一人いたんですが、おととしだか死んだって本人は話してました」

リンさんと仲が良かった石健が言った。

「ああ、そう言えば姉が一人いたなあ」

源造が思い出したようにうなずいた。

「親戚《しんせき》はいないのかな……」

「たしか去年、その姉さんの骨を台湾に持って帰ってからしばらくして、とうとうひとりぽっちになったって言ってました」

「そうかい」

「いつもひとりだったもんね、リンさんは」

女衆のひとりが言った。

「新開地に仲のいい女がいたと思ったけど……」

幸吉が言うと、

「民子《たみこ》だろう。ありゃ誰とだってデキちまう女だよ」

時雄が鼻で笑って言った。

「時雄」

源造がたしなめるように言ったが、時雄はそれに気づかないのか、大声で喋《しゃべ》り続けた。

「リンの好きだったのは、何とかという毛唐の女優とよう、それに……」

時雄の声が切れた。幸吉が彼の胸ぐらを摑《つか》んでいた。

「手前《てめえ》さっきから聞いてれば調子に乗りやがって、新湊劇場で流した涙はそら涙か。手前はいつもそういう芝居を平気でやりやがる」

鈍い拳固《げんこ》の音が、二度、三度した。

「痛えじゃないか、馬鹿野郎。誰にむかって手を出しやがった。表へ出ろ」

「よし出ようじゃないか」

「二人ともやめろ。仏の前で」

源造が低い声で言った。英雄は東の人たちの喧嘩は見慣れていたから、別にそのことは哀《かな》しくもなかった。

ただ東の衆の喧嘩の仲裁に、いつも間に入ってぺこぺこと頭を下げていたリンさんが、幸吉が何度むかって行ってもかなわなかったリンさんが、この騒ぎの中で眠っていることがせつなかった。

英雄は母のことが気がかりになった。

――どうしてあんなところから墜《お》っこちたんだろうね。

――酒に酔っていたのかね。

——江州、おやじさんはまだ連絡がつかないのか……。

——はい、ほうぼう当たってるんですが……。

江州の済まなそうな声がした。

英雄は酒が入って饒舌《じょうぜつ》になりはじめた東の衆の会話を聞きながら、広間を出た。

表へ出ると頭の上で何かの動く気配がした。それはリンさんが春先に受け板をつくっていた燕《つばめ》の巣だった。闇《やみ》の中でも、巣の形がわかった。その闇にリンさんの大きな背中が重なった。

庭から母屋《おもや》を見上げると、中天に少し欠けた月が上っている。その月明りに大柳の木が緑葉をかがやかせていた。風にたわみながら、柳は何事もなかったように夜空の半分をおおっている。

英雄はそれがいまいましく思えた。

——こんな木は切ってしまえばいいんだ。

英雄はつぶやいた。

寝室に入る前に、英雄はもう一度、母の姿を探した。母の姿はなかった。

「英さん、寝ないと叱《しか》られますよ。もう十二時になりますがね」

小夜は柱時計を指さして言った。

「旦那《だんな》さんもまだだし、今夜は遅うなりますよ」

「小便してから……」

縁側づたいに厠《かわや》へ行った。英雄はいつも幽霊が恐《こわ》かった。夜、厠へ行く時は、庭は見ないようにして縁側を走る。

小便をし終って、手を洗おうと軒からぶらさげたブリキの手洗いの水さし口を押し上げたが、水が出ない。こつんこつんと叩《たた》いた。

その時、葡萄棚の下に白い人影が見えた。英雄は息を止めた。人影はじっと動かない。

——幽霊……。

英雄は足がふるえ出した。

『婆様の死んだ夜に、幽霊が部屋に出て来たと母ちゃんが言うとった』

『見たのか、おまえ』

『いや、眠っとったから』

『わしも爺様《じいさま》から聞いたことがある。死んだものは、その夜家に戻るんだと……』

いつか同級生と話した幽霊のことが、頭に浮かんだ。

――リンさんの幽霊……。

英雄はその場を動けなくなった。見たくないのに目を凝らして葡萄棚の人影を見つめた。東の棟からの灯りに浮かんでいるその白い影は、宙に座っているように見えた。闇に目が慣れると、その人影がはっきりと見えてきた。

母であった。

――何をしているのだろう。あんな所で。

英雄は素足のまま縁側を降りて、母に近づいて行った。母はじっと足元を見ていた。むこうむきになった肩が小刻みにふるえている。押し殺したような泣き声に英雄は立ち止まった。

こんなにせつなそうに泣いている母を、英雄は初めて見た。そのままくずれそうになる背中を、膝《ひざ》に置いた手で必死に支《ささ》えている。

「絹さん」

英雄は思わず母を呼んだ。

母は英雄の声にふりむいた。月明りにおぼろに浮かんだ白い顔は、涙に濡《ぬ》れて光っていた。その目を見た途端、英雄は母の胸に飛び込んだ。豊かな母の胸に顔をうずめると、訳もなく涙があふれ出してきた。

「リンさんは死んだのか、リンさんは死んだのか……」

と言い続けた。母は頰を何度も英雄の頭に撫《な》でつけた。母の涙が英雄のひたいに落ちて流れた。リンさんの死を一番哀しんでいるのは母なのだ、と英雄は思った。

母が力強く背中を抱き寄せれば寄せるほど、英雄はリンさんにもう二度と逢《あ》えないのだと確信した。二人の泣き声をかき消すように、葡萄棚の上で大柳の枝が風に鳴り続けていた。

深夜、父の斉次郎が帰って来て、新湊劇場の主人が呼ばれ、ひと騒ぎ起きて新町の派出所の警官まで家に来たことを、英雄は知らずに眠った。

その夜、英雄はリンさんの夢を見るような気がしたが、夢にリンさんはあらわれなかった。

リンさんについての英雄の一番古い想《おも》い出は、小学校に上った春の時のものだった。

それ以前にも、リンさんは高木の家にいたらしいのだが、何かの事情があって、数年のあいだ高木の家を離れていた。

英雄はその春のことをよく憶《おぼ》えている。

学校から戻って来た英雄は、縁側から外へ遊びに出ようとして、葡萄《ぶどう》棚の下に座っている大きな男を見つけた。

少し暑苦しそうに見えるブルーの毛糸のセーターに枯れ草色のズボンの足を組んで、男は手にした緑色のグラスから、ちびりちびりと何かを飲んでは空を眺めていた。

——誰なんだ……、何を見てるんだ。

柱の蔭に隠れるようにして英雄はのぞいた。

東の若い衆ならたいがい顔を覚えている。東の人でもなさそうだし、第一こんな昼間に、庭に座ってのんびりとしている大人は、この家では父の斉次郎以外にいなかった。

それにあんなふうに空を眺める大人を、英雄は見たことがなかった。

男はグラスを飲み干した。太い腕は父と変わらないほどたくましかった。

——大きな人だな。

すると台所の方から母があらわれて、男のそばに寄って一言二言声をかけた。母は笑っていた。男も笑った。二人は空を見上げた。

英雄も縁側に出て、空を見上げた。しかし空には雲が流れているだけだった。

母は男の手にしていたグラスに手を差しのべた。男は恐縮するように頭を丁寧に下げてから、グラスを両手で母に渡した。

その時上空で、鳶《とび》がヒュルルと鳴いた。二人はまた空を見上げた。

——鳶がいるのか。

英雄は縁側から飛び出した。大柳の上を鳶が飛んでいる。

英雄の姿を見つけた母が、

「あら裸足《はだし》で」

と声を上げた。男は英雄を見て、それから母の顔を見た。

「そう英雄です。大きくなったでしょう。英さん、こっちに来て挨拶《あいさつ》なさい」

母が手招いた。英雄は沓脱《くつぬぎ》の下駄を履《は》いて葡萄棚の方へ行った。

男は椅子《いす》から立ち上って直立不動の姿勢をとると、

「ハ、ハヤシです。ごぶさたしています」

大きな身体《からだ》を折りたたむようにしてお辞儀をした。

「こんにちは」

「ハ、ハヤシです」

男はまた身体を折った。

「いいのよ、リンさん。英さん、この人リンさんよ。ちいさい頃にずいぶんと抱っこしてもらったんだから……、憶えてるでしょう」

そう言われても、英雄には目の前の山のように大きな男に見憶えがなかった。

「英さんは赤ちゃんでしたから」

「そうねぇ、何年も前のことだものね」

母と話す男を見ながら、この人と父の斉次郎とどちらが大きいだろうかと考えていた。英雄が男を見上げていると、男のちいさな瞳《ひとみ》がやさしそうに自分を見た。英雄が笑うと、男も笑った。白い歯が黒い顔からのぞいた。

その日から、リンさんは東の棟の一番はじの赤いトタン屋根の部屋で暮らしはじめた。

古町界隈《かいわい》で、「高木の家」もしくは「高木の人」と言うと、高木斉次郎の家の中で暮らしている五十人余りの人たちのことをさしていた。

高木斉次郎の家族と、斉次郎が経営する港を中心とする土木工事、港湾荷役の口入れ業から、駅前や繁華街にあるキャバレー、飲食店、連れ込み旅館……に働く従業員たちが同じ敷地の中で生活をしていた。荒っぽい仕事が主であったが、ジャズ喫茶のように、瀬戸内海沿いの近隣の街では、はじめてのモダンな店にも斉次郎は好んで手を染めていた。だから「高木の家」には、いろんな職業の男と女が住んでいた。世帯を持って家族と住んでいる者もいれば、ひとり暮らしの者もいた。それらのすべての人を合わせて「高木の人」と古町の人たちは呼んでいた。しかし別のところでは「高木の者」と言い、そこには家長の高木斉次郎の強引な仕事のやり方を快く思っていない人たちの、どこか貶《さげす》んだ言い方もふくまれていた。

高木の家にはいろんな国の人間が住んでいた。

朝鮮、韓国、台湾、中国、フィリピン……、GHQがこの街から岩国へ駐留地を移す前は、ニュージーランドの兵隊がたむろしていたこともあった。変わり者のドイツ人が住みついていたりもした。

広い高木の敷地は、子供が地べたで興じた釘立《くぎた》て遊びの陣地のように、東南にむかって無秩序にひろがっていた。表通りに面した北側に正門と通用門があり、正門は斉次郎の家族が住む母屋の玄関につながっている。その隣りにある通用門は三輪車が出入り出来るくらい大きく、高木の家で働く人たちが住む東の棟の前の五十坪余りの広場に続いていた。その広場の真ん中に六畳ばかりの石を敷いた炊事場と洗濯場を兼ねた井戸囲いがあった。井戸を中心にして南に食堂と宴会・集会場に使われる柔道場のような広間を持つ棟がひとつ。そこから東に五十人程の従業員とその家族が住む棟が長屋のように継ぎ足し、継ぎ足しして並んでいた。

西は、母屋の裏手の縁側からひろがるひょうたん形の池のある中庭になっていた。北の母屋の屋根が立派な石州瓦《がわら》であるのに対して、東の棟は台風が来るたびに古トタンを屋根に重ね合わせた乱暴なつくりであった。屋根の姿はそのまま北と東の家の違いをあらわしていた。同じ敷地の中にこれほど歴然とした違いがあるのに、この家には奇妙なやすらぎがあった。それは広場と母屋の境にそびえる、夏の盛りならば高さ二十メートルになろうかという一本の大柳の木のせいであった。東の棟の者が普段出入りする海側の東門からかなり離れても、この柳は見ることができたし、風の強い日は母屋へも東の棟へも柳の葉の鳴る音が聞えてきた。近所の人や子供たちはこの柳を〝お化け柳〟と呼び、高木の者たちは〝おやじの木〟と呼んで、朝夕、この柳の木をなんとはなしに見上げて暮らしていた。

賑《にぎ》やかな家であった。と言うより騒々しい家であった。何か祝い事があると広間で宴会がはじまり、歌い、踊り、大声を出し、果ては喧嘩《けんか》になって派出所の警官が来た。

「野蛮な連中だ」

陰でそう言う人は少なくなかった。

そんな外の声とは別に、中に棲《す》む人たちは斉次郎を中心に活《い》き活きと暮らしていた。

斉次郎には、人が自然に寄って来る不思議な魅力があった。身長百八十センチ、体重百キロの大きな体軀《たいく》も、彼について生きる人たちには頼もしかった。

尋常小学校を出ているのかどうかもわからない斉次郎と違って、妻の絹子は、下関の女学校を出ていて、山の手出身の品の良さを持った女性だった。

「よくあんな男に、あの人が嫁いで行ったものだ」

と近所の人は言っていた。あちこちの女に手をつけ、遊廓《ゆうかく》に行くと何日も家に帰らない男。街の酒場で酔っぱらうと粗暴になる男。そんな亭主と、歳末の助け合いの催し事にすすんで出かけ、病人のある家の世話をしたり、行き倒れの人の看病をしたりする妻との組合せは、誰の目にも奇妙に映った。

斉次郎が六年前に一度手を出して、手痛い失敗をした海運業を再開したのは、大阪で小豆《あずき》相場で破産した男が彼のところへ船ごと逃げ込んできたことがきっかけだった。斉次郎はただ同然の金額でその船を買い取り、その男と家族を九州へ逃してやった。港には大きな買物が停泊していた。

斉次郎は以前に副船長として雇っていたリンさんを岡山の船会社から呼び戻した。それが三年前の春で、英雄がリンさんに葡萄棚の下で再会をした年である。

斉次郎の再開した海運業は、折りからの好景気に乗って順調に業績を上げ、今では持ち船も三隻《せき》に増えていた。

元々ひとつのことにじっと我慢をすることが苦手な性格から、斉次郎は積荷を次から次に変えて行き、それがまた良い方へ転んだ。

「おやじさんは古町の紀国屋文左衛門《ぶんざえもん》だのう」

斉次郎の取り巻きはそう言ってお世辞を言った。

空荷のない船のせいで、リンさんはほとんどを海の上で暮らしていた。

だから英雄は、盆と正月のわずかな時しかリンさんの姿を見ることがなかった。

ただ一度、リンさんが東の棟に棲みはじめた頃、酒に酔って大暴れをして、何人もの人に怪我《けが》をさせたという噂《うわさ》を、小夜から聞いたことがあった。

しかしその噂を聞いても英雄は、自分に時々、話をしてくれるやさしいリンさんとは別の人のことのように思えた。

リンさんが家にいることが多くなったのは、英雄が八つになった年の三月頃からだった。

リンさんはその年の初めに、九州の八幡《やはた》港内で衝突事故を起こして、船長免許偽造の疑いで、船から降ろされてしまっていた。

「リンさん、海に行かないの」

英雄が母に聞くと、

「たまには、ゆっくりした方がいいのよ」

と母は笑っていた。

手持ち無沙汰《ぶさた》のリンさんは、家の納屋《なや》の屋根の修理をしたり、薪割《まきわ》りをしていた。たまに斉次郎が庭の木を植えかえる時には、大きな穴を掘ったり、石を運んだりして汗を流した。

「おい、リンもうちょっと右だ」

斉次郎は縁側に座って、ビールを飲みながら、池の縁に置いた大きな石の位置替えを指図していた。

「はい、すみません」

上半身裸のリンさんは笑って頭を下げると、盛り上った筋肉に力を込めて、石を抱きかかえて動かした。

便所の汲《く》み取りも、リンさんは平気な顔で引き受けた。

「臭《くせ》えな」

と東の若い衆が鼻をつまんで言うのにもかまわず、大柳の木だけではなく、葡萄、連翹《れんぎょう》、木槿《むくげ》、百日紅《さるすべり》、山茶花《さざんか》といった絹子の好きな木にも、肥料を撒《ま》いた。

そんな仕事がひと段落すると、葡萄棚の下のちいさな椅子に座って、絹子の出す緑色のグラスの液体をちびりちびりと飲んでいた。

「ねぇ、リンさんは何を飲んでるの？」

英雄は母に聞いたことがあった。

「氷水《こおりすい》よ」

「へぇ、氷水か」

氷水は夏になると、母がこさえてくれる飲みものだった。氷をくだいたグラスに、砂糖とわずかな蜂蜜《はちみつ》が入っていた。

英雄は絹子が斉次郎に嫁いでから、四番目にやっと生まれた男子であった。

長女、次女と一年毎《ごと》に生れた頃は、斉次郎も娘たちを目を細めて見ていたが、その後も女が生まれると、酒に酔った時に、

「あいつは女腹《おんなばら》じゃないのか」

と源造に愚痴をこぼした。三女が誕生した時には家にも戻らなかった。

「おめでとうさまで、立派なものがついてますわ」

英雄の出産で産婆《さんば》がそう言った時、絹子は涙がこぼれた。

斉次郎の喜びようは大変なものだった。古町の人たちを招き入れて、大宴会を幾夜も続けた。

英雄が生まれたのを祝って、斉次郎はどこで見つけたのか、樹齢百年という大柳の木をトラックで運ばせて、敷地の真ん中に植えさせた。

斉次郎は英雄が歩けるようになるまで四六時中抱いて歩いたが、息子が口をきくようになってからは、何を思ったか一切のことを絹子にまかせた。

英雄は少し変わったところがある子供で、斉次郎にいろんなことを質問する癖があった。

——お父やんはどうして家にいないんだ。

——なして、男と女がいるんだ。

——お父やんはどこで寝てるんだ。

——絹さんはなしてよく泣くのか。

英雄は絹子のことを、斉次郎と同じように〝絹さん〟と呼んだ。

斉次郎は息子のこうした性格が苦手だった。

英雄は大柄な斉次郎の息子にしては身体《からだ》がちいさかった。

英雄は絵を描くことが唯一《ゆいいつ》の楽しみだった。それが絹子にはよくわかっていた。絵が息子を、学校という環境になじませてくれたと言ってもよかった。

英雄が小学校へ入学した時、絹子は担任の教師から一カ月のうちに三度も呼び出しを受けた。

「高木君の場合は、学校が何をするところか全くわかっていないんです。突然、教室から飛び出すこともありますし、放っておくといつまでも消しゴムや下敷《したじき》を齧《かじ》ったり、小刀で削っています。休み時間にいなくなってしまうこともあります……」

絹子はそれでも英雄のことを信頼していた。幼稚園にもほとんど行こうとしなかった息子ではあるが、それは興味が別のところにあるからで、そのうちになじんで来れば勉強もはじめると思っていた。

初めての通信簿を持って帰った時も、絹子は笑って受け取った。内容は彼女が想像していた通りオール1だった。

夫の斉次郎に上の三人の娘たちの通信簿とまとめて見せなくてはいけなかった。夫は一人息子の通信簿を見て呆然《ぼうぜん》とした。

「どういうことなんだ、これは」

「心配いりません。まだ英さんは学校が何をするところかよくわかっていません。そのうちに頑張るようになります」

「本当か」

「ええ、大丈夫です」

「まさか、おかしいんじゃないだろうな」

斉次郎は頭を指さして真顔《まがお》で言った。

絹子はその時だけは怒ったような顔で、

「変なことをおっしゃらないで下さい」

と夫を睨《にら》んだ。

その英雄の成績が急に良くなったのは、担任教師が病気で交替して、若い女の教師になった三学期のことだった。

英雄が一枚の絵を持って帰って来た。

「五重丸だって、絹さん」

それは中庭の山茶花を描いた絵であった。丁寧に枝葉の一枚一枚と白い花が描《か》いてあった。絹子も感心をした。

「上手《うま》いのね」

「上手いのかな……」

「上手いわよ」

それから急に勉強をするようになった。ほとんど絵を描くことに熱中していたが、次第に他の教科も成績が上っていった。

二年生に進級してからは、学級委員に選ばれて帰って来た。

街の絵画コンクールで銀賞をもらった。絹子はリンさんと英雄の三人で、その展示場へ出かけた。

《銀賞・港の朝・高木英雄》

「英さん、ありましたよ。これだ、これだ」

リンさんが大声で展示場の真ん中で言うのを、英雄はどこかむずがゆいような気持ちで聞いていた。

「あら、この絵、小学二年生の絵よ」

観《み》に来ていた中年の女性が言うと、

「そうでしょう。この高木英雄さんが描いたんですよ」

とリンさんは見ず知らずの女性に話しかけた。

「本当に立派ですよ。さすがおやじさんの息子さんだけありますよ」

リンさんは何度もそう言いながら、持って行った写真機で絹子と英雄とその絵を撮影していた。

母の絹子がどこかへ遠出をする時は、リンさんが一緒に行くことが多かった。だから自然、英雄は母とリンさんの三人で外出した。

リンさんはいつも英雄と母の数歩前を汗をかきながら歩いていた。


三年生の春休みの最後に、リンさんは沖の島へ連れて行ってくれた。

夜明けに二人は古町の家を出た。栈橋まで見送りに来た母が、

「おみやげを期待しようかな」

と笑った。

栈橋から沖の島へ行く船に乗ると、荷物を背に担《かつ》いだ女衆、夜勤の仕事を終えた男衆が乗り込んできた。

船は波を蹴《け》たてて進んだ。瀬戸内の海を往《ゆ》き交う船を見ながら英雄は春の潮風に吹かれていた。一時間余り経《た》つと、前方に沖の島が青い影となって見えて来た。

沖の島は七十戸余りの家がある人口二百人ほどの島である。二人は島でも大きな家の門をくぐって、その家の離れに落着いた。

「まあ高木さんの坊ちゃんが見えてくれるとはね」

老婆はそう言って、麦茶を運んで来た。

その日は沖の島の南にある浜で遊んだり、丘の上の燈台にのぼったりした。その燈台のすぐ下に、島の墓地があった。リンさんはその墓地の一番角にある、ちいさな石の置いてある墓の前で、大きな身体をかがめるようにして拝んでいた。

「誰のお墓」

「私の姉さんの墓です」

リンさんは墓石をじっと見ながらそばに倒れていた卒塔婆《そとば》を拭《ふ》いた。

「リンさんの姉さん、死んだの」

「はい。三年前になります。ここにはもう骨はありませんがね……」

「どうして死んじゃったの？」

「若い頃に働き過ぎたんですよ」

英雄も手を合わせて拝んだ。

夕刻、家に戻ると門の前に日焼けした男がひとり立っていた。男はリンさんの姿を見つけると名前を呼びながら駆け寄ってきた。二人は肩を抱き合って笑っていた。

夕餉《ゆうげ》には老婆と男も加わった。大きな鯛《たい》の刺身が出た。三人の話の中に時々日本語と違う言葉がまじっていた。

食事を終えると離れへ行った。庭先で夜空を見上げると、星が街で見るより大きく見えた。

「明日《あした》は天気がいいですよ」

リンさんも星空を仰いで言った。

翌朝早く、男に見送られて二人は船に乗った。

「どこまで行くの」

「魚のたくさんおる島です」

リンさんが舵《かじ》をとりながらこたえた。焼玉エンジンの音と風の音と、船べりを叩《たた》く波の音だけが英雄の耳に聞えた。

やがて前方に岩影が見えた。直径十五メートルほどの岩場がふたつあるだけの島だった。船を寄せて、二人はそこに上った。

「ちいさな島だね、リンさん」

「そうです。大潮の時は海に沈んでいます。この島が山のてっぺんになります」

「山のてっぺん？」

「はい。この下はずっと海が深くなって、ちょうど私らは山のてっぺんにおるんです」

「海にも山があるの」

「海の中には山も川もあります」

「リンさんは見たことがあるのか」

「はい。海の水は空みたいなもんです」

「空？」

「はい。空といっしょで天気が良くておとなしい時もありますが、台風みたいに大荒れする時もあります」

「ふぅーん」

その岩の上に立つと、ぐるりと四方に水平線が見えた。

英雄はこんな濃い藍色《あいいろ》の海を目にするのも初めてなら、見渡す限りの青空を見るのも、初めての経験だった。ふりむくと、沖の島がかすんで浮かんでいた。

「英さん、ほれあそこを見てごらんなさい」

リンさんの指さす彼方《かなた》に、豆粒のような白い点が見えた。

「何あれは」

「外国航路の船ですよ」

「よくわかるね」

「船を見るのは仕事ですから」

リンさんはそう言ってから、少し恥ずかしそうな顔をした。海を見ている時のリンさんの顔は楽しそうに見えた。

「リンさんは海が好きなんだね」

「はい、英さんも海が好きですか」

「うん、お父やんが男は皆海が好きじゃと言うてた」

「そうですね。おやじさんも好きですね」

「リンさんの生まれたところはどこなの」

「台湾の高雄《たかお》という町です」

「タイワンのタカオ、どこにあるの」

「この海をずっと南へ行ったところです」

「どのくらいかかるの」

「七日もあれば着きます」

「七日も船に乗ってるの。船の中で眠るの」

「そうです。夜の海は星が綺麗《きれい》ですよ」

英雄は船のデッキで星空を見上げているリンさんの姿を想像した。

「リンさん」

「何ですか」

「リンさんはどうして日本に来たの」

「台湾では暮らして行けんかったからですよ。姉さんと二人で来ました。私はおやじさんにひろってもらったからよかったですよ」

「お父やんに」

「そうです。おやじさんは偉い人です」

「もうひとつ聞いていい」

「はい」

「リンさんはどうしていつも空を見てるの」

「私はいつも空を見てますか」

「うん」

リンさんは太い首をかしげて、笑った。

リンさんは衣服を脱ぐと、赤褌《ふんどし》ひとつになって銛《もり》を片手に岩場の突端に立った。

「じゃあ行って来ますわ」

リンさんはそう言って、二、三歩助走をつけて空にむかって翔《と》んで行くように跳ね上ると、海へ飛び込んだ。英雄はすぐに岩場の先へ行き海をのぞいた。水泡が残る水面から、かすかにリンさんの足が水の中に見えた。

英雄は数を数えた。一、二、三、四……。その数が五十を超えてもリンさんは上って来なかった。英雄は不安になった。ひょっとしてリンさんが海の底の何か得体の知れないものにつかまえられたのではないかと思った。

七十を数えても上ってこない。英雄はリンさんの名前を呼んだ。

「リンさん、リンさん」

立て続けに名前を呼ぶと、水を吐き出すようにしてリンさんが水面に躍り出た。

「リンさん」

英雄が呼ぶと、リンさんは白い歯を見せて笑いながら、片手を空に突き上げた。銛の先に見事な魚が魚体をそらせて、陽差しに輝いていた。

たちまち魚籠《びく》は魚で一杯になった。

「絹さんが喜ぶなあ」

英雄が言うと、

「英さんも潜りますか」

　とリンさんが言った。

「………」

　英雄は黙っていた。

「どうしましたか」

「泳げないから……」

「あれ、まだ泳ぎきらんですか」

「うん」

　英雄は自分が泳げないことをいつも恥じていた。

「じゃあ私が教えますよ。すぐに泳げる。簡単、簡単」

　リンさんに言われて、英雄は真っ裸になった。水に片足をつけると、春の海はもう生ぬるかった。

　岩の上でリンさんは梯子《はしご》を上るような恰好《かっこう》をして立ち泳ぎを教えてくれた。そうして自分が先に水に入ると、岩場にいる英雄にむかって、

「さあ英さん、飛び込んで」

　と言った。英雄は濃い藍色の波とリンさんの顔を交互に見た。足が震えた。海が白

分を飲みこんでしまうような気がした。

「エイッと声をかけて飛び降りなさい」

エイッ、英雄は宙に飛んだ。水に入った途端に泡が首筋や頬にふれた。水を飲んでもがいていると、身体がふわりと水面に出た。リンさんの手が英雄の尻《しり》をすくいあげて、水面に押し上げていた。

二人は水の中で立ち泳ぎをくり返した。英雄は水に浮くことができるようになった。少しずつ離れて行くリンさんの身体を求めて、英雄は必死で手足を動かした。

「ほら、泳いでますよ。できたできた」

「できたできた」

英雄もそう言った。途端に身体が沈んで英雄は水の中に入った。あわてて手をバタつかせ足を踏むとまた身体が浮かんだ。リンさんの笑う顔のむこうに、白い雲があった。

その日の夕暮れ、二人は高木の家に帰り着いた。

「まあずいぶんと日焼けをして」

絹子は帰って来た息子の顔を見て微笑《ほほえ》んだ。

「さざえを取ったぞ。それに……」

「それに何」

「泳げるようになった」

「ほんとうに、それは良かったわ」

「うん、ほらこのさざえを取った」

英雄は魚籠の中のちいさなさざえを母の手に渡した。

数日後の昼下り、リンさんが表玄関の梁《はり》に梯子をかけて、何かを打ちつけていた。

「何をしてるの？　リンさん」

「燕《つばめ》の巣の受け板をこさえてます」

「燕が来るのか」

「はい、もうすぐやって来ます」

毎年四月になると、瀬戸内海の街々に燕が渡って来た。

英雄はリンさんの作業を見ていた。

「リン、そこだと門燈が照るだろう」

ふりむくと父の斉次郎が立っていた。どこか遠くから帰って来たのか、ソフト帽をかぶり、縦縞《たてじま》のスーツにネクタイをしている。すぐそばに源造が大きな革鞄《かわかばん》を持って並んでいた。

「そうですね。気がつかんことで」

「今年は梁を替えたからな。うまく巣がついてくれるといいが……」

源造が言った。

「去年は何羽子を生んだんだ」

斉次郎がリンさんに訊《き》いた。

「五羽です」

「五羽か……」

斉次郎はそうつぶやいて歩き出すと英雄の顔をじっと見つめて、

「日焼けしたな」

と言った。

「リンさんと沖の島へ行ったんだ。お父やん、泳げるようになったぞ」

英雄が言うと、斉次郎は梯子の上のリンさんと息子を交互に見て、うなずいた。

夕刻、サキ婆が広場に竈《かまど》を組み立てて大きな鍋《なべ》で肉を蒸し込んでいた。斉次郎が高木の家に戻ると、その夜は決まって宴会になった。

サキ婆は大柳の下にある洗い場で、骨のついた大きな肉をさばいていた。広間の入口を見ると、リンさんがまた梯子の上で板を打ちつけていた。

「リンさん、それも燕の巣か」

「はい。おやじさんが今年は燕がこっちにも巣をこさえるとおっしゃいました」

「お父やんが……なんでそんなことがわかるの」

「おやじさんはなんでもご存知です」

リンさんは嬉《うれ》しそうに言った。

その夜、サキ婆の打ち鳴らす太鼓の音が高木の家に響いて、東の棟は夜遅くまで賑《にぎ》わっていた。

新学期がはじまって、英雄は新しい友だちと出逢《であ》った。

真ちゃんは新町のパチンコ屋につとめる釘師《くぎし》の倅《せがれ》だった。学校の行き帰りが同じだったので、二人はいつも一緒に遊んだ。たまに新町のパチンコ店に行くと、やはりそこで働いている真ちゃんの母親が二人に塩昆布《しおこんぶ》や飴玉《あめだま》をくれた。

「真ちゃんはいつもこんなものをもらえるの」

「俺が店へ行くとうるさいから、母ちゃんはおやつよこして追っぱらうんだよ」

真ちゃんのお母さんはいつも赤い口紅をつけていた。お父さんは痩《や》せて、むずかしい顔をした人だった。

英雄は時々、その店で東の若い衆を見た。スピーカーから音楽が流れて、玉が釘に当たる音とガラスに当たる乾いた音がしていた。真ちゃんが床に転がった玉を取ると、こらっ俺の玉だ、と大人が怒鳴って手を出した。それでも店を出ると真ちゃんはポケットの中から、数個の玉を取り出してニヤリと笑った。

真ちゃんは野球が好きだった。

「英ちゃん、原っぱに野球を見に行こう」

「うん、行こう」

新町の入江沿いに空地があって、そこで年長の子供たちが野球をやっていた。

「あれが古町の佐治っていうあんちゃんだ。速い球を放るんだ。ほら、皆三振だろう」

「三振って何？」

「英ちゃんは野球を知らんのか」

「…………」

真ちゃんは、英雄に野球のルールを教えてくれた。

「打つのがバッター、投げるのがピッチャーで、ファースト、セカンド、サード、ショート、レフト、センター……」

「真ちゃん、よう知ってるの」

「俺はここに来る前に、博多《はかた》におったから」

真ちゃんは九州のプロ野球チームのことを口にした。堤に座って見た野球は、英雄には、とても魅力的に見えた。遊んでいる子供たちの誰もが楽しくてしようがないといったふうで、活《い》き活きとしていた。

「絹さん、野球のボールを買《こ》うて欲しい」

英雄はその日の夕暮れ、母に言った。

「野球をするの？　それなら納屋《なや》の中にグローブがあったと思うわよ」

「本当に？」

絹子は納屋の奥を探して、古いグローブを出して来た。

「誰のグローブ？」

「さあ、誰のでしょう」

「重くて持てないな。それにボールがないと野球ができんよ」

「野球ですか」

声にふりむくと、リンさんが笑っていた。

「そうなの、英さんが野球をしたいと言い出したもんだから、弟の古いのをとって置いたのがあったから出してきたの……使えるかしら」

「いいグローブですね。だけど、これは大人用で少し英さんには大きいかも知れません。私が英さんに合うものを探して来ましょう」

翌日、学校から戻るとグローブとボールが居間に置いてあった。

英雄はグローブを持つと広場に走った。薪《まき》を両手に抱えたリンさんが大柳の木の下に立っていた。

「英さん、キャッチボールをしましょうか」

二人は入江沿いの空地へむかった。

「相手の胸にむかって投げるんですよ。こうして腰をひねって、目の前でボールを放す。そうそうその投げ方です。上手《うま》いな英さん」

リンさんに誉《ほ》められると、英雄は恥ずかしいような気がした。

「キャッチボールが上手くなったら、もう野球は半分出来るようになったと同じです」

リンさんは段々と英雄から離れて行った。リンさんの投げるボールは山なりなのに、どのボールも英雄の胸の真ん中に届いた。英雄の投げ返すボールはバウンドしたり、右や左に外《そ》れた。

そのたびにリンさんは草の中に隠れたボールを探し出して返してくれた。たまにリンさんの胸に届くボールを投げると、

「ナイスボール」

とリンさんは声をかけてくれた。

青い空と水平線が見えて、そこにリンさんがグローブを持って構えていた。リンさんの投げるボールが青空から降りてくる。英雄は野球が好きになった。キャッチボールをしていると、口をきいていないのにリンさんと話をしている気がした。

一番初めに燕を見つけたのは、小夜だった。

「女将《おかみ》さん、燕が来てますよ」

絹子が台所から庭に出てみると、柳の木の回りを数羽の燕が飛んでいた。

「帰って来たのね。小夜、リンさんが東の作業場で薪を割ってるから、言ってあげて

……」

「はい」

小夜が東の棟に走った。リンさんが肩からタオルを下げて、庭にあらわれた。

「戻って来ましたね」

「うちの燕かしら……」

「そうでしょう」

リンさんはじっと数羽の燕を見つめていた。

「でもよく戻って来るものね」

「生まれたところですから」

「そうねぇ」

「おやじさんの言ってたことは当たるかも知れません」

「お父さんが何か言ってたの」

「ええ、今年は去年の燕の子も戻って来て巣作りをするだろうって」

「じゃあ、親子の巣ができるってこと」

「はい、それで広間の梁に受け板をこさえたんです」

「そうなら嬉しいわね」

「はい」

英雄が学校から帰ると、絹子は燕のことを告げた。英雄は玄関の巣を見に行った。だが燕の姿はなかった。英雄はじっとそこに立って、燕が来るのを待っていた。

「英さん、何を見てんだ」

東の若い衆が声をかけた。石健と幸吉であった。英雄は燕のことを話した。皆そこに立って燕を待った。

「何やってんだよ」

時雄が風呂《ふろ》屋帰りに声をかけた。

「燕が帰って来たんだと」

「燕か、もうそんな時期か」

その時一羽の燕が四人の頭越しに風音を立てて横切った。

「おっと危ねえな」

身をかがめる時雄に、燕は尾を少し上げて、新町の橋の方へ勢い良く飛んで行った。するとすぐに、もう一羽が続いた。

「帰って来たんだな」

時雄が嬉しそうに言った。

「何を口を開けて見てるね」

サキ婆《ばあ》が来た。

「あれっ広場の方にいるぞ」

英雄が叫ぶと、皆そっちへ駆け出した。黄色に芽をふいた大柳の枝をもてあそぶように燕は空を旋回していた。

「よく帰って来たなあ」

「海を越えて来るんだから偉いもんだ」

「私も、子供の頃、釜山《プサン》の港で燕を見たよ」

サキ婆が言った。五人の頭上で、燕と柳が風に流れていた。

母屋《おもや》の玄関の軒と、東の棟の軒に斉次郎が言った通りに燕が巣作りをはじめた頃、「高木の家」に毎日刑事がやって来た。「高木の家」に密航者がいるという疑いだった。

その当時、韓国や台湾から日本へ密航する者が後を絶たなかった。朝鮮戦争が終ってからも、半島の世情はおさまらず、大東亜戦争の終った後に故郷へ戻った人たちが生活に苦しんで日本へ戻って来ていた。

見知らぬ男が、日に何度も東の棟に来ては様子をうかがっていた。

「高木さん、そういう通報があったんですよ。正直に出してもらえませんかね。引き渡してもらえればそれでいいんですから」

刑事は中庭の縁先で斉次郎にやわらかい口調で言った。

「わしのところの人間はいろんなところから来てますが、皆昔からおりますから」

斉次郎は平気な顔でそう言っていた。

「あれ警察の人？」

英雄が聞くと、絹子は唇にひとさし指を立てて、黙るように合図した。東の棟の衆は皆黙りこくって、緊張した日が続いた。

リンさんの姿が「高木の家」から消えていた。絹子は斉次郎の船に乗って、日本へ渡って来た家族がもう何人もいることを知っていた。それを彼女自身悪いことと思わなかった。人は生きるための土地を求めて流れていくものだと思っていたし、それを手助けする夫を立派だと思っていた。

その頃、英雄には学校で不愉快なことが起こっていた。堰川《せきかわ》町で米屋をしている家の松永という生徒が、野球に加わろうとした英雄にむかって、

「おまえ古町の高木だろう。おまえの家《うち》は犬を喰うとるってな」

と言ったのだった。

英雄は突然、そんなことを言われて驚いた。松永は身体が大きい上に、街の柔道場に通っているという噂《うわさ》だった。実際、彼に殴られた同級生は何人もいた。

「そんな奴《やつ》と遊べるかい。むこうへ行け。真公、おまえも同じだろう」

英雄の隣りにいた真ちゃんにも言った。

「俺は違うよ。俺は高木の者じゃないもの」

野球の仲間に入りたい真ちゃんは、英雄の顔を見ないで言った。

——犬なんか喰ってない。

英雄は胸の中でつぶやいた。皆が、犬を喰うて犬を喰うて、とはやしたてながら運動場へ走って行った。真ちゃんも最後尾からその群れについて行った。

英雄はひとりで家に帰った。

母屋に入ろうとすると東の棟の洗い場で、サキ婆がしゃがんで仕事をしていた。

「英坊ちゃん、お帰り」

サキ婆は英雄の姿を見つけて笑った。白い羽根をむしっている。鶏をさばいているのだろう。英雄は立ち止まって、サキ婆を見つめた。そうして近くに寄ると、首を地面に横たえて死んでいる数羽の鶏をじっと眺めた。

「サキ婆」

「何じゃね」

「うちの家で、犬なんか喰うとりはせんな」

英雄の言葉に、サキ婆は羽根をむしり取る手を止めた。

「誰がそう言うたね」

「学校の友だちが」

サキ婆は舌打ちをして、

「そんなことを言う者は殴り飛ばしてやれ」

と怒った声で言った。

「喰うとるのか」

「喰うとりはせん」

サキ婆は吐き捨てるように言った。

英雄はグローブを片手に路地に出ると、鉄工所のレンガ壁にむかって球を投げた。その壁には、リンさんが付けてくれたストライクゾーンがあって、英雄は何も言わずにそこにむかって球を投げた。球だけが彼の言うことを素直に聞いてくれる気がした。

翌日、英雄は帰り道を待ち伏せされて、堰川町の子供たちに殴られた。連中の背後で真ちゃんがじっと英雄を見ていた。英雄は無抵抗だった。

英雄は唇を嚙《か》んで歩いた。涙は乾いたが、唾《つば》が苦かった。口の中が切れていた。肩から提げた横カバンの中の鉛筆箱の中身が音を立てていた。その音が先刻の堰川町の連中の言葉にかわった。

「柳の木に犬をぶら下げとるんだろう」

「ワンと言え、ワンワンと言え」

英雄は自分が、泣いていたのか、ワンと声を出したのかも覚えていなかった。

家に帰るのが嫌だった。サキ婆も、東の棟の家も、柳の木も憎かった。

そう考えると、また涙があふれて来た。英雄は自分の家とは逆方向に歩いて新町へ出た。うつむいて歩いた。誰かに泣いているところを見られたくなかった。新町を越えて、遊廓《ゆうかく》のある新開地の橋を渡った。馬車を引く男が、ソレソレと坂道を登ろうとしていた。馬がいなないた。ふた手に岐《わか》れた道の前に立つと、遊廓のある方向から見慣れた姿が歩いて来た。父の斉次郎だった。隣りに、はでな日傘《ひがさ》をさした着物姿の女がしなだれかかっている。

英雄は咄嗟《とっさ》に電信柱の蔭に隠れて、路地の中に逃げ込んだ。

喧嘩《けんか》に負けて泣いている姿を父に見られたくなかった。そんな弱虫な自分を見られたら見放されてしまう気がした。英雄は路地のすき間から、二人が通り過ぎるのを待った。父が横切ると、訳のわからない淋《さび》しさに襲われた。

家に戻ると、英雄は黙ってグローブを持ち、いつものレンガ壁のところへ行って、がむしゃらにボールを投げ続けた。

「英さん」

ふりむくと、リンさんが立っていた。英雄は転がったボールを拾おうともせずに、そこに立って地面を見ていた。すると涙があふれてきた。どうしたんですか、男が泣いて、と言うリンさんの声に、英雄は首をふったまま何も言わなかった。リンさんの手が英雄の頬をつつんで、うつむく顔を上げさせた。

「喧嘩をしましたか」

英雄はうなずいた。

「強い相手ですか、……そうですか。……少し歩きましょうか」

二人は黙って、入江の堤まで歩いた。リンさんは堤の草の上に腰を下ろすと、そばに立っている英雄に言うでもなく話をはじめた。

「喧嘩はいかんですが、男の子はどうしても戦わなきゃならん時があります。強い相手と喧嘩をして負けると、いろんな人ができます。ひとつは逃げる人です。一回逃げるとずっと逃げなきゃなりません。次はその相手の家来になる人です。だけど一回家来になると、何でも言うことをきかなくてはいけません。相手が言ったことが間違っていても、ずっと言うことをきかなくてはいけません。英さんはどっちの人がいいですか。……どっちもいやですよね」

そこで英雄ははじめて、いやだ、と声を出した。リンさんが英雄の顔を見た。英雄もリンさんの顔を見返した。

「キャッチボールをしましょうか」

リンさんは尻《しり》を叩《たた》いて立ち上った。

リンさんはいつもより遠くに立って、

「さあナイスボールを」

と声をかけた。英雄の投げた球は弱々しく、半分の距離で草の中に消えた。リンさんがボールを探して言った。

「もっと足を上げて、腰をひねって。思い切って投げなきゃ」

英雄は力を込めて投げ返した。ボールは今度は三分の二くらいのところまで届いた。

「まだまだ、思い切って」

何球か投げるうちに、英雄のボールがリンさんの立っている場所に届いた。

「ナイスボール」

リンさんが大声を出した。

「英さん」

「何？」

「逃げるのも、家来になるのもいやなら、むかって行くしかありませんぞ。むかって行ってみなさいよ、思い切って」

英雄は渾身《こんしん》の力をこめてボールをリンさんにむかって投げ返した。

「ナイスボール。むかって行きますか、英さん」

英雄はボールを投げるたびに、自分の中に何か力のようなものが湧《わ》いて来る気がした。

「英さん、やってみますか」

「わかった。やってみるよ」

英雄は自分の身体が熱くなっているのを感じた。

翌日、昼の弁当の時間に、英雄の席に松永たちがやって来た。

「おかずは犬の肉か、高木」

英雄は黙って下をむいて食べていた。笑い声が頭の上でした。

——思い切って、やってみなさいよ。

リンさんの声が耳の奥でした。

英雄は自分に近づいて来たのが松永とわかると、机を倒しながら頭から突進した。あっけなかった。相手はあおむけに倒れて鼻血を出していた。そこへ英雄は馬乗りになると、

「犬なんか喰うとりはせんぞ。あやまれ、こいつ」

と鼻血を出している相手の顔を殴りつけた。松永は血を見た途端に泣き出した。それでも英雄は殴るのをやめなかった。訳がわからなくなっていた。

「英ちゃん、もうやめときや」

真ちゃんが大声を出した。その声に英雄は手を止めた。そうして呆然《ぼうぜん》として見ている堰川町の連中に、

「高木の者は犬なんか喰うとりはせんぞ」

と叫んだ。皆わかったというふうにうなずいた。真ちゃんの顔を見た。真ちゃんが笑って、

「こいつ泣いとる」

と教室の床に倒れている松永を指さした。英雄が頭に手をやると、松永の歯が当た

ったのか、手のひらにうっすらと血がついた。痛くはなかった。

絹子が学校に呼ばれた。英雄が頭を切ったように、松永の歯も二本折れていた。

家に戻ると、母はひどく怒っていた。それでも英雄は嬉《うれ》しかった。

頭のてっぺんに絆創膏《ばんそうこう》を貼《は》った英雄を見て、リンさんが微笑《ほほえ》んでいた。

燕《つばめ》の巣から、ちいさなさえずりが聞えた。母屋の巣も、広間の巣も同時期にひながかえった。一羽だったひなは、十日ごとに一羽ずつ増えて行った。親燕たちは朝から日暮れまで、せっせと餌《えさ》を運び続けていた。口を三角に開けて、鳴いている。ひなたちの口の中に、親燕は餌を押し込んでいる。

「リンさん、あの餌は同じように分けてやれるのかしら」

絹子が巣を見上げているリンさんに聞いた。

「上手いもんですね。親燕にはわかるんでしょうね、どの子が腹をすかしてるか」

「人間と同じね」

「そうですね。ただ……」

「ただ何？」

「二番目に生れた燕の子が、少しちいさくなるって話を聞いたことがあります」

「最初に産んだ卵から、二番目の卵までが少し時間がかかるらしいんです。それに子が二羽の時は持って来た餌を、先に身体《からだ》の成長した一番目の燕の子が皆食べてしまうというんですよ」

「へぇ、そんな話があるの」

「本当かどうか知りません。私も死んだ姉から聞いたんです。二人して台湾から来た時に日本で燕を見たんです。姉は燕がいたことをとても喜んでいました。『私たちと同じだ』と言ってました。その二番目の燕の話は誰かに聞いたんでしょう。私が姉のところへ遊びに行くと『あんたは二番目の燕の子だから』と言って、甘い物や頂き物をのけておいて食べさせてくれました……」

絹子はリンさんのたった一人の姉が遊廓にいたことを、源造から聞いて知っていた。

「リンさん、ありがとうね」

「何がですか」

「英雄のこと。とてもよくしてくれて」

「そんなことはありません。英さんはやっぱりおやじさんの息子さんですよ」

リンさんは顔を赤くして下をむいた。

「英雄も私も、お父さんも、あなたがいてくれるのをとても喜んでるのよ。ずっとこの家にいてちょうだいね」

「何もせんで世話になっていてすまんことだと思ってます」

リンさんはそれから夏が来るまで、東の棟のこまごまとした仕事をしていた。

密航者の件をうかがっていた刑事たちも、いつしか遠のいて、高木の家はまた元通りの賑《にぎ》やかな家に戻っていた。

芽をふいていた柳の葉は真緑にかわり、葉が大きくなるたびに重量感を増して貫禄《かんろく》のある大柳になっていった。

夏休みが来て、英雄は毎日原っぱに野球に出かけるようになった。

リンさんは昼の休みになると、葡萄《ぶどう》棚の下のちいさな椅子《いす》に腰かけて、英雄が氷水と信じ込んでいる冷酒をちびりちびりと飲んでいた。

夏祭りが終り、盆が去り、リンさんは突然に亡《な》くなった。

リンさんの骨は、絹子の希望もあって高木の家の菩提寺《ぼだいじ》の一角に安置されることになった。

リンさんの葬儀が終ってから数日して、リンさんの住んでいた部屋に新しい若い衆が入るというので、絹子はリンさんの荷物を片付けるために赤いトタン屋根の部屋に入った。

そこへ英雄が絹子を探して入って来た。

絹子はリンさんの衣服を片付けて、残った行李《こうり》をどうしたものかと思いあぐねていた。

「絹さん、明日野球の試合があるんで、ユニホームがいるよ」

「そう、わかりました。試合に出られるの」

「まだわからないけど……」

日焼けした顔で英雄はこたえた。

「何それ？」

英雄は行李を指さした。

「リンさんの荷物……」

「ふぅーん」

英雄はそう言って、また表に飛び出した。絹子は行李を開いてみた。こまかいものが丁寧にしまってあった。源造に相談して、この荷物の処置をまかせようと思った。

ふたを閉じようとした。

その時、行李のふたについていたチリ紙につつんだ写真が数枚こぼれて落ちた。絹子はそれをひろい集めた。

一枚は色褪《あ》せた古い写真で、まだ若い頃のリンさんと、隣りにしっかりした顔立ちの女性が並んで写っていた。

——この女性が姉さんなのだろう。

絹子はどことなく顔立ちの似た二人を見て思った。二人とも嬉《うれ》しそうに笑っていた。

ふと絹子にリンさんの言葉が浮かんだ。

——私が姉のところへ遊びに行くと『あんたは二番目の燕の子だから』と言って、甘い物や頂き物をのけておいて食べさせてくれました……。

写真を持つ指先が震え出した。目頭が急に熱くなった。歯を喰いしばって涙をこらえた。小夜が衣服を片付けに来る頃であった。絹子はその写真をチリ紙につつもうとして、畳の上に裏返った二枚の写真を取り上げた。その写真を見た途端に、こらえていたものが一気にあふれ出した。

一枚は、英雄が絵画コンクールに入選した時に展示場で写した絹子と英雄の写真で、もう一枚は生まれたばかりの長女を抱いた二十代の絹子の写真だった。

畳の上に涙が音を立てて落ちた。

「リンさん」

絹子は言葉にならない声で名を呼んだ。

その時、

「絹さん、燕の子が飛んでるよ。巣立ちをしてるよ」

英雄が大声を上げて入って来た。


夏の終りを告げる風が大柳の木を揺らして、茶をおびた葉が風のたびに広場に降る頃、英雄は夏休みの宿題に一枚の絵を描いていた。

それはリンさんの絵だった。画用紙一枚に描かれた、グローブを持って、今しもボールを投げようとしているリンさんの姿だった。

絵は二日で描き終えた。絵を描き終えると、英雄はグローブを持って外へ出た。鉄工所のレンガ壁の所へ行くと、彼はゆっくりとボールを投げはじめた。

リンさんが記してくれたストライクゾーンがかすかに残っていた。

夏の初めに比べると、英雄の投げるボールは距離ものび、スピードも速くなっていた。

英雄はしばらくそこで、ボールを投げ続けた。それから思い立ったように、入江の空地へ走って行った。そこはリンさんと英雄がはじめて、キャッチボールをした場所であった。

中国山脈に沈む夕陽が、入江の水を茜色《あかねいろ》に染めていた。沖へむかう潮がかすかに波立つたびに、黄金色《こがねいろ》の魚が跳ねているように水面に光りが走った。

頭上に風を切る羽音が響いた。

見上げると、何十、何百という数の燕の群れが飛んでいた。

英雄はこんなに沢山の燕が群れをなして飛んでいるのを見たことがなかった。

それは南へ飛び立つ燕たちが、夏ごとにくり返す長距離飛行へのセレモニーであった。何も知らない英雄でさえ、燕たちがこの街を去ることがわかった。

先頭の燕が急に上昇すると、続く燕たちもあざやかに上昇して行く。そして急降下をはじめるとそれに皆従い、水面すれすれで身をひるがえして、一斉《いっせい》に水平飛行を続けた。ひと夏で成長した羽毛が陽差しを受けて、きらめく錦繍《きんしゅう》の帯のように入江を流れて行った。燕たちは新開地へ続く橋の下を抜け、新町への橋を抜け、沖へ沖へとむかって行く。それはまるで英雄に別れを告げているようだった。

英雄はあの群れの中に、母屋の燕の子も広間の燕の子もいるのだと思った。そう思うと、自分よりまだ子供に見えた燕が遠く海を越えて、飛び続けることに胸が高鳴った。

沖へむかった群れとは別の群れが、今度は海の方角から戻って来た。

橋の下をくぐる燕は驚くほど速度を増している。

その時、英雄は橋の上の人影に目を止めた。遠目に見ても、それが父の斉次郎であることがわかった。

――お父やん。

英雄は思わず呼んだ。しかし父に声が届くはずはなかった。

見ると、父は橋の欄干に頬杖《ほおづえ》をついてぼんやりと入江の水面を眺めていた。白い絣《かすり》のたもとが潮風に揺れている。

一瞬、父の眼が水面から離れた時、父が自分を見つけたような気がした。

英雄は大声で父を呼ぼうとした。だが父は立ち上って、腕を着物の袂《たもと》に入れると、ゆっくりと新開地の方へむかって歩き出した。

その歩調に合わせるように、浴衣《ゆかた》を着た女がひとり新町の方からあらわれて、父に寄り添いながら橋を渡って行った。

第二章　闇《やみ》のバラ

山門のわずかな日陰に、女は身をかくすように立っていた。

絹子がバスから降りて、日傘《ひがさ》をひらくと、女はおずおずと初秋の陽差しの中に出て来た。

黒いワンピースが、痩《や》せた身体《からだ》に少し大き過ぎるのか、どこかその姿は無恰好《ぶかっこう》に見えた。

「高木の女将《おかみ》さんですか」

女は絹子に丁寧におじぎをすると早口にしゃべりながら、

「民子《たみこ》です。今日はすみませんです」

とまた頭を下げた。

「いいえ。待たせましたか、暑いのにごめんなさい」

「そんなことありません。ほんとにすみませんです、女将さん」

「息子の英雄《ひでお》です。英さん、ご挨拶《あいさつ》しなさい」

「こんにちは」

「こんにちは。民子です」

女はまた頭を下げた。その拍子に左の肩口からワンピースのそでがぽそりと落ちて、女の肩がまる見えになった。

「すみません。古着屋で買ったばかりなものだから」

落ちたそでを右手でたくしあげると、こんどは右のそでが落ちた。英雄がクスッと笑うと、民子はバツの悪い顔をして笑い返した。歩き出した民子を見上げると、彼女は吹き出す汗をしきりにハンカチでぬぐっていた。

木洩《こも》れ日の揺れる寺の石段を三人は黙って歩いた。

和尚《おしよう》の唱えるお経が本堂にこだましていた。戸を開け放った本堂に、葉の匂《にお》いをふくんだ風と蜩《ひぐらし》の声が流れこんでいた。

民子は読経《どきよう》の間もずっとハンカチをひたいに当てたままだった。そして時々ワンピースの肩口を気にしていた。

お経が終ると、和尚は三人の方にむきなおり、

「もうすぐ四十九日になる。この日をさかいに仏は、えっと名前は何でしたかな、高木さん」

「林でございます」

「そうそう、その林さんがこの日をさかいに次の世界で新しい生を受けるわけじゃ。もう本人は次の世界でのことに一生懸命じゃから、残された方々も、そう哀《かな》しむものでもない」

和尚の話に、絹子と民子がいちいちうなずいている。

「和尚さん」

英雄が声を上げた。

「なんじゃ」

「次の世界って、どこにあるの」

「次の世界か、そりゃ遠いところじゃ」

「どのくらい遠いの」

「どのくらいの……」

「よしなさい英雄。すみません和尚さん」

絹子が顔をしかめて言った。

「面白い息子さんじゃの」

和尚は英雄をじっと見て、急に大声で笑った。金歯がのぞいて、正月の獅子舞《ししまい》のようだった。

リンさんの骨は共同納骨所に置いてあった。まだ新しい骨壺《こつつぼ》のわきに絹子はちいさな位牌《いはい》をおいた。民子は手にした風呂敷《ふろしき》包みをといて、そこからちいさな罎《びん》を出して供えた。

「お酒？」

絹子が聞くと、民子はこくりとうなずいた。それから急に歯をくいしばると顔をくしゃくしゃにして、

「私、馬鹿《ばか》だからお葬式にも行けないで、あんなにリンさんによくしてもらったのに……」

とハンカチで顔をおおった。

「いいじゃない。こうして来られたんだから」

「はい、ほんとにありがとうございました」

民子がおじぎをすると、またそでが落ちた。

それでもかまわずに民子は泣いていた。

「ゆっくりしていてね、私たちはうちの墓に参ってきますから」

民子は唇を噛《か》みながらうなずいた。

それから小一時間、寺で過して、三人はバスに乗って古町《ふるまち》の高木の家へ戻った。帰る道すがら、お茶でも飲んで行ってという誘いを、民子は迷惑になるからと断っていたが、絹子は強引に彼女を連れ帰った。家に着くと、絹子は奥から洋服を持って来た。

「よかったら着てくれない。私のお古だけど……」

「えっ、ほんとに。でもやっぱりいけない。こんなにしてもらうと、私いけません」

「もうおばあちゃんだから、こんな赤は着られないの。こっちはすぐになおせるから お茶でも飲んで待っていて」

絹子の出した赤いワンピースを着ると、民子は別人のように明るく見えた。

「すみません、何から何まで」

絹子は笑ってミシンをかけはじめた。英雄は民子と二人で、ミシンを踏む音を聞きながら縁側に腰をかけた。

「おねえさんの家はどこなの？」

「新開地よ」

「じゃあ近くだね。新開地は曙橋《あけぼのばし》を越えるの？」

「そう」

　曙橋を越えるということは、遊廓《ゆうかく》をさしている。

　民子はワンピースの布地を両手でさわりながら、風に揺れる柳の葉音に気づいて空を見上げた。

「大きな柳の木ね」

「うん、皆お化け柳って言うよ」

　かすかに葉色が色褪《あ》せはじめていたが、庭の柳はそれでも二人の見上げる空を一杯におおっていた。

「おねえさんは、リンさんの友だちなの？」

「お世話になったの」

「そう……」

　英雄は、じゃあおねえさんも台湾で生まれた人なの、と聞きたかったが、なぜかその言葉は口にできなかった。

「ねえ、お寺の和尚さんが言ってたでしょ。死んだ人には次の世界があるって。おねえさんは知ってる？」

「私はむずかしいことはわからないから」

「むずかしいことなんだ」

「そうだと思うよ。お坊さんは勉強してるからね」

「そうなんだ……。あの葡萄《ぶどう》棚があるだろう。あそこの下に、ほらちいさな椅子《いす》があるのが見える？」

「ええ」

「あそこにリンさんはいつも座っていたんだよ」

英雄の言葉に、民子は葡萄棚をじっと見ていた。

「私、あそこに行っていいかな」

「うん」

民子はゆっくりと中庭に入って行った。

英雄は葡萄棚の下にたたずむ民子を見つめていた。民子の姿がリンさんの大きな身体と重なった。

その時、男衆の住む東の棟の方から声がした。

「あれ、おまえ民子じゃねえか」

垣をへだてて時雄が立っていた。

民子は時雄を見つけると、立ち上って笑っていた。

「そんなとこで何してんだおまえ。逃げて来たんじゃあるまいな」

民子はただ笑って、首を横にふっている。

「おい、こん次ただでやらせろよ」

時雄は百日紅《さるすべり》の木に腕をかけて話していた。

「民子さん、できたわよ」

背後で絹子の声がした。時雄は絹子の姿を見るとあわてて会釈《えしやく》をして、東の棟へ消えて行った。民子はサンダルの音をさせながら戻って来た。

玄関先で絹子に礼を言いながら何度も頭を下げていた民子と、英雄は三角野球をしに入江まで行くといって一緒に家を出た。

「あなたのお母さん、とてもいい人ね」

赤いワンピースを着た民子が、風呂敷包みを揺らしながら言った。

「でもよく泣くよ」

「そうなの。皆が言ってたとおりの人ね」

新開地へ入る曙橋へ二人が近づくと、橋の袂《たもと》に人だかりがしていた。

英雄は民子の手を引いてその人垣の中に入った。

男がひとりあおむけに倒れていた。

浴衣《ゆかた》姿の男がひとりしゃがみこみ、持っていたステッキで男の横っ面《つら》を叩《たた》いて言った。

「こりゃもう死ぬな」

倒れた男は目をむいたまま口から泡を出していた。

英雄は、その男を何度か見かけたことがあった。

橋の下に住んでいる男だった。いつもうす汚れた服を身にまとって、すすけた顔に目だけが異様に光っている浮浪者だった。古町の料理屋の裏でゴミ箱をあさっているのをよく見かけたし、入江の浅瀬で尻《しり》を丸出しにして大便をしているところを見たこともあった。

「警察を呼んで来いよ」

「今派出所へ人をやらしたよ」

「それにしても、ひでえ臭《にお》いだ」

浴衣の男がまたステッキをふり上げて、頭を叩いた。乾いた音がした。

「なんにも入っちゃいない音だぜ、こりゃ」

男の声に、人の輪から笑いがもれた。

「よしなよ。何をすんだ、このろくでなし」

大声がした。ふりむくと、民子が浴衣の男を睨《にら》みつけていた。

民子は輪の中にすすみ出ると、倒れた男のそばに寄って、

「おじさん、大丈夫？　しっかりして」

と肩をゆすった。

「なんだい、おまえのおやじか」

浴衣の男がステッキを民子の前に突き出した。民子はそのステッキを手ではらうと、

「ろくでなし、おまえにはおやじはないのかい」

と怒鳴り返した。

「なんだと」

その時、人の輪が割れて、派出所の警官がやって来た。

「何を騒いでるんだ、おまえらは」

警官の姿を見て、浴衣の男は知らぬ顔をしてそっぽをむいた。民子はやって来た警官にむかって、

「病院に連れてってやんなきゃだめだよ」

と腕を取って言った。

「わかった、わかった」

「お巡りさん、すぐ連れてってやんなきゃ死んでしまうよ、この人」

「わかったから手を離せ」

「いやだ、離したらこのまま殺しちまうんだろう」

「何を言ってる。もう一回言ってみろ」

警官は民子の手をふりほどいて怒鳴った。民子は道に膝《ひざ》をついたまま警官を睨んだ。

「なんだその目は」

「放《ほ》ったらかして殺すんだろう」

「きさま」

警官が手を上げようとした時、二人の間に白い背広姿の男が割って入った。そうして民子の胸ぐらを摑《つか》むと、

「おんし誰にむかってそげん口をきくんじゃ」

と言って、平手で民子の横っ面を殴りつけた。民子が悲鳴を上げた。

「おんしはなんの用事があって外へ出やがった。謝れ。巡査さんに謝らんか」

男は民子の髪を摑んで警官の方に頭をおさえつけた。民子は悲鳴を上げながら、すみません、すみませんと泣くような声を出した。

「なんだ土佐屋の女か、この女は」

警官が男の勢いに呆気《あつけ》にとられたように言った。

土佐屋は新開地にある大きな廓《くるわ》の屋号であった。

「どうもすみません。かんべんしてやって下さい。ほら、民子、おんし土下座して詫《わ》びんか」

男は民子の首を摑んで道にねじ伏せた。

英雄はその男の顔に見覚えがあった。一度家で父と酒を飲んでいたのを覚えていた。

「かんにんして」

民子が泣きながら言った。

英雄は、やめろ、と声を上げて男にむかって行った。

すると英雄の身体は急に宙に浮き上って、輪の外に連れ去られた。地面に着いて自分を摑んだ主を見上げると、父の斉次郎《さいじろう》だった。

「お父やん」

英雄は父を呼んだ。

「むこうへ行っとれ」

斉次郎は低い声で英雄に言った。

英雄は人垣の間から、まだ頭をおさえつけられたままの民子を見て、父の顔を見上げ、

「お父やん」

ともう一度、哀願するように言った。

「むこうへ行っていろと言うのが、わからんのか」

今度はよく通る声で斉次郎は言った。英雄は唇を噛んで、うつむいた。

「土佐屋、もう行くぞ」

斉次郎が声を上げた。

「土佐屋さん、もういい加減でしょう」

父の隣りの楊子《ようじ》をくわえた瘦《や》せた男が笑いながら声をかけた。

「ほらほら見せ物じゃない」

警官の声がして、人垣がくずれた。民子は見知らぬ男に腕を引かれて曙橋の方へよろよろと歩き出した。斉次郎は英雄の顔を見て、この場を立ち去るように目で合図をした。英雄はうなずいてから、男の倒れている方をちらりと見た。警官は帽子で胸元

をあおいでいた。足元の男はいつの間にか目を閉じていた。

英雄は入江にむかって走り出した。


数日後、英雄は母屋《おもや》を出て東の棟にひとりで住むように、母から言われた。

「どうして僕だけあっちへ行くの」

「英さんはもう一人前だからよ」

「一人前だと母屋を出るの」

「そうじゃなくて、もう一人で寝るのよ」

英雄が母と話している間に、お手伝いの小夜《さよ》が机や本棚を幸吉と運んでいた。

「男の子なんだから、一人で住めるでしょ」

「……それは、大丈夫だけど」

突然、母に言われて、英雄はどうしていいのかわからなかった。

「おや、引っ越しですか」

源造が英雄を見て言った。

「英さんはもう一人前だからな」

源造に誉《ほ》められても、英雄はいつものように嬉《うれ》しい気持ちになれなかった。

その夜ひさしぶりに、夕食の席には斉次郎の姿があった。上座に斉次郎が胡坐《あぐら》をかいて座り、すぐ下手《しもて》に英雄が座った。英雄の向いに母と三人の姉たちが並んでいる。斉次郎が留守の時は、英雄が上座に座って食事を摂《と》るのが、高木の家の習慣だった。食事が終って、お茶になると斉次郎は姉たちの名前を一人ずつ呼んで、

「近頃は何をしているのか」

と聞いた。

バイオリンを習っている長女と次女は、その発表会のことを話した。クラシック・バレエを習い始めた三女はその様子を父に説明した。ひととおり話し終えると、姉たちは自分たちも英雄のように一人の部屋が欲しいと言った。

「贅沢《ぜいたく》を言うもんじゃありません」

と絹子が言ったが、斉次郎は、

「考えておこう」

とだけ言った。

お茶が終る頃になって、斉次郎が、

「英雄、おまえも来年は兄になるのだから、もう少ししっかりしなきゃだめだぞ」

と言った。姉たちは顔を見合わせてから、

「母さん、赤ちゃんできたの」

と身をのり出して聞いた。

母は黙ってうなずいた。

「ねぇ、いつ生まれるの」

と姉たちは嬉しそうに言った。

「来年の春だ」

斉次郎が空になった洋酒の罎《びん》を指でつまんで左右にふりながら言った。

その時、玄関の呼鈴《よびりん》が鳴った。

「旦那《だんな》さんに土佐屋さんの使いの人が見えてます」

と小夜が告げた。母は黙って新しい洋酒のコルクの栓を開けていた。

「居間に通してくれ」

斉次郎が言うと、姉たちはごちそうさまと口を揃《そろ》えて子供部屋に引き揚げた。

「英さん、お風呂《ふろ》に入ってから部屋に行くんですよ」

母は、ぼんやりと帆船の形をした洋酒の罎を見ている英雄に言った。

「うん」

英雄がこたえると、斉次郎は、

「源造に居間へ来るように言ってくれ」

と絹子に言って立ち上った。

英雄が廊下に出ると、男がひとり玄関の絵を眺めて、

「いい絵ですね。高木さん」

と父に話しかけていた。

「お嬢さん方は皆美人ですね」

男はニヤリとして言った。父は何もこたえず居間に入った。男も父のあとに続いた。

英雄が風呂場に行くと、脱衣場で姉たちは歯を磨きながら今しがた見かけた男の話をしていた。

「ねぇ、今の男《ひと》、東京の人だ」

「どうしてわかるの？」

「東京弁話してたもん」

「あんた知ってんの、東京弁」

「知ってるよ。それに〝今度キャンデーを持ってきましょう〟って言ってたよ。このあたりの人はそんなこと言いやしないもん」

英雄は裸になって、姉たちの話を聞いていた。小夜が着替えを取りにやって来た。

英雄は風呂場に入った。ガラス戸越しに姉たちの会話が聞えていた。

「なんだか俳優みたいな人ね」

「ああいうのはヤクザですよ」

小夜が話に入ってきた。

「ヤクザなのかな、色が白かったよ」

「そういうヤクザが多いんです。東京は」

「小夜、あんた東京へ行ったことあるの」

「ないけどわかるんです」

「そうかな……」

「さあ早くお風呂に入ってください。男の話なんかしてると、女将《おかみ》さんに叱《しか》られますよ」

「だってまだ英雄が入ったばかりだもの。英雄より先に入ったら叱られるでしょ。うちは民主主義とは違うんだもの。男女平等じゃないのよね」

英雄は洗い場で放尿をした。そうして五右衛門《ごえもん》風呂の湯に浮いた丸板に器用に足を乗せて、勢いよく肩までつかった。英雄は湯舟の湯気を見ながら、どうして父は姉たちのことばかりを尋ねて、自分のことは何も訊《き》かないのだろうかと考えた。その理由がなんとはなしに今夜から自分が母屋を離れることと関係があるような気がした。

「うちの番頭をやっている飯田源造だ。源造、こちらが横浜から来た名取《なとり》さんだ」

「名取好雄《よしお》です。このたびは御世話になります」

「いいえ、こちらこそいろいろありがとうございます」

居間では斉次郎と源造の前で、横浜から来た男が洋モクを吸いながら、足を組んでソファーに座っていた。

「いつ見えたんですか」

「三日ほど前です」

「今はどちらにお泊りですか」

「土佐屋さんの離れに転がりこんでます」

「そうですか。新開地じゃ夜も騒がしいでしょう。うちは駅前に旅館をやっていますから、どうですかそちらに移られては……」

「いや、土佐屋さんの方が艶気《いろけ》があっていいですよ」

名取は源造に返事をしながら、斉次郎を上目遣いに見て笑った。

「そうですね。これは気がつきませんで」

源造は頭をかきながら笑った。

斉次郎はまた新しい事業をはじめようとしていた。もうすぐ開店するキャバレーに生演奏の専用バンドを入れたかった。メンバーを調達に神戸まで出かけたが、上手《うま》く行かなかった。その話を土佐屋の主人にしたら、ちょうど楽団を解散したばかりの男が横浜から遊びに来ていると言われた。渡りに船と斉次郎は名取に逢《あ》ったのだった。

名取はどこかいい加減そうな男に見えた。しかし斉次郎がこれまで逢ってきたバンドマンは大なり小なりいい加減で、わがままな連中が多かった。ヒロポン漬けになっていないだけまだましだった。時々この男が見せる狡猾《こうかつ》そうな表情は、むしろ利用できるように思えた。


風呂から上った英雄を絹子が着替えを持って迎えた。

「早く着ないと風邪を引きますよ。はい、これ蚊取《かとり》線香。火の始末ちゃんとしなきゃ大変ですからね。窓は開けないでね」

「遠足に行くみたいだな」

「何言ってるの、今夜から自分のことはちゃんと自分でするんですよ」

「絹さん、あのお客さん、僕知ってるよ」

「そうなの」

「うん、この間、曙橋で民子さんを助けた人だよ。お父やんといたもの」

「民子さんを助けたって、どういうこと」

英雄は母に数日前の曙橋の袂《たもと》での話をした。

「そんなことがあったの」

「うん、でも……」

「でも何」

「どうして、お父やんはあっちに行けって言ったんだろう。あの人死にかけてたんだよ」

「そう」

「助かったのかな……」

絹子は数日前に浮浪者がひとり死んだことは耳にしていた。夫が浮浪者をひどく毛嫌いするのを絹子は知っている。

夫と通りを歩いていて、以前食べ物をほどこしたことがある母子《おやこ》の浮浪者に声をかけられたことがあった。その時、夫はえらい剣幕で、

「ああいう連中に物をやるなと言っておいただろう」

と言った。

「不憫《ふびん》だったものですから」

「不憫なものか」

「母親と子供ですよ」

「母親であろうと、女であろうと、働こうと思えばどこだって働けるんだ。何もしないで人に物乞《ものご》いをする者は、生きている資格はないんだ。わかったか」

「はい」

夫はそういう人たちには異常と思えるほど神経を逆立てた。だから絹子は、斉次郎にかくれてそういう人たちにほどこしをしていた。

夫が数日前に、急に息子の英雄をひとりで寝起きをさせるように言ってきたことは、もしかしてその曙橋の事件が原因しているのかも知れないと思った。

「その時どうしようと思ったの、英さんは」

絹子は事件の時の英雄の気持ちを聞いた。

「わからないけど、助けようと思って」

「民子さんを?」

英雄は絹子の質問に考えるような目をして、

「民子さんと、それから」

「それから何」

「あの倒れていた人も」

「そう」

「うん、でもお父やんは〝むこうへ行っとれ〟って言った」

その時だけ英雄は歯を喰いしばるような顔をした。それが父親に対しての反抗であるのかどうか、絹子にはわからなかった。しかし民子だけでなく、その浮浪者の男のことも考えていた英雄の心情を聞いて、絹子は嬉しかった。息子の夫を見る目には信頼以外のなにものもない。それを不服とは思わないが、絹子は英雄の中に、夫とはまるで性格の違う男性が見える気がする時が近頃あった。


英雄はその夜、生れて初めてひとりで眠ることに興奮して、遅くなるまで部屋の灯りを点《つ》けたり消したりしていた。

部屋の灯りを消すと、月明りが差し込んで、窓辺のいちじくの木影が壁に映った。葉が風に揺れるたびに壁の影が人の顔や、得体の知れない生き物の姿に見えた。

英雄は野球のバットを脇《わき》に置いて蒲団《ふとん》に入った。

恐怖心は英雄の聴覚を敏感にした。

風が強くなった。女の悲鳴のような声が聞えた。大柳の木が風に鳴っている音だとわかっているのだが、耳をすますとその音は女の泣き叫ぶ声に聞えた。

その声が、曙橋の袂で聞いた民子の泣き声に重なった。すると空を見上げて目をむいていたあの男のすすけた顔があらわれた。

――あの男《ひと》は死んだのだろうか。

男は死んでいるような気がした。英雄の目の前に入江の水面がひろがった。男が目をむいたまま水に浮かんで流れていた。その死体はどんどん潮に流されて遠去かろうとする。

――次の世界ってどこにあるの？

――そりゃあ遠いところじゃ。

リンさんの法要に行った時の和尚《おしょう》の声がした。

リンさんもその遠いところにいるのだろうか。和尚はもうどこかで生きている、と言っていた。それなら、自分のところに一度くらい来てもいいような気がした。

英雄の閉じた瞼《まぶた》の裏に、次から次へと、さまざまな人の姿があらわれては消えて行った。

その廃工場は新開地につながる入江の中洲《なかす》の西端にあった。戦争中にあった軍事用のメリヤス工場の跡で、今はもう崩れかけたレンガ塀が迷路のようなかたちで残っているだけだった。

そこは古町と新開地の子供たちの絶好の遊び場だった。

陣地合戦をするにしても、缶蹴《かんけ》りをするにしても、隠れる場所は無数にあったし、朽ちかけた木蓋《きぶた》がかけてあるだけの地下壕《ごう》がいくつも残っていた。

その一角にまだ唯一《ゆいいつ》屋根の残った倉庫があった。天窓から陽が差しこみ、雨をしのげる遊び場だった。英雄はパチンコ屋の真ちゃんと二人で湿った土の上に散らばったビー玉を見ていた。

二人のむかいに新開地の三人の子供が同じようにそのビー玉を睨《にら》んでいた。

「おまえたちの番じゃ。早くせんか」

初めて逢った英雄たちより歳上《としうえ》の少年が、うすら笑いを浮べて言った。

「わかってるって」

真ちゃんがビー玉を睨んでこたえた。

今日の英雄と真ちゃんのビー玉の戦績は散々だった。

英雄のポケットの中には、あとわずかのビー玉しか残っていなかったし、真ちゃんはからっけつのありさまだった。昨日まで二人はここで新開地の子供たちに勝ち続けていた。ところが今日は、相手は新顔の加勢を連れて来た。手強《てごわ》い相手だった。英雄たちは小一時間もしないうちに昨日までため込んでいたビー玉をほとんど巻き上げられていた。

「降参だって言やあ、そこのビー玉はかんにんしてやる」

「うるせえなあ、ちょっと黙ってろよ」

真ちゃんが言った。真ちゃんはビー玉を見ながら二、三度うなずいて、英雄の耳元で、

「玉を全部、あいつの軸玉のところへ寄せてしまおうぜ」

と囁《ささや》いた。

ゲームの要領は、まず土の上に大と小のふたつの同心円を描く。そうしてお互いが賭《か》けるビー玉の数を決めてそのビー玉を外側の円の中にばらまく。次にそれぞれが一個の軸玉を選んでその玉をちいさな円の中で打ち合う。

そうして自分の軸玉で相手の軸玉を大きな円の外へ打ち当てて出してしまえば勝

ちになる。賭けたビー玉は勝者が総取りになる。ただし打ち当てたビー玉はちいさな円に残っていなくてはならない。打ち込んだビー玉に逆回転をかけながら相手のビー玉を外に追い出す技術がいる。そして相手を誘い込む駆け引きもいる。昨日までの少年は技術も駆け引きも英雄たちの思うままだった。ところが今日の相手は違っていた。

二人は交互にビー玉を打ちはじめた。ククククッと相手の少年が笑った。

「何が可笑《おか》しいんだよ」

「玉を寄せたら、こっちの思う壺《つぼ》だ」

「へん、そう思うならそう思え」

相手の番になった。彼は目を細めて、英雄と真ちゃんの軸玉が他のビー玉に邪魔されずに外へ出る角度を探した。

「青玉は終りだな」

「じゃあやってみろよ」

真ちゃんは相手を睨みつけて言った。空色の模様が入った真ちゃんの玉にむかって相手は軸玉を構えた。

指先からビー玉が打ち放たれると、カチッと鋭い音がして真ちゃんの空色のビー玉はふっ飛んでいた。打ち込んだ玉は逆回転をしてちいさな円の中に残った。

やった。真向かいの二人が手を叩《たた》いて、喜んだ。

相手は得意気な顔をして真ちゃんを見てから、英雄にむかって、

「そっちも終りだろう」

と見下すように言った。

「うまいもんだな、坊や」

入口の方から声がした。

ふりむくと、暗がりに男と女が立っていた。光がこぼれる場所だけを見ていた少年たちには、急にあらわれた大人が、白い服を着ていたせいか、幽霊のように浮き上って見えた。

天窓からの陽の当たる場所に入って来ると、

「あら高木さんの坊やじゃない」

と女が言った。

女を見上げると、民子であった。寺に行った時と違って、白地に黄色の水玉のワンピースが彼女を艶《いろ》っぽくしていた。

「へぇ、これが高木斉次郎の息子か。そういやあ、逢った気もするな」

男は曙橋《あけぼのばし》の袂と、母屋《おもや》の廊下で見かけた男だった。曙橋の時と同じように男は口に楊子《ようじ》をくわえていた。

「じゃあ高木の坊ちゃんが降参寸前ってとこなんだな」

と男は足元に散らばったビー玉を見下ろして言った。

「おじさん、どいとくれよ。今大事な時なんだから」

英雄の軸玉を狙《ねら》おうとしていた少年が口を尖《とが》らせて言った。

「おっ、そりゃ悪いことをしたな。じゃあお手並み拝見としよう」

それでまた皆黙った。

男はビー玉をかまえた少年の背後に立って、口笛を吹いた。美しい音色だった。まるで楽器を吹いているような澄んだ音色が、倉庫の中に反響した。

少年が息を止め、狙いを定めて打ち込もうとした瞬間、男の口笛が耳をつんざくような鋭い音に変わった。

「あっ」

と少年が声を上げた。彼の打った玉は英雄のビー玉を外れて円のむこうに飛び出て行った。

「フフッ、残念だったな坊主《ぼうず》。そんなこともあるさ。どうだい高木の坊ちゃん、俺に一度やらせてくんないか」

「いやだよ。子供の遊びに入って来るなよ、大人が」

　少年が言った。

「そうか、そりゃ悪かったな。でもどうだい、打ち玉の数を俺が一回でおまえが三回ってことじゃ」

　少年は黙って男を見た。

「よしなさいよ、子供相手に」

　民子が男の肩にしなだれかかるようにして言った。

「馬鹿《ばか》ねえ、名取さん」

「馬鹿なことじゃないさ。賭けごとに大人も子供もないさ」

「いいよ、おじさん。だけどこいつらはもうビー玉がないんだよ。おじさんが負けたらどうするんだ」

　男は笑って、ポケットから百円札を一枚取り出すと、それを少年の足元に投げた。

「それをくれてやるよ」

「本当に？　本当にくれるんだな」

「ああ」

「それで打ち玉の数は一回と三回だぞ」

「そうだ」

　上着を脱いだ男は、やわらかそうな仕立てのシャツのそでをまくって、左ききの手であざやかにビー玉を打ち込んでいった。

　遊び半分に男はゲームをしなかった。その証拠に五分もすると男のひたいはうっすらと光り出し、背中のシャツから汗に濡《ぬ》れた肌が青白く透けて見えた。細い指先はゴムのように狙い玉を見すえる男の目は、蛇のように鋭くなっていた。

しなった。

　英雄は男の目や、指先より、シャツの下で先刻からうっすらと浮かび上っているピンクの絵模様に目を奪われていた。

　男の肩先から二の腕にかけて彫られた花の模様の刺青《いれずみ》が、天窓から差す陽差しに妖《あや》しく息づいていた。

「英ちゃん、あの人すげえなあ。さっきから一発だって外しやしないもの。それにほら見てみろよ、刺青を入れてるぞ」

　耳元で囁く真ちゃんの声が遠く感じられるほど、英雄の視覚の中にあざやかな花模様がひろがっていた。

「やめだよ。こんなのないよ」

少年が泣き出しそうな声で言った。

「こんなのってなんのことだ」

男は低い声で少年に言った。

「何かインチキをしてるんだ。でなきゃこんなには当たるもんか」

「インチキ？　小僧、いい加減を言うんじゃないぞ。どこにインチキがあるんだ」

男は真剣な顔で言った。

「よしなさいよ、子供相手に」

「おまえは黙ってろ。小僧、どこがインチキなのか言ってみろ」

「畜生」

少年はそう言うと、足元に残ったわずかなビー玉を素早く拾い集め、ポケットに仕舞いこんで他の二人と倉庫を走り去った。

「よし終った。ゲーム・セットだ」

「馬鹿みたいね」

民子がハンカチを男に渡しながら言った。

「でも、名取さんを見てたら……」

民子は男ににじり寄りながら、後の言葉を男の耳に唇を近づけて甘えるように何事か囁いた。

男はまくりあげたシャツを降ろしながら、

「汗をかいちまったな」

とシャツの肩口をつまみあげた。

「おじさん、ありがとう」

真ちゃんが笑って、百円札を男に渡そうとした。

「あそばしてくれた駄賃だ。とっときな」

「ほんとに？」

真ちゃんが英雄の顔を見た。

「高木の坊や、おやじさんはどうしてる」

「今日はいないよ、お父やんは。おじさん、あのさ……」

英雄は男を見を上げた。

「どうした？」

「おじさんの背中の刺青を見せてくんない」

歩きかけていた男は急に立ち止まって、正面から英雄をじっと見据えた。そうして

低い声で、

「見たいか」

と真顔で訊《き》いた。

「うん」

「よしなさいよ。子供の前で」

民子が言うのも聞かず、

「無銭《ただ》じゃ見せられないな」

と男は意味ありげに笑って英雄を見下ろした。

「…………」

英雄は黙っていた。男の望んでいることがわからなかった。

「約束をしろ。俺の味方になるって」

英雄は男を見返した。男は英雄から視線を外さなかった。

「……わかったよ。約束する」

「僕も約束するよ」

真ちゃんが大声を上げた。

「こころ強いな」

男はシャツのボタンを外すと、威勢良く双肌《もろはだ》を脱いだ。

そうして天窓の下で、ゆっくりとうしろむきになった。

暮れかけようとする陽差しが、男の肩先に霞《かすみ》のように当たった。それは美しい薔薇《ばら》の花であった。濃紺の葉と細い蛇のようにねじれた茎に真っ赤な薔薇が左肩から二の腕にかけて描かれていた。

汗に光る男の肌に、花びらは雨に濡れたようにつややかにかがやいていた。

英雄も真ちゃんもこの界隈《かいわい》で、刺青をした男たちを何人も見てきたが、こんなに華麗な花びらの刺青を見るのは初めてだった。

英雄の視界の中で、いつの間にか男の裸体は消えて、薔薇の花だけが、宙に浮かんで咲いていた。目がくらみそうな妖しさがあった。

見ているだけで、喉《のど》が渇いた。

男は立ち去る時に、坊や約束を忘れるなよ、と言った。英雄はうなずいた。

「すげえなあ、英ちゃん」

真ちゃんが生唾《なまつば》を飲み込みながら言った。

「ああ、ほんとだ」

英雄は茫然《ぼうぜん》としてこたえた。

家に戻ってからも、英雄は男の薔薇の花模様が忘れられなかった。

「どうしたの、英さん。ぼんやりして」

絹子が聞いても、英雄はただうなずくだけだった。

夜、蒲団《ふとん》に入ってからも、赤い血の海のような花びらのうねりが英雄にせまってきた。

その薔薇は美しいということを越えて、英雄に奇妙な恍惚感《こうこつかん》を与えた。いつの間にか自分がその薔薇の花の中にひっそりとしのびこんで、生暖かい花びらの温度とひんやりとした湿った空気の中にたたずんでいる気がした。……

翌日、英雄はひとりで廃工場へ行った。

倉庫へ入ると、冷たい風がどこからともなく流れて来た。英雄は天窓から陽の差し込むあたりを眺めながら、昨日の午後たしかに見たはずの薔薇のあざやかさを思い出そうとした。

しかし薔薇はおろか青い葉色さえあらわれなかった。英雄はがっかりして、倉庫を出ようとした。すると壁の外側から女の笑い声が聞えた。壁のむこうで誰かが話をしているようだった。

「いやだったら、もう」

今度は、はっきりと女の声が聞えた。

英雄は倉庫を出て、声のする場所とは反対に回り、半分崩れかけた倉庫の屋根に続く階段を上った。屋根づたいに歩けば、レンガの礫山《れきやま》に飛び移って、廃工場の外へ出ることができた。

屋根づたいに歩いていると、ちょうど真下に男と女が身体を寄せ合っているのが見えた。二人の居る場所は、レンガ塀の間にはさまれた絶好の隠れ場所のような一角だった。

女は塀に身体をあずけて、男の背中に腕を回していた。なかば開いた口から、笑い声のような奇妙な声を発していた。

英雄は大人の男と女が陰に隠れてする行為をうすうすは知っていたが、今眼下に見えるものを正視する勇気はなかった。彼は立ち去ろうとした。しかし次の瞬間に足を止めた。それは男の背中をまさぐるようにしていた女の手が、男のシャツを脱がせはじめ、あの薔薇の刺青を陽にさらけだしたからだった。

あの男だった。女は民子ではなかった。

女の手は薔薇にふれたまま動かなかった。奇妙な声が続いた。女は空を見上げている。首をふりながら、笑っているようにも泣いているようにも見えた。突然、女の視線が英雄をとらえて止まった。

「誰かこっちを見てる」

女がかん高い声を上げた。

英雄はあわてて、首を煙突のうしろに引っ込めた。

「誰が？」

「あそこ、屋根の上から」

「誰もいやしねぇじゃねぇか。カラスかなんかだろう。途中で変なことを言うんじゃねぇよ」

「フフフッ、ごめんね。ねぇ民ちゃんとどっちがいい」

「馬鹿を言うな。あんな年増女《としまおんな》」

「ほんと、ほんとに私を連れてってくれるのね」

「黙ってされてろ」

「フフフッ」

英雄は崩れかけた屋根の上を身をかがめて走ると、そのまま礫山に飛び移って、一目散に古町に駆けて戻った。

新開地の遊廓《ゆうかく》「土佐屋」の金庫の金と、店の売れっ子の女郎が一人、姿を消したのがわかったのは、十月も中旬の午後だった。土佐屋の離れから名取好雄の荷物も失《う》せていた。

土佐屋の手の者と、新開地をしきる組の若い衆が、駅や港に二人を捜しに走った。

高木の家に土佐屋の男がやって来たのはほどなくしてからだった。

広場の方で騒がしい声がした。戸を開けると、男が二人、英雄を睨《にら》んだ。

「おい土佐屋さん、どういうことだい、ことわりなしに家の中を見て回って」

石健《いしけん》がシャツのそでを口をまくって、刺青をちらつかせながら言った。

「ですから、こちらの方に逃げ込まなかったかと思いまして」

「知らない人間がひとりでもいれば、俺たちだってわかるさ。それをいきなり、家の中をのぞかせてくれはないだろう」

石健の声に、東の棟にいた若い衆がぞろぞろ出て来て、土佐屋の二人連れを囲んだ。

「高木のおやじさんはどちらに」

土佐屋の男も引き下らない。

「おやじさんがどこに居ようが、そんなことはおまえたちに関係ないだろう。話は表でつけようじゃないか」

「おい、新開地、高木の家をなめるなよ」

脇《わき》から時雄が凄味《すごみ》をきかせた。

男たちは渋々引き揚げて行った。

「どうしたの、何かあったの」

英雄は母屋に行って、母に聞いた。

「なんでもないわよ。栗《くり》があるから食べなさい」

英雄は縁側で、絹子のゆでた栗を食べた。風の強い午後であった。目の前に、大柳の木から枯葉が舞い落ちてきた。柳の右手にある葡萄《ぶどう》棚はすっかりと葉をなくして、枯れた蔓《つる》が風に揺れていた。

東の棟からサキ婆《ばあ》の歌声が聞えた。

英雄は、それが気になって東の方へ戻ってみた。サキ婆は白菜を山と積んで、漬け物をこさえていた。すぐ隣りに裸足《はだし》の少年が、上半身裸で手伝いをしていた。

「サキ婆、キムチか」

「そうですわ。たんと漬けても大飯喰らいが多いですからの。英坊ちゃん、この子はわしの孫で、ヨングといいます」

「ヨング？」

「ヨシキでいいですわ。今、新町の中学校へやってます。ヨシキ挨拶《あいさつ》をせんか」

その中学生は照れくさそうな顔で、こんにちは、とちいさな声で言った。

「こんにちは」

英雄は中学生を見た。そんなに大きな身体をしていなかったが、肩から胸についた筋肉は大人のようにたくましかった。

「サキ婆、何かあったの？」

と英雄が、広間にたむろしている若い衆を見て聞いた。

「馬鹿《ば》たれどもがまた何かしたんでしょう。おいヨングや、その白菜をこっちへ持って来てくれ」

中学生は二十把はある白菜の束を軽々とかかえて、サキ婆の前に置いた。

「英坊ちゃん、ヨングのことよろしくお願いしますぞ。ほら、ヨングもちゃんと言え」

彼ははにかんで笑った。英雄も笑った。

時雄が肩をいからせて戻って来た。チキショウ、なめやがって、今度来たらタダおかないぞ、とひとり言を言っている。

「時ちゃん、何かあったのか」

英雄は時雄に聞いた。

「流れ者が、金と女を盗んで逃げたんです」

「ふぅーん」

「それで新開地の連中がこの辺をうろうろしてやがるんですよ。気に入らねえな」

時雄は顔を歪《ゆが》めて言った。

その流れ者が薔薇の男とわかったのは、夕食時の姉たちの会話からだった。父の斉次郎はいつものように不在であったが、長姉の口にした言葉に母がひどく怒った。

——色男が駆け落ちしたってことね。

「そんな言葉を使うものじゃありません。どこでおぼえてきたの、言いなさい」

姉は母の剣幕に目を伏せた。

「時雄ちゃんがそう言ったんだもの。だって女の人と逃げて、もう一人民子っていう女の人がそれを知って死のうとしたって、そういう男を色男って……」

母は立ち上ると、姉を連れて奥へ行った。頰をぶたれる音がした。泣きながらあやまっている姉の声が聞えた。

「もう言いませんから」

英雄はその声を聞きながら、

——イロオトコ。

と姉が言った言葉を思い出しながら、その言葉の持つ響きが、なんとはなしにあの男の背中でかがやいていた薔薇の花の色彩と重なった。

男たちの怒鳴り声で、英雄は目を醒《さ》ました。ガラスの割れる音に続いて、女の悲鳴が聞えた。

——こっちだ。材木置場の方だぞ。

——逃げたぞ。海側だ。

入り乱れた足音が聞えた。

英雄は飛び起きて、裸足のまま土間に降りると、部屋の内鍵《うちかぎ》を開けて表へ出た。

広間に灯りが点《つ》いて、広場にも海側の門にも若い衆が立っていた。誰かがトラックのエンジンをかけて、ヘッドライトを広場にむけて照らしていた。

寝間着姿の男もいれば、パンツ一枚の男もいる。

「塀を越えたらしい」

石健が木刀を片手に、脱ぎ捨てられた上着を持って戻って来た。

「土佐屋の連中はどうした」

「そのまま追い駆けて行きました」

源造は褌《ふんどし》ひとつの身体に肩から背広をかけて立っている。

そのすぐそばで若い衆が人垣をこさえている。

母屋《おもや》から斉次郎が出て来た。

「名取がこのあたりに逃げ込んだようです。土佐屋の連中が見つけたらしいんですが」

斉次郎は頭をかき上げながら、

「怪我《けが》はなかったのか」

と石健に言った。

「はい、すんません。こっちも寝起きで連中のやりとりに表へ出たら、女を盾《たて》にしてやりあったもんですから……」

人垣の中から、水をかける音がした。

「この野郎、なめたまねしゃがって」

土佐屋の男の怒声がした。

「無理矢理連れて行かれたんだよ。本当だよ」

女が声を上げた。

「あいつにおどかされたんだよ」

「てめえ一日中、引きずられて歩いたのか」

女を殴りつける音がした。

「痛い、手が抜けてんだよ」

「手の一本や二本じゃすむか」

男は容赦なしに女を殴った。

「おい、土佐屋。外でやってくれ」

斉次郎が言った。それで男は殴るのをやめた。

「皆でもう一度、家の回りを見てみろ」

斉次郎は眠たそうな声で言うと、裸足のまま突っ立っている英雄を見つけて、ゆっくりと近づいてきた。

「なんでもないから早く戻って寝るんだ」

「うん」

斉次郎は英雄の足元を見て、源造を呼んだ。百日紅《さるすべり》の木の下にある水甕《みずがめ》のそばで、

「なんでもありませんよ」

と源造は英雄の足を洗いながら言った。そうして手拭《てぬ》いで足をふき終ると、さあと肩を出して英雄を背負った。

「英さん、ずいぶんと重くなりましたね」

「でも、学校じゃちいさいんだよ」

「今に大きくなりますよ」

「そうかな」

「おやじさんの息子さんだから……」

源造の最後の言葉は、風に鳴る柳の葉音にかき消された。源造は立ち止まって大柳の木を見上げた。

「台風が来ますね。こりゃ大きいかも知れんな」

英雄も揺れる大柳を見上げた。激しく流れる雲が、満月を横切っていた。そのたびに柳は女の髪の毛のように浮き上った。

息を切らして、幸吉がやって来た。

「もういないみたいですね」

「そうか、ご苦労だった」

すぐに石健が戻って来た。

「海側もいないようですが、ちょっと気になるんでもう少し様子を見ます」

「大丈夫だろう。それにしても、つまらん男だったな」

源造はそう言って、英雄を部屋へ連れて行った。

部屋の灯りを消して、うとうととしはじめた頃、英雄はかすかな物音を耳にした。泣くような柳の葉音にまぎれてしまいそうな音だった。

英雄は気のせいだと思って、目を閉じた。

また音が聞えた。どこからするのだろうと思った。足音のようだった。

ザザーッと木の枝が跳ねて、英雄の部屋の外壁に当たる音がした。窓のそばにあるいちじくの木のあたりである。ドンと壁にぶつかる音がして、窓ガラスの戸が揺れた。

英雄は起き上ると、息を殺し耳をすました。物音は止《や》んでいた。英雄はじっと動かずにいた。

ガサ、ガサと、ゆっくり落葉を踏む足音がした。

誰かが英雄の部屋の窓の下にいる。

そこはレンガ塀と建物の間にいちじくの木が妙な恰好《かっこう》でのびていて、人ひとりがやっと通れる狭い行き止まりのすき間だった。

英雄はカーテンの間から、外をのぞいた。

窓をおおっているいちじくの大きな葉が邪魔をして、窓の下はよく見えなかった。つま先を立てて、葉の間からのぞいたが、やはり闇《やみ》があるだけで様子がわからない。

その時、雲が切れたのか月明りが差し込んだ。

レンガ塀に両手を守宮《やもり》のようにつけた男がひとり、じっとかがんでいた。

背中を見た途端に、あの男とわかった。顔ははっきりとは見えないが、一瞬、月明りに浮かび上った肩口の花は、まぎれもないあの薔薇《ばら》の花びらだった。

男はじっとその場を動かずにいた。荒い息遣いが伝わって来そうなほど、男の背中は揺れていた。揺れているというより、ふるえているような小刻みな動きだった。

また窓の外に闇がひろがった。

英雄は足元が凍りついたように、窓際《まどぎわ》から動けなくなった。薔薇の花に見すえられて身体が硬直していた。

ふたたび月明りが差すと、男の手も背中もどこかに消えて、そこにあるのは闇の中にほのかに咲いている薔薇の花びらだけであった。青い葉の群れの中に赤い花が揺れていた。花びらの一枚一枚は夏の雨に濡《ぬ》れたように艶《つや》やかにかがやいている。

見つめているうちに、英雄の身体は少しずつ縮んで、やわらかな花びらのはざまに吸いこまれて行った。

そこはあわいピンクの霧が果てしなく続いている世界だった。花びらに頰ずりをすると、その感触は母の肌合いに似ていた。風に乗って甘い香りがどこからともなく漂ってくる。

潮騒《しおさい》の音が聞えた。英雄は音に誘われて、雲の上のようにやわらかな足元をゆっくりと踏みしめながら駆けて行った。

誰かが手招きしている。大きな身体だ。あんな大きな人は、父か、リンさんしかいない。

――お父やん。

英雄は父を呼んだ。返事をしてくれない。リンさんかも知れない。リンさんだとすると、ここは和尚《おしよう》の言っていた新しい世界なのか……。

――リンさん、リンさん。

大きなピンクの人影は、英雄に手を差し出した。その手が彼をそっと持ち上げると何度も宙に放り上げた。

無数の光が蝶《ちょう》のように、英雄の指先や膝《ひざ》小僧にまとわりついた。光は英雄の肌にぶつかっては、玉のような音色をさせて、はるか下方にひろがる薔薇の闇に舞い落ちて行く。

英雄は幻覚の中に身を置きながら、自分の手をカーテンの端にかけて、知らぬまに開けていた……。


名取はいちじくの木に足を引っかけて壁にぶつかった時、すぐにこの場所を飛び出そうとした。

しかし脇腹とこめかみが痛んでレンガ塀をよじ登れなかった。慣れないドスのやり取りで自分の脇腹を傷つけていたのだ。

じっと息を殺して塀際にしゃがんだ。塀のむこうから物音はしなかった。

彼はここでしばらく相手をやりすごすことにした。

——逃げとおさなきゃいけない……。

その時、カーテンが開いた。

彼はじっとしたまま動かなかった。おそるおそる見上げると、ガラス越しに人影が見えた。ちいさな人影だった。目を凝らすと、少年のようだった。

——誰だ？

彼は頭にひらめくものがあって、ゆっくりと立ち上ると窓辺に寄った。やはり高木斉次郎の息子であった。少年はじっと自分を見ていた。

名取は窓ガラスを叩《たた》いた。

その音で、英雄は夢から醒《さ》めたように目の前の男を見た。男は窓を開けてくれというう仕種《しぐさ》をしていた。

英雄はどうしたらよいのかわからなかった。

「坊や、開けてくれよ」

男は笑いながら、囁《ささや》いた。

「坊や、約束をしたろう。俺の味方になるって。覚えているだろう」

英雄はうなずいた。

「なら、この窓を開けてくれよ」

英雄は男の目を見ながら、少しずつ後ずさりした。

「待て」

男はすこし大きな声で言った。

英雄はその声に足がすくんだ。

「誰だ、そこにいるのは」

壁のむこうで石健の怒鳴り声がした。

男が窓ガラスを叩き割った。

「幸吉こっちだ。いたぞ、英さんの部屋だ」

声とともに黒い人影が躍るように男にぶつかって行った。

英雄はもんどりうって蒲団《ふとん》に転がった。

戸を押し倒して東の衆が英雄の部屋になだれ込んで来た。

英雄は江州《ごうしゅう》に抱きかかえられて、母屋に連れて行かれた。そのあたりまでは覚えているが、あとは記憶になかった。……

それから三日の間、英雄は母屋で寝起きをした。

絹子は今回の事件のことをひどく気に病んだ。あの夜、何が起こったのかを問いただしても、英雄は一切答えなかった。

四日目の午後、絹子は斉次郎から英雄を東の棟に戻すように言われた。

「大丈夫でしょうか」

「何がだ」

「英雄をあっちへ戻して、あんなことがまたあったりしないでしょうか」

「もうないに決まってる」

「そうでしょうか。あの子を母屋で育てるわけにはいきませんか」

「いかん。あれは高木の跡取りだぞ。女の中で育てていてはだめだ」

斉次郎は柳の木を見上げて言った。

絹子は夫の背中を見ながら、唇を嚙《か》んだ。斉次郎は妻の方をふりむいて、

「そんなことより、もうひとり男を産んでくれ。男がひとりでは困る」

と言った。絹子は黙って台所へ去った。


その日英雄は、真ちゃんと二人で学校からの帰り道、少し遠回りをした。

港に台湾から糖蜜《とうみつ》を運ぶ船が着いていると、真ちゃんが言ったので、新しい桟橋まで見に行ったのだ。

糖蜜船は新桟橋の埠頭《ふとう》に停泊していた。

「大きな船だな。今度のは先月のより大きくないか」

真ちゃんは片眼をつぶって、開いた親指とひとさし指で船の大きさを計りながら言った。英雄も同じ仕種《しぐさ》をした。

「うん、大きいな」

「英ちゃん、俺よ、大人になったら船乗りになろうと思うんじゃ。そんでいろんな国へ行ってよ、きっと楽しいじゃろな。中学校を出たらすぐ船に乗るんじゃ。英ちゃんは何になるのか」

「何って……」

「だから大きくなったら何になるんじゃ」

「……考えたことない」

「そうか、でも英ちゃんは跡取りだものな」

「跡取りって」

「家の跡取りだよ。高木の家の跡取りだよ」

「ふぅーん」

「英ちゃんの父ちゃんは大きいものな。うちの父ちゃんはだめだ。酔って帰ると、母ちゃんをいじめてばかりいるもんな」

家の話をする時、真ちゃんはいつも暗い顔をした。

「真ちゃん、またビー玉やりに行こうな」

「そうだな。そういや、あの刺青《いれずみ》のおじさん、この頃見ないな」

「………………」

英雄は真ちゃんに数日前の夜のことを話そうかと思ったが、やめておいた。それを口にすると、あの男の顔を思い出しそうで、それが怖かった。母にさえ話さなかったのだから、自分ひとりの胸にしまっておこうと思った。

家に戻ると、母に東の棟へ帰るように言われた。英雄は顔を曇らせた。絹子は英雄のその表情を見逃さなかった。

夕食が終って風呂《ふろ》に入り、寝間着に着替えた英雄はなかなか東の棟に行こうとしなかった。

「もう時間よ」

母の言葉に英雄はうなずいて、母屋を出た。広場を通り抜けようとすると、大柳の木が風に鳴っていた。英雄は立ち止まって柳を見上げた。

——こいつはどうしていつもこんな平気な顔で突っ立ってるんだ。

母屋をふり返ると台所の方で小夜が立ち働いている影が見えた。それから自分の行く東の棟を見ると、そこはずいぶんと寒々しく見えた。

絹子は縁側の柱の陰から、息子をじっと見ていた。仕方がないとはいえ、英雄の立ち止まって空を見上げている姿がせつなかった。

電燈を消すと、やはり怖くてしかたなかった。

英雄は電燈を点《つ》けた。カーテンのそばに寄ることさえおそろしく思えた。ずっと天井を見つめていた。するとあの薔薇の花がかすかに浮かんできた。頭まで蒲団をかぶった。足がふるえているのがわかった。

表の戸を叩く音がした。空耳だろうと思った。するとまた音がした。

「英雄、まだ起きてるのか」

斉次郎の声だった。英雄は起き上って、内鍵《うちかぎ》を開けた。

「まだ起きてたのか」

「うん」

斉次郎は部屋に上った。そうして部屋の中を見回してから、カーテンを開けた。

「このいちじくは切ってしまおうな。陽が差さんだろう」

そう言ってから、斉次郎は外の様子をうかがった。

「この間はびっくりしたろう」

「うん」

「こんなところに隠れてるとは思わんからな。ドラ猫のような男だったな」

斉次郎は思い出したように笑った。それから座り込むと、ごろんと横になって天井を見上げた。

「寝心地は悪くなさそうだな。わしもしばらくここでおまえと暮らすかな」

と言った。

「それがいい」

英雄は笑って言った。

「そうか、いいか」

「うん」

「英雄、おまえはこの高木の家の跡取りだからな。跡取りというのは、わしが明日にでも死んだら、この家を守って行かにゃならん。絹さんも、東の者たちも皆おまえを頼ってやって行かねばならん。おまえが弱虫なら、皆それで終ってしまう。わかるか」

「うん」

「おまえがしっかりしなくてはいかん」

英雄は、父とこうして話をするのは初めてのことだと思った。

「お父やん、あの男の人はどうなったの」

英雄は内心、あの男が仕返しにふたたびこの部屋にやって来るのではないかと思っていた。

「あいつか、どうなったろうな。もう二度と顔を見ることもないだろう」

「死んだのか」

「死にはせん。だがこの街に二度と来ることはない」

「じゃ曙橋のそばで倒れていたおじさんは」

英雄はいつかの浮浪者のことを聞いた。

「曙橋？　ああ、あの男か。あれは死んだ」

英雄は父の顔を見た。父は目を閉じていた。

「英雄、人間はな、働かなくちゃいかんのだ。どんな人でも働かなくちゃ生きては行けんのだぞ。人から物をめぐんでもらってはいかんのだ。誰でも働いているから、生きて行ってるんだ。盗みをした者は、あの男のようにとっつかまってえらい目に合わされる。働かなければ、あの曙橋の男のように死んでしまう。あんなふうにならんためにはどうしたらいいと思う？」

英雄はなんとこたえてよいかわからなかった。

「倒れんことじゃ、盗まんことじゃの。この高木の者は誰一人だって働いとらんものはない。それが世の中というもんじゃ……」

そう言って父は大きな欠伸《あくび》をした。

開け放ったカーテンから、秋の月が窓にかかっているのが見えた。

「お父やん」

英雄はリンさんが行ったという次の世界のことを父に聞こうとした。しかし斉次郎はほどなく鼾《いびき》をかきはじめた。

英雄は父と二人でこうして寝るのもはじめてのことだと思った。

表戸が静かに開いた。見ると母が毛布と枕《まくら》を手に、口元に指を立てて入って来た。

「こんなところで眠って……」

母は手慣れた手つきで、頭を支えていた父の手を外して枕を当てた。そうして毛布をかけると、電燈を消した。

すると、月明りが母の顔をほの白く照らし出した。母は英雄の枕元に座ると、

「早く眠りなさい」

「……」

と言って、英雄のひたいを撫《な》でた。

風呂上りの母の肌の匂《にお》いが、英雄の鼻を突いた。

「絹さんもここで眠るといい」

「そんなわけにはいかないわ。こっちは男の人の部屋だから……」

母は蒲団の上から、英雄のお腹《なか》をそっと叩いて、

「おやすみなさい」

と笑った。

絹子は英雄の部屋の戸を閉じると、中庭を歩いて、柳の木の下で立ち止まった。見上げると、秋の月が皓々《こうこう》とかがやいていた。満月にむかうのか、月には勢いがあるように思えた。その月明りの中を、一枚の柳の葉がくるくると回転しながら舞い落ちて来た。

絹子はこんな枯葉の落ちる姿を、以前どこかで見たような気がした。しかしそれがいつのことだったのかは思い出せなかった。それでもなぜかおだやかな日々のことだったように思う。

足元を風がさらった。

絹子はその冷たさに、ふくらみかけた自分の腹の中の子を守るようにして、歩き出した。

第三章　すっぱい風

「良来《よしき》でいいよ。良来と呼べばいい」

ズボンの膝《ひざ》の泥を帽子で落としながら、彼は言った。継《つ》ぎ接《は》ぎの目立つズボンに、背後から吹かれて流れて来た泡立草《あわだちそう》の黄色い花粉があざやかに降りかかった。

良来は花粉の出処《でどころ》をたしかめるように海をふり返った。

冬の海に反射する陽差しに目を細める歳上《としうえ》の中学生を英雄《ひでお》は見上げた。

「高木君は華南小《かなんしょう》へ行ってるの？」

急に良来が自分の方をむいたので、英雄はあわててうつむいて、

「うん」

とうなずいた。

「何年生？」

「四年生、ぼくチビだからそう見えないんだ」

英雄が照れたように笑って言った。

「お父さんが大きいから、高木君もすぐに大きくなるよ」

「本当にそう思う？」

「ああ、中学に入ると急に大きくなるのがたくさんいるよ」

「急に大きくなるものなの」

「ああ急にだよ」

良来はそう言って肩の鞄《かばん》を足元に置くと、丘の斜面に腰をおろした。英雄もその隣りに座った。

首すじを海風が撫《な》でて行った。海風は、下方の雑木林にむかって斜面のすすき野の穂叢《ほむら》をそよがせていく。

良来はじっと雑木林の彼方《かなた》にひろがる街並を眺めている。

膝の上に置いた手が布切れでも握りしめているように帽子をつかんでいた。セルロイドのつばと中学の徽章《きしよう》がのぞいている。

「良来さんは何年生なの」

「俺は中学の三年だよ」

「中学って、どんなとこ」

「どんなとこって？」

良来に聞き返されて、英雄は自分がおかしなことを質問したのだと思った。

その時、二人の頭上を黒い影がよぎった。おうっ、と良来が声を上げて空を見た。

英雄は身をすくめた。見上げると一羽の大きな鳥が丘の斜面をゆっくりと下降して行った。

「トンビだ」

英雄が叫ぶと、良来もその鳶《とび》を見た。

すすき野を斜面と平行に飛行しながら、鳶は雑木林を越えて姿を消した。

「十五数えてごらん。あの欅《けやき》の右手からあいつは出て来るから。三、四、五……」

良来が数を十四数えたところで、鳶は空に放ったつぶてのように欅の木から急上昇をして来た。

英雄は驚いて、鳶と良来を交互に見た。

「もうすぐ斜めに新町の方へ降りるよ」

良来の言葉が終らないうちに、鳶は錐揉《きりも》みをするように羽をせばめて葵橋《あおいばし》のかかる新町の方へ急降下してから、また羽をひろげてゆっくりと佐多《さた》岬《みさき》の方へむかった。

「どうしてわかったの」

鳶のことを手に取るように知っている良来を、英雄は目を丸くして見上げた。

「あそこは風の通り道なんだよ」

「風の通り道?」

「うん、風があの雑木林のむこうにある崖《がけ》に当たってのぼって来るんだ。ほら、あいつ今はぜんぜん羽を動かしてないだろう。あれは入江から岬の方に風が通り抜けているからなんだ」

たしかに岬の方にむかう鳶は羽をひろげたまま空中を滑るように流れている。岬口《みさきぐち》につながる原っぱにぽつんとそびえた樫《かし》の木の上を、鳶は気持ち良さそうに遠去かって行く。

「よく知ってるんだね。すごいや」

英雄が言うと、良来は恥ずかしそうに目をしばたいて、

「ここにちょくちょく来るからね」

と言った。すると歯ぎしりに似た音がして、米つきバッタが一匹、二人の足元に着地した。良来が靴の先でパンと地面を叩《たた》いた。バッタはびっくりしたようにすすき野の草むらに消えた。

ハハハと英雄が笑うと、良来も白い歯をわずかに見せた。良来の靴は横手が破れて、

赤い素足がのぞいていた。彼は靴下を履《は》いていなかった。

英雄が後頭部をかいた。

「大丈夫か。こぶができてないか」

良来は英雄の頭をのぞきこんで、右手で頭を撫でた。

「大丈夫だよ。痛くなかったもの」

良来が指先に唾《つば》をつけて、先刻こづかれた英雄の頭のあたりにつけた。

生暖かい良来の唾が、吹いて来た風にひんやりとして、塗り薬のようにスゥーッとした感触が残った。

つい三十分ほど前、英雄と真吾《しんご》は岬口の樫の木の下で郷田《ごうだ》の三兄弟に脅されていた。

「岬口の方なら大きいバッタがおるって」

学校の帰り道に真ちゃんが指を一杯にひろげて言った。

「それなら十センチ以上もあるぞ」

英雄が言うと、本当じゃて、行ってみるか。俺が捕えてみせるから、と真ちゃんの誘いで二人は瀬戸内海に突き出た佐多岬につながる原っぱへ行った。

「この木から先が岬になるぞ」

樫の木の下で真ちゃんが声をひそめて言った。二人とも岬の領分に入ることの怖さを年長者から聞いて知っていた。

そこはただの原っぱだが、その先をずっと行くと岬口と呼ばれるちいさな漁港になっていた。岬口の漁師は荒っぽいことで有名だった。他の港の漁師たちが海が時化《しけ》ていて漁に出ない時も、彼等は平気で小舟を沖に出した。街へ遊びに出ても「岬口の者」と人がおそれるほど乱暴者が多かったし、喧嘩《けんか》や揉《も》め事《ごと》になると結束力が強く、血を見ることなど平気な男たちであった。

荒っぽいことは岬口の子供たちも同じで、街の子供も岬口へ行くことは危険だと知っていた。この夏も古町《ふるまち》の時計屋の兄弟が、岬口へ鰻《うなぎ》を突きに出かけて、頭に大怪我《おおけが》をして戻って来たことがあった。小学の六年生と五年生のその兄弟が頭に包帯をしているのを見て、

——岬口の郷田の三兄弟にやられたんだ。

真ちゃんが耳打ちしてくれた。

「郷田の三兄弟知ってるの？」

「知ってるよ。古町の魚屋にあいつらが亀《かめ》を売りに来てたのを見たもの」

「亀をか」

「うん、こんなに大きいやつを」

真ちゃんは手をひろげて言った。

「自分で捕えたのかな」

「だろう。あいつら学校へ行かないもの」

その三兄弟とは、どんな連中なのかと英雄は思った。

樫の木を越えると、大きなバッタがいたるところにいた。

すげえなあ。そうだろう。一匹捕えると、それより大きなバッタがすぐそばに飛んで来て止まった。捕えたバッタを手放して、すぐにそっちを追い駆けた。

俺の方がでっかいだろう。いやこっちの方が大きいって。あれを見てみろ、もっとでかくないかよ。……愉快でしようがなかった。

「おい」

低い声がして、すすきの間から影がひとつあらわれた。顔を上げると少年がひとり仁王立ちになって、英雄を見下ろしていた。

「そこで何をしてる」

太陽を背にしていたせいか、少年の影はとてつもなく大きく見えた。ヒェッと声がして目をやると、真ちゃんが別の少年に捕っていた。

「ここは岬の土地じゃ。おまえらどこの者じゃ」

三人の少年が英雄と真吾を囲んだ。これが郷田の三兄弟だ、と英雄は思った。

「どこの者じゃい」

英雄と同じ背丈の一番歳下と思える少年が怒鳴った。

「古町……」

英雄がつぶやいた。

「古町の者がなぜここで遊んどるのか。おいあれを見てみい。わしらがこさえた網が台無しになったぞ。どうしてくれる。弁償をしろや」

見るとすすき野のむこうにかすみ網が張ってあるのが見えた。鵯《ひよどり》か雀《すずめ》を捕っていたのだろう。

「おまえらが藪《やぶ》に入って来たんで、十羽は飛んで行ったから、五百円はもらわんとな」

もう一人の少年が言った。中央に立った一番大きな少年は黙って英雄たちを睨《にら》みつけていた。

「金は持っとるか」

その少年が言った。

「一円も持っとらんわい」

真ちゃんが威勢良く言った。

「こげなガキたれが、生意気言うて」

とその少年が大声を上げて真吾を殴りつけた。真ちゃんはもんどり打って倒れた。

そうして今度は英雄の胸倉をつかんで、その手を上に引き上げた。英雄は首をしめられた恰好《かっこう》で、つま先を立ててもがいた。息苦しかった。後頭部を拳固《げんこ》で殴られた。

「何をしてるんじゃ、おまえら」

突然の声に少年は英雄をつかんだ手をゆるめた。そのすきに英雄は相手の手をはらいのけ後ずさった。

見ると、中学の学生服に帽子をかぶった少年が立っていた。

「おまえには関係がない、黙っとれ」

「関係なくはないんだ郷田。そいつは俺の友だちなんだ」

英雄は少年が、いつかサキ婆《ばあ》と一緒にいた中学生だとわかった。たしかヨングという名前だった。

「それがどうしたんだ星川」

一番大きな少年と彼は顔見知りのようだった。

「だから見逃してやれ」

「かすみ網の鳥を追い込んでたのを邪魔されたんだ。弁償させる」

「馬鹿《ばか》を言うな」

「なんだと」

そう郷田が言った時、少年はもう英雄たちと三兄弟の間に駆け込んで立ちはだかっていた。

「やるのか」

郷田が怒鳴った。

「いいさ、やるなら来い」

少年は鞄と帽子を放った。それを真ちゃんが拾いあげた。二人は横走りに原っぱの中央に移った。少年より相手の郷田の方が身体《からだ》が大きかった。殴りつけて来た郷田の腕を少年は摑《つか》まえると、そのまま体当りをするように身体を相手に寄せて、両手で持った相手の腕を引き込んで倒れこむように上半身をかがめた。ふわりと郷田の身体が宙に浮いて一回転した。鈍い音がして郷田が草の上に倒れた。見事な一本背負いである。郷田は倒れたあとですぐに立ち上ろうとした。その起き上りざまを少年は飛びついて、また腕を取ると両足を蟹《かに》の鋏《はさみ》のようにして器用にはさみ込んで相手を押えつけた。

痛てえ、郷田が悲鳴を上げた。

「やめるか」

少年が言うと、うるさいと郷田は唸《うな》り声を上げて言い返したが、痛てて、わかった、とうめき声を上げた。

あっと言う間だった。

「覚えてろよ、星川」

捨てぜりふを残してかすみ網の方へ去って行く郷田のあとを、弟たちが小走りに追った。

真ちゃんがペコリと頭を下げて、その中学生に鞄と帽子を渡した。

助けてもらった英雄は、家の用事を済ませてから戻って来るという真吾を待って、良来と二人で丘に上った。良来はもの静かな少年だった。

オーイ。声が聞えた。見ると、着替えを終えた真ちゃんが、雑木林のわきから手をふりながら丘を駆け上ってくる。

真チャーン。英雄も立ち上って大声で呼んだ。

鳶は先刻よりも空高く丘の上を飛んでいた。見上げてみると、冬の空は鳶一羽のためにあるように思えた。

西の彼方《かなた》から紡績工場のサイレンの音が響いた。

「いけないや、おそくなった」

そう言って丘の斜面を駆け下りた良来は、雑木林のわきで立ち止まると、英雄と真吾の方を振りむいて手をふった。それからいったん雑木林の中に消えて、欅のある入江沿いの道にあらわれた。風の中を鳥のように良来は駆けて行った。

「速いな」

真ちゃんの声に、英雄が頷《うなず》いた。

「英ちゃん、あの人どこで知ったのか」

「うちに来てたんだ」

「あれ市港中の星川だろう。去年の駅伝で十人抜きをしたって中学生だよ」

「そうなの？」

「英ちゃん、何も知らなかったのか」

「うん」

「あの泣き子坂で大人たちを十人抜いたって、上級生が言うとったじゃないか」

入江沿いの道から降りて消えた良来を見ながら、英雄は窮地を救ってもらったことと、彼と話ができたことが嬉《うれ》しかった。

家に戻ると、広場で幸吉《こうきち》と石健《いしけん》が風呂《ふろ》の薪《まき》に使うのか、丸太や古い角材をのこぎりで切っていた。

「よう英さん、お帰り」

「ただいま」

お帰り、と頭上で声がした。見上げると大柳の木に時雄が登っていた。

「何をしてるの」

「柳の散髪じゃ」

時雄は白い歯を見せて、柳の木にしがみついている。

「ここまで登るといい眺めじゃ」

「おい、そんなとこへ何時《いつ》までも居るなよ」

幸吉が怒鳴っても、時雄はその声など聞えない素振りで、

「曙橋《あけぼのばし》の上を女が渡っとるぞ」

と言って浮かれていた。

英雄は部屋に鞄を放り込むと、グローブとボールを持ってから母屋《おもや》へ行った。

「お帰りなさい」

絹子とお手伝いの小夜《さよ》が台所で立働いていた。

「腹減ったな」

英雄が言うと、

「ふかし芋《いも》がありますよ」

と絹子が言った。小夜が芋をひとつ小皿にのせてくれた。

「もうひとついいかな」

「そんなにお腹《なか》がすいてるの」

「真ちゃんの分もいい？」

「いいわよ。ちょっと待って、襟《えり》のボタンが取れかけてるわ。脱ぎなさい。どうしたの、喧嘩したんじゃないの？」

「いいよ、このままで」

「すぐに終るから」

縁側で芋を食べながら、英雄は柳の木の上の時雄を眺めていた。

「下生地《したきじ》まで破れてるわ。どうしたの？」

「うん、岬口の原っぱへ行ったら……」

英雄は良来に助けられたことを絹子に話した。

「良かったわね。ちゃんとお礼は言ったの」

絹子にそう言われて英雄は、助けられた礼を良来に一言も言わなかったことに気付いた。

「言ってねぇ」

英雄はペロリと舌を出した。

「その言い方よしなさいって言ってるでしょう。誰に教わったの」

その時、東の棟から幸吉の声がした。

——時雄、早く下りて来ねぇか。

——しようがねぇ。

それを聞いて、絹子がため息をついた。

「ねぇ、良来さんってサキ婆の親戚《しんせき》なの」

「そうよ。たしかこの家で生まれたはずよ」

絹子の言葉に、

「えっ、本当に？」

と英雄が驚いた顔をした。

「それでお父やんのことも知ってたんだ」

絹子は英雄に上着を渡しながら笑って言った。

「そうね。英さんのお兄ちゃんみたいなものかも知れないわね」

「兄ちゃんか……」

英雄も嬉しそうに笑った。

「走るのがすごく速いんだって」

「そうそう、母さんも知ってるわ。駅伝の選手なんでしょう」

「どうしてこの家を出ちゃったの」

「どうしてかしらね」

良来が高木の家で薪を割っているのを見たのは、それから三日後の日曜日の昼前のことであった。

「こんにちは」

英雄が声をかけると、良来は斧《おの》を持った手を止めて、

「やあ」

とひたいの汗をぬぐって言った。

「この間、岬口ではありがとう」

英雄があらたまって礼を言うと、良来は首を横にふりながら、

「なんでもないから、礼なんかいいよ」

と笑ってこたえた。

「ヨング、ほら手を休めるな。昼までにしてしまわないと、外には出かけられんぞ」

サキ婆が助宗鱈《すけそうだら》を木槌《きづち》で打ちつけていた。

「違うよ、サキ婆。この間助けてもらったん……」

英雄が説明しようとすると、

「さっき奥さんから礼を言われました。何もわざわざ礼を言ってもらうことではないです」

サキ婆は少し怒ったような口調で言った。

良来は黙って斧をふり上げて、古木を割っている。泥のついた古木に斧の刃が入って真っぷたつに割れると、胡桃《くるみ》を割ったような木肌があらわれた。ランニング・シャツ一枚の良来の肩から背中から、白い湯気が立っている。少し大き目の古材は斧の刃が食い込んでも容易には割れない。良来は刃が食い込んだままの木を持ち上げ、空に

ふり上げて土台の切株に打ちつけた。乾いた音とともに薪はあざやかに割れた。

——あの時の一本背負いのようだ。

英雄は良来の薪割りを見て、岬口での取っ組み合いの光景を思い出した。

「おう、やってるな」

東の棟から寝間着姿の時雄が眠そうな顔をしてあらわれた。

「こんちは」

良来が挨拶《あいさつ》をした。

「どうだヨング、調子は？　今年は駅伝じゃなくてマラソン大会があるらしいな。出場するのか、おまえ」

良来は小首をかしげて笑った。

「時雄、いらぬことを言うな」

サキ婆が強い口調で言った。

「いらぬことじゃないだろう。俺はな……」

「おまえに叔父面《おじづら》されては迷惑だ。ほらヨング、手を止めるな。そんなことなら一日中薪を割る破目になるぞ」

時雄は舌打ちをして、地面に唾《つば》を吐くと洗い場の方へ消えた。良来はちらっと、時雄の方を見て、また黙々と薪を割りはじめた。英雄は仕方なしに母屋へ戻った。

　中庭から縁側に回ると、居間の奥から斉次郎《さいじろう》の声が聞えた。誰か客が来ているらしい。

　――ええ、ですから舟祭りを復興させようと思いまして、ひとつ高木さんにご尽力願えれば氏子も心強い限りです。

　――寄附だけじゃ、うちは何もならんしな。

　斉次郎の声である。

　――はい、よくわかっております。ポスターも五百枚ばかりこしらえますし。そこにお店の宣伝を刷り込むようにいたします。

　水天宮の氏子代表が来て、舟祭りの寄附を斉次郎に頼んでいる。

　――戦争前はたいした祭りでございましたから……。

　――戦争前の話は別にいいですよ。舟御《ふなみ》輿《こし》の件は後日相談に乗るが、肝心なのは人が集まる祭りになるかってことだな。年の瀬で皆忙しい時だしな。テキヤはどこが仕切るんだね……。

　中庭の垣根越しに良来の姿が見える。

　サキ婆はどうしてあんなに怒っているんだろうか、と英雄は、良来のむこうにしゃがんで木槌を打ち続けているサキ婆を見つめた。

「何を見てるの」

母が縁側にあらわれた。

「この間話した人」

英雄が良来の方を指さすと母もうなずいた。

「星川君ね」

「ねぇ、サキ婆は今朝は機嫌が悪いな」

「そう」

「うん、さっきお礼を言ったら、礼を言われるようなことじゃないって怒られた」

「母さんもそう言われたわ」

「どうしてだろう」

「恥ずかしいんじゃない」

「どうして恥ずかしいの」

「嬉しいからじゃない」

英雄は母の言葉に首をかしげた。

「ねぇ、風の通り道って知ってる」

「風の通り道？」

「うん」

「なんのこと」

「空にね。風の通る道があるんだよ」

「へぇ、そうなの」

「うん。ほらこのお化け柳だって、海の方へかたむいてる時と、山の手に枝が寄ってる時があるでしょう。あれは風の通る道なんだよ」

「よく知ってるのね」

「それは僕が発見したんだけど、風の通る道を教えてくれたのは、あのお兄ちゃんだよ」

「そう、かしこい子ね」

母が良来のことを誉《ほ》めると、英雄はなぜか自分が誉められているように嬉しくなった。

「マラソン大会があるの？」

「さあ、母さんは駅伝しか知らないわ」

「さっき時雄さんが言ってた」

「英さんも出場するの？」

「僕はまだちいさいもの」

英雄は母の顔を見上げた。以前より少し太ったように思う。そんな気がして母の身体を眺めた。そう言えばお腹が大きい。

「ねぇ、いつ生れるの、赤ちゃん」

「春になったら」

「男の子だといいね」

「どうして？」

「うん、男の方が一緒に遊べるもの」

英雄はそう言って、また広場の良来の方を見た。


冬休みまであと数日という日に、古町の商店街に舟祭りのポスターが貼《は》られた。奉納の相撲大会、剣道大会のそばにマラソン大会と赤い文字で刷り込んであった。

戦前から街にある大手の紡績工場の陸上部からオリンピックのマラソン候補選手が出るほど、瀬戸内海のこの街は素質のある長距離ランナーを輩出していた。

駅伝競技はすでに数年前から行なわれていたが、マラソン大会は初めての試みだった。一年後に控えたメルボルンでのオリンピックに、候補になった有力選手がいたせいもあり、街にはちょっとしたマラソン熱が起こっていた。

入江沿いの道を走る星川良来の姿を見るのが、英雄の毎日の習慣になっていた。

英雄には、良来が風の中を飛ぶ黒い燕《つばめ》のように見えた。対岸を、全身をバネのようにして跳躍する影が木枯しをかかえて通り過ぎて行く。数人の集団で駆け抜けて行く大人や高校生の白いユニホームの中で、黒いズボンに黒い靴をはいて走る良来の姿はどこか荘厳《そうごん》に映った。

風の音や入江に寄せる波音に消されて、良来の靴音は聞えないけれど、英雄の耳の奥には彼の鋭い足音が響いていた。

――あれが市港中の星川だよ。中学生とは思えないな。

――いいフォームをしてるな。社会人の連中もうかうか出来ないかもな。

そんな大人たちの会話を耳にすると、あれは自分の友だちなんだと英雄は自慢したい気がした。もっと近くで良来さんの走るところを見たいと思った。

黒い良来が遠去かる。その姿が何かに似ているのだが、何に似ているのか思い出せない。

冬休みになった最初の日、東の棟で英雄は時雄に声をかけられた。

「英さん、サイクリングに行こうか」

「サイクリングに？　どこへ行くの」

「ヨングのマラソンの練習につき合ってやるんだよ」

「行く、行くよ。連れてって」

英雄は時雄の漕《こ》ぐ自転車の後部に乗った。曙橋を渡り、新開地を抜け、日の出橋を通って、採石場の裏手にある数軒の家が寄り合う場所に着いた。畑と柵《さく》に囲まれたバラックのような家が十軒ばかりあり、豚の鳴き声がしていた。あたりにただよう豚たちの糞《ふん》の匂《にお》いに、

「あいかわらず臭えなあ、ここは」

時雄が鼻にしわを寄せて言った。時雄は自転車を止めると、指笛を二度吹いた。

すると豚小屋からシャベルを手にした良来が顔を出して英雄たちを見た。

「まだ終んねぇのかよ」

「もうすぐです。すみません」

良来のそばに手拭《てぬぐ》いでほおかぶりをした老婆《ろうば》が同じように立働いていた。

チェッと時雄が舌打ちをして、

「ここじゃ臭くてたまらんから、むこうの土手にいるぞ」

と大声で言った。良来は白い歯を見せて笑いながら、頭を下げた。良来の表情には
サキ婆と一緒にいる時のどこか緊張しているような雰囲気がなかった。土手に上ると、
採石場の切り崩された岩肌と煙りを上げて走るトラックの群れが見えた。

「ねぇ、良来さんは時雄さんの親戚なの」

英雄は煙草《たばこ》を吸っている時雄に聞いた。

「ああ、あいつは俺の兄貴の子供ですよ」

「じゃサキ婆はおばあさんになるんだ」

「そういうことだね。あの糞《くそ》ババアは子供を十一人も産んだ女だから」

「十一人も？」

「そうですよ。気が狂ってるでしょう。おまけにほとんど父親が違ってるときてる」

「どうして」

「俺にもわかりませんよ」

「良来さんのお父さんも足が速いの」

「足が？　ハハハッそりゃ面白い。あいつのおやじは女をこさえて逃げたんですよ。

たしかに足は速いかも知んないですよ」

「逃げるって？」

「だから、女とできちゃって……。まあ英さんにはわかりにくいよ。とにかくあいつのおやじもおふくろも碌《ろく》な人間じゃないんですよ。二人とも連れをこさえて逃げたんですから」

「良来さんはひとりなんだ」

「そうですよ。だから俺がこうして面倒を見てやってるんですよ。忙しいのにわざわざ来てやったのによ。まったく待たせやがる」

時雄は煙草を土手の草むらに投げ捨てた。

「すみません」

良来が走りながらやって来た。

「馬鹿《ばか》野郎、俺は忙しいんだぞ」

「すみません、叔父さん」

「早く支度をして来いよ」

「これでいいんだ」

「なんだ、おまえそんな恰好《かっこう》で走るのか」

良来は照れたように笑って、うなずいた。英雄は良来がいつもその恰好で走っているのを知っていたから、時雄の言葉にクスッと笑った。

「貧乏たらしい恰好だな。もっとしゃきっとしたのを揃《そろ》えろよ」

時雄はぶつぶつ言いながら、自転車を漕ぎ出した。

「ヨング、出発点のとこまでは飛ばすぞ。英さん俺の腰をよく掴《つか》まえといて下さいよ」

時雄はジャリ道を勢い良く飛ばして行った。

英雄は尻《しり》を持ち上げてペダルを踏む時雄の腰に両手を回し、そこに頬をつけて横目でうしろから駆けて来る良来を見た。良来の顔はどこか笑っているような幸せそうな顔に思えた。

穴ぼこに入るたびにかたむく自転車の荷台で、英雄はこんな間近に良来の走る姿を見られることに胸がはずんだ。

やがて紡績工場の正門が見えた。

少し飛ばし過ぎたのか、時雄は自転車を止めて息を整えた。良来は息ひとつ乱さず、時雄に走る道順を教えている。

「おい、そこの連中。そんなところにいたら邪魔だ」

工場の正門の脇《わき》から守衛が出て来て怒鳴った。

「なんだとこの野郎。もういっぺん言ってみろ」

時雄が自転車から降りようとした。

「叔父さん」

良来が時雄のそでを引っ張った。

「あのじじい、今度逢《あ》ったら痛い目に合わせてやる。こんなとこ、とっとと行くぞ」

「叔父さん、もう少し待っていいかな」

良来が真面目《まじめ》な顔をして言った。

「どうしてだ？」

「もうすぐ工場のサイレンが鳴るんだ。そうしたら三時だから、水天宮の境内に着く時刻がわかるんだ」

「そんなことなら、時計を持って来たのに」

「いいんだ」

すると工場の奥から、空を切り裂くようにサイレンの音が響いた。

「そら行くぞ」

時雄が大声で言った。

良来はもう走りはじめていた。

「待て、この野郎」

時雄が尻を上げてペダルを踏んだ。顔をのぞけると、良来はもう十数メートル先にいる。キュッキュッと鳥の啼《な》くような靴音が、良来の走った後に残って行く。

ほどなく自転車は良来の横に追いついた。

手をのばせば届く場所に、良来の横顔がある。頬に当たる風が良来の顔を紅潮させている。ひたいの上の少しのびた坊主頭《ぼうずあたま》の髪が、むかい風にピンと立って勇ましく見える。握りしめた拳《こぶし》を胸のあたりまで持ち上げて、脇をしめた腕が軽快に揺れている。

——何かに似てるぞ……。

英雄は良来の鋭角にはった肘《ひじ》を見て思った。

口を真一文字にして良来は前方を見た目を動かさない。小気味良い吐息とそれに合わせた靴音が耳に届く。

——機関車だ。

英雄はつぶやいた。

その声が聞えたのか、良来が英雄の顔をちらりと見て、ほんの一瞬、笑みをこさえた。英雄も笑い返した。

——機関車に似ている。

良来さんの腕は機関車の大車輪にはすかいについたあの太い鉄の棒のふり方にそっくりだと英雄は思った。毎日対岸の入江から見ていた黒い影は疾走する機関車に似ていたのだ。

「よし、付いて来いよ」

時雄がまた尻を上げた。自転車がスピードを上げると、良来は少しずつ後方に下った。

「ねぇ、バンドを握ってるよ」

英雄が叫んだ。

「なんだって英さん、聞えないよ」

「時雄さんのバンドを握ってるよ」

「どこでも握ってろよ。ふり落とされても知らないぞ」

英雄は腰バンドを握りしめて、顔を思い切りうしろにむけた。自転車の真うしろにコースを取った良来は視線をはるか前方にむけたまま先刻より少し唇をすぼめて走っている。

道が少し上り坂になり、入江の橋に自転車はさしかかった。自転車はゴトゴトと揺れながら木の橋を渡った。橋にさしかかると沖から吹いて来る潮風が、良来の継《つ》ぎ接《は》ぎのズボンの裾《すそ》を音を立てて叩《たた》いた。靴音はトントンと橋の底を流れる水面に反響した。良来がちらりと海を見た。英雄もつられて沖に目をやった。雲を水に溶かしたような冬空が水平線の彼方《かなた》にひろがっている。こんな空の日は一日風がやまない。潮の香りがする。またたくうちに日の出橋を渡りきった三人は、中洲《なかす》を抜けて、古町からの通りへ続く曙橋を渡った。ここからはアスファルトの道である。時雄がブレーキをかけながら自転車を斜めに倒して左手に折れた。良来も体を傾斜させながら続いた。

——燕みたいだ。

良来の流れるようなカーブの仕方は、入江を飛ぶ初夏の若燕に似ていた。

リンリンリンと時雄が鈴を鳴らした。

英雄は時雄の右手の脇の間から顔をのぞけて前方を見た。行く手に白いユニホーム姿のランナーの集団がいる。

「轢《ひ》いちまうぞ」

時雄が声を上げた。白いユニホームの集団がさあっと切れて、その真ん中を自転車は通り過ぎた。良来もピタリと付けたまま抜けて行く。

「ありゃ高校生だな」

時雄が嬉《うれ》しそうに言った。

見る見るうちに良来は高校生たちを引き離して行く。英雄は良来の脚力が真ちゃんや母が言っていたように、図抜けた力なのに驚いた。引き離されて行く高校生たちがアゴを上げて苦しそうにしていたのに、中学生の良来は顔色ひとつ変えないで走っている。むしろ走ることを喜んでいるようにさえ見えた。

やがて道は港の方へ続く鉄道の引込み線路沿いから、埋立地の防波堤沿いの長い直線に入った。左手から防波堤にあたる波の音がする。右手には二毛作の麦の穂が海風に揺れている。十二月の陽差しが、良来のひたいからこぼれる汗を光らせる。時折、良来は汗を手でぬぐいながら、唇を尖《とが》らせて息を吐き出す。地面を蹴《け》る靴音と自転車の輪のきしむ音と波音だけが、同じ間隔で英雄の耳の中でめぐり続ける。時雄も声を出さず、良来も黙っている。走っているのは良来ひとりだけなのに、時雄も自分も同じことをしているような気がする。

サキ婆の不機嫌な声にうつむいていた時とはまったく違った、のびやかな表情が良来の顔に浮かんでいる。走ることが楽しくてしようがない、と微笑《ほほえ》んでいるようだ。それでいて瞳《ひとみ》はしっかりと前方を見つめている。

英雄はわくわくしてきた。走ることがこんなに楽しく見えるものだとは思ってもみなかった。

並走する自転車の荷台に乗っていて、頬から耳に抜けて行く風の肌ざわりも心地良かった。

——ハシル。ハシレ。ハシル。ハシル。ハシレ。

その時、英雄は耳の奥で囁《ささや》きを聞いた。英雄は驚いて、良来の顔を見た。唇を嚙《か》んだまま良来は黙々と走っている。時雄の方を見た。何も喋《しゃべ》ってはいない。

英雄は目を閉じて、耳をすました。風の音だけが耳に聞える。目を開けて、良来の顔をじっと見つめた。流れる汗が首筋から黒いシャツに伝わって、胸元を濡《ぬ》らしている。

サクッ、サクッと、靴音が響いている。

——ハシル。ハシレ。

その囁きは靴音に重なるようにしてくり返されていた。良来の靴を見つめた。黒い布靴は地面の砂利道を蹴上げるたびに鋭い音を立てている。

——ハシル。ハシレ。

誰の声なのだろうか。声は遠くから自分に囁いているように聞える。いや、自分にではなく、すぐうしろから汗に顔を光らせて走り続ける良来に呼びかけているのではないのだろうか。地の底から聞えるようにも、風の中から聞えるようにも思う。風の通り道にはそんな声がするのだろうか。英雄は空を見上げた。鰯雲《いわしぐも》が消えた冬の空は白く霞《かす》んでひろがっている。その空もいつもと違って球型にふくらんだように見える。

英雄は空と同様に自分の胸がふくらんで行く気がした。風の道の中を自分たちだけが走り抜けているに違いない。囁きはきっと良来にも時雄にも聞えているのだ。

「走る、走れ、走る、走れ」

英雄は声を出した。

「何か言ったか、英さん」

時雄が怒鳴った。

「何も言わないよ」

英雄は大声で言った。

糖蜜工場の塀沿いの道をヨングはひた走り、陽差しに光る塩田地帯を越えて行く。

「ヨング、泣き子坂だぞ」

時雄の声に良来が前方を見てうなずいた。

泣き子坂は昔この道を馬子《まご》が馬車をひいて上った時、勾配《こうばい》のきつさと坂の長さに馬子も馬も泣いてしまうほどだったので付けられた坂の名称である。

道は少しずつのぼり坂になり、自転車の速度が落ちた。良来も身体を少し前のめりに変えた。

オイショ、ヨイショと時雄の背中が右に左に揺れる。良来は唇を噛んでいる。初めて彼が眉間《みけん》にシワを寄せた。

——苦しいのだろうか。

良来は一度鼻をかむようにして右手で鼻をつまむと、急に速度を上げて走り出した。そうして自転車の真横に並んで、英雄たちを追い抜こうとした。靴音に気づいた時雄がふり返ると、良来は白い歯を見せて笑った。

「この野郎、抜かれてたまるか」

時雄が尻を上げてペダルを踏んだ。しかし良来はさらにピッチを上げて、英雄たちを引き離す。時雄の脇から、坂を駆けのぼる良来の背中が離れて行くのが見える。

「早く早く」

英雄の声に時雄はがむしゃらにペダルを踏む。やっと坂の勾配がなだらかになってわずかに下り坂になったところで、勢いをつけた自転車が良来の横に並んだ。そのまま自転車は良来を追い抜いたが、すぐにまた急な上り坂になった。

「追いついて来るよ」

「わかってるよ、畜生」

時雄の言い回しがおかしかった。今度は良来も苦しいのか、自転車の真うしろで足元だけを見ながら走っていた。木々に囲まれた坂道は陽差しをさえぎられて、三人を暗い影の中につつんでいる。

良来の荒い息遣いが聞える。しかしうつむいて走っている彼の表情は、英雄には見えない。吐息だけが耳に届くので、良来の苦しさがよけいに伝わってきた。

――がんばれ。

そう口にしたかったが、必死に頂上をめざしている良来を見ていると、言い出しにくかった。

「もうすぐ頂上だぞ」

時雄が怒鳴った。その声を良来はうつむいたまま聞いている。良来はまた右手で鼻をつまむと、真赤な顔で坂の頂上の方を睨《にら》んだ。頂きから降り注ぐ陽差しがその目に当たって、良来が一瞬笑ったように見えた。少しずつ勾配がゆるやかになり、良来の顔がおだやかになって行く。

「やったぞ、そら下りだ」

時雄の声が峠の風と重なって響いた。

母屋《おもや》の子供部屋から、讃美歌《さんびか》を弾くオルガンの音色が聞えていた。三人の姉たちが交替で弾いているのか、時々調子はずれの讃美歌になり笑い声が続いた。

英雄は縁側から木枯しに揺れる大柳の木を見ている。

「こんなふうにして神様同士がもめたりしないんですかね」

背後でお手伝いの小夜が母屋の居間の神棚を見上げて言った。

「もめるって、何が？」

食卓に料理を並べていた絹子が聞いた。

「この神棚ですよ。昨夜《ゆうべ》、旦那《だんな》さんがまたひとつ新しい神様を置かれたでしょう。これ外国の仏様なんでしょう。女将《おかみ》さん」

小夜は小首をかしげている。

母屋の居間の神棚には、お釈迦《しやか》様から弥勒菩薩《みろくぼさつ》像、観音様から大黒、毘沙門天《びしやもんてん》、それに得体の知れない木像までが人形棚のように並んでいた。それらはみな斉次郎がどこからか持ち帰って、そこに置いたものであった。

——まとめて拝めばいいんだ。斉次郎はそう言って平気な顔で神棚に手を合わす人だった。

昨夜も新しい神様がひとつ加わった。

「それは仏様じゃなくて、マリア様よ」

絹子が神棚を見て笑った。

「マリアって言うんですか」

「そう、キリスト様を産んだお母さん。キリスト様が生まれたのが十二月の二十五日で明日なの、それでクリスマスなの」

「そうなんですか。私はまた外国のただの祭りだと思ってました。でもなんだかこのマリアって、ひどく汚れてますね」

斉次郎が持ち帰ったマリア像はひどくくすんで汚れていた。

「晩ごはんまだなの」

英雄が縁側から上って声をかけた。

「もうすぐですから、手を洗ってきて」

「洗わなくていいよ。ずっと手袋してたもの」

「手袋してたって汚れるんですよ」

小夜が英雄を睨んで言った。チェッと英雄は舌打ちをして、風呂場《ふろば》の方へ行った。

「女将さん、東の方は支度ができました」

台所の方から東の棟の女が顔を出して言った。

「そう、じゃはじめて下さいよ」

「でも……」

「どうしたの」

「皆、食事の前にお礼が言いたいって」

「いいのよ、そんなことは。皆一緒なんだから」

その時、表戸の方で犬たちが一斉《いっせい》に吠《ほ》えはじめた。鼻を鳴らす甘えたような犬の鳴声で、斉次郎が戻って来たことがわかった。

「旦那さんですね」

小夜が耳を傾けて言った。

「そうみたいね」

「ちょうどよかったです」

東の棟の女が笑って言った。

「そうね。旦那さんに挨拶《あいさつ》してもらえばいいわね」

源造と時雄も一緒のようだった。斉次郎は母屋に寄らずに広間へ行った。

広間には十人余りのまだ学校へ上らない子供たちがご馳走《ちそう》を前に並んで座っていた。

皆高木の家で働く者たちの子供である。

「ほれ、おやじさんにお礼を言って」

前もって練習をしていたのか、子供たちは斉次郎に聖夜の晩餐《ばんさん》の礼を言った。

「はい、よう食べて大きゅうなれ」

斉次郎が子供たちを見回して言った。絹子が夫の食膳《しょくぜん》を持って入って来た。英雄もやって来て、斉次郎の隣りに座った。賑《にぎ》やかな子供たちの食事風景を見ながら、斉次郎はビールを飲んでいる。

「遅うなりまして」

入口で声がすると、そこにサキ婆と良来が立っていた。良来は両手に大きな壺《つぼ》をかかえていた。

サキ婆は良来を連れて斉次郎のそばに行くと、

「ヨングまで呼んでもらってありがとうございます。ほれ、おまえも礼を言わんか」

良来はペコリと頭を下げた。

「口もちゃんときけんのか、おまえは」

サキ婆が良来を叱《しか》った。

「良雄の伜《せがれ》はもうこんなに大きくなったか」

斉次郎は良来の顔をじっと見て、

「サキ婆、おまえに似てるな目元が」

と笑って言った。

「これは母親の方に似とります」

「そうかの」

「何もないで、どぶろくを持ってまいりました。口に合いましたら」

「そうか珍しいものが来たな」

と壺の中を覗《のぞ》いた。源造と時雄が入って来て、やはり珍しそうに壺の中の酒の匂《にお》いをかいでいた。

良来は広間の片隅に座って、食事を摂《と》っている。

「ヨングも来てたのか。おまえ明日は頑張れよ。おやじさんのところからも賞品が出とるからな、優勝するんだぞ」

時雄の声に斉次郎が顔を上げた。

「そうか、おまえか。足が速いと評判の中学生は」

「そうなんです、おやじさん。去年は駅伝で大人を十人抜いたんですよ」

「そんなに足の速い家系だったのか、おまえの家は」

斉次郎がかたわらでどぶろくを注いでいるサキ婆に聞いた。

「どうですかね。ただむこうでは、一族の中に戦争前に神宮大会に出た男もおったようです」

サキ婆の顔はどこか自慢げに見えた。

「速いよ、良来さんは」

英雄が斉次郎に言った。斉次郎は英雄と良来の顔を見た。

「足が速うてもなんの役にも立ちませんから……」

サキ婆はどぶろくの入った茶碗《ちゃわん》を斉次郎の前に差し出しながら言った。

「そんなことはねぇ。ヨングはこの高木の家を代表して走るのだからの」

時雄が言った。

「ならおまえが走れ、この馬鹿ものが」

サキ婆の言葉に、源造が失笑した。

英雄が良来の方を見ると、彼は黙って若鶏《わかどり》を食べていた。電燈の灯《あか》りの下で見る良来は、風の中を疾走している時とは別人のようにおとなしい少年だった。それにどこか寂しそうな感じがした。

そう見えるのはきっと、あの十字架のせいだと英雄は思った。……

時雄と三人でマラソンコースを走った帰り道、英雄は良来と二人であの丘の上に登ったことがあった。

「ねぇ、走っていて苦しくはないの」

「苦しいよ」

「ならどうしてあんなに走るの」

「初めは苦しいんだよ。もう走るのをやめようかと何度も思うよ。でも走り続けているうちに目の前の道や山や空がふくらんできて、頭の中が空っぽになったみたいにいい気持ちになるんだ。息苦しくて胸が張り裂けそうなんだけど、それと同じくらい気が遠くなるような変な気持ちになるのさ。そうなると目の前のものが皆流れ出すように両脇《りょうわき》に飛んで行くんだ。足と手が勝手に動き出して、どんどん山や空や風を切り裂いて行くんだ。するともう、苦しいって思ってたこともどこかへ行ってしまって……」

そこで良来は言葉につまった。何かを言いたいのだけど、それが見つからない様子だった。英雄はこんなに多弁な良来を見るのは初めてだった。すると急に良来が大声を出した。

「プ、プリズムの光の中にいるみたいな気がするんだよ」

「プリズム？」

「そうプリズムだよ」

良来が大きくうなずいて笑った。英雄はプリズムを知らなかったが、笑ってうなずき返した。

「プリズムからは何か声が聞える？」

英雄が弾んだ声で言った。

「声？　声は聞えないよ。光の色が見えるんだ」

「ふぅーん」

英雄は自転車の荷台で聞いた風の中の囁《ささや》きのことを話したかったが、変なことを自分が口走ってしまう気がして黙っていた。

「僕も良来さんみたいに走れるようになるかな」

「なるよ。毎日少しずつ走るんだ。今日はあの桟橋まで、明日はあの鉄橋までって、目標を決めて走るんだ」

「マラソン大会、応援に行くからね」

「がんばるよ」

英雄が指で上空をさした。良来が空を見上げた。先日の鳥だろうか、一羽の鳶《とび》が二人の遥《はる》か上空をゆっくりと旋回していた。

「風が強いんだな」

良来がつぶやいた。

「良来さん、僕が勝つようにおまじないをしてあげるよ」

「おまじない？」

「うん、真ちゃんに教わったやつでよくきくんだよ」

「いいよ。俺にはお守りがあるから」

「お守りが？」

「うん」

良来はそう言ってから、ポケットの中から何かをつつんだ布切れを出して、掌《てのひら》でそれを開いた。青錆《あおさび》のついた手裏剣のようなものが出てきた。

「何それ」

「十字架だよ。これがあるから大丈夫だ」

「外国のお守りでしょう」

「いや、母ちゃんが忘れて行ったものなんだよ」

「お母さん、どこかに行っちゃったの？」

「うん……」

良来の顔が一瞬哀《かな》しそうな表情になった。

「でも、俺中学を卒業したら母ちゃんのいる九州へ行くんだ」

良来の顔が明るくなった。……

斉次郎が立ち上って便所に行こうとした。良来の前を通り抜けようとして、

「いくつになるんだ」

と斉次郎は訊《き》いた。

「十五歳です」

と良来がこたえた。

「そうか……」

斉次郎は唇を尖《とが》らせながら、二、三度うなずくと土間に降りた。そして何を見たのかじっと足元に目を落としたまま立ち止まっていた。

「何か？」

絹子が歩み寄ろうとした。

「この靴はおまえの靴か」

と低い声で言った。広間にいた全員が首をのばした。

「この黒い靴だ」

「はい」

良来が返事をした。

「時雄、靴を買って来てやれ」

斉次郎は大声でそう言って、広間を出た。


紡績工場の正門前に集合した六十人余りの選手たちは、ほどなくはじまるスタートの合図を前に、それぞれが体操をしたり足踏みをして身体をほぐしていた。

その中で、良来ひとりだけが黒いズボンに黒いシャツを着ていた。そして彼の足元には、真っ白い新品の靴が、そこだけ浮き立ったようにまぶしく光っていた。

その靴は、昨晩、斉次郎に言われて時雄があわてて買って来たものであった。英雄は父が良来に靴を買ってくれたことが嬉《うれ》しかった。良来は靴が気になるのか、時折しゃがんで靴の紐《ひも》を結び直していた。

「ヨング頑張れよ」

時雄が大声で選手の群れに怒鳴った。

号砲が鳴って、選手は一斉《いっせい》にスタートした。走りはじめた途端に真ん中にいた数人の選手が転んで、そこに何人かの選手が重なるように倒れた。観衆がどよめいた。英雄は驚いて倒れた選手たちを見た。黒い影はなかった。目を凝らすと、するするとちいさな影が先頭集団の中にまぎれ込むように進んでいた。大人たちの集団に良来はもう追いついている。

「よし、英さん。引き込み線路のところへ先回りをするぞ」

時雄の声に英雄は自転車の荷台に飛び乗った。何台もの自転車がランナーたちを追い駆けて続いた。

二人は線路の脇に自転車を止めて、選手のやって来るのを待った。

「ほら桟橋のところを走ってるぞ、もう十分もすりゃあ来るぞ」

時雄は煙草《たばこ》を吸いながら言った。

「良来さん何等くらいで来るかな」

「そうだな、相手は社会人の連中だからな」

ほどなく誘導のバイクと三輪車が入江の角を曲ってあらわれた。先頭は白いユニホームの集団である。三輪車と重なってランナーたちが見え隠れする。

「いた」

英雄が声を上げた。先頭集団の端にちいさな良来の姿が見えた。

「やるな、あいつ」

選手がみるみる近づいて来る。すでに六十人余りの選手は長い一列状態になっており、先頭を行く七、八人の選手だけが後続を引き離している。その中に中学生の良来がひとりだけいた。

数台の並走する自転車にメガホンを持った男たちが乗って声をかけている。練習をした時より、ランナーたちの速度はずいぶんと速かった。

「がんばれ、ヨング」

時雄の声に良来が一度、ちらりと英雄たちを見てうなずいた。八人の選手がいた。紡績工場の名前を染め抜いた五人の選手は日に焼けて精悍《せいかん》な顔をしていた。他の二人は高校の紋章の入ったユニホームを風にふくらませて走っていた。ピッチの速い足音が重なっていた。地面を蹴《け》る音には迫力があった。その中で良来の足音だけが、小刻みなリズムで耳に入って来た。良来の歩幅は他のランナーの半分もない。しかしその靴音は軽やかで、彼だけが違った走り方をしているように見える。次の集団とはもう百メートル近く離れていた。帯のようになった後続のランナーたちが歩いているように見えるほど、八人の選手は緊迫感につつまれていた。

「負けんじゃないぞ、ヨング」

時雄が威勢のいい声を上げると、大人たちは英雄たちの自転車を横目で見た。

英雄は良来の横顔を見た。

——そりゃ苦しいよ。だけど走っているうちに頭が空っぽになって、いい気持ちになるんだ。山や空や風がどんどん流れて行って……。

汗をぬぐう良来の顔に、丘の上の良来が重なった。

まず高校生のひとりが少しずつ集団を離れはじめた。それを気にしてもうひとりの高校生がうしろをふり返っている。彼の顔も苦しいのか、歪《ゆが》んだような表情になっている。

——ここを踏ん張るんだ。

高校のコーチだろうか、眼鏡をかけた痩《や》せた男が怒声を上げた。しかしその高校生は首をふりながら、泣きそうな顔をして集団から離れていった。

——そのペースだぞ。

紡績工場の並走する二台の自転車から、落着いた声がした。五人の選手の中のひとりが自分たちの集団を見回した。そこにひとりだけ少年がいるのを見つけて、二度、三度彼は良来を見返した。

その時、英雄たちの自転車があやうく前を行く紡績工場の自転車とぶつかりそうになった。

「馬鹿《ばか》野郎、気を付けないと叩《たた》き殺すぞ」

時雄が怒鳴った。時雄は逆上して、その自転車に近づくと、どこの自転車にぶつかろうとしてんだおめえは、と唾《つば》を飛ばして言った。

英雄は良来を見ていて、少し不安になった。

——こんなに速く走って大丈夫なんだろうか……。

良来は相変わらず短い歩幅で彼だけが他の大人たちと違った靴音を立てて走っていた。時折、前方の泣き子坂に続く峠を見ては、また唇を噛《か》んで走る。

英雄は黒いズボンを見た。機関車のようによく回転をしている。ズボンのポケットにはあのお守りが入っているはずだ。

——母ちゃんが忘れて行ったんだ。

良来の見せた哀しそうな顔が浮かんだ。英雄は、なんとしてもこのマラソンに良来に勝ってもらいたいと思った。

泣き子坂にさしかかる手前の民家の前で、数人の観衆が立って声援を送っていた。良来を見つけた男が、後方から、

「チビクロ負けんなよ。頑張れ」

と声をかけた。笑い声が続いた。

上り坂になると、紡績工場の五人が縦に一列になった。その最後方に良来はついた。誘導の三輪車のエンジン音が変わり、ガソリンをふくんだ排気ガスが匂った。

五人の先頭を走る男が少しスピードを上げた。五人の間隔が開いた。良来は右手で鼻をつまむと、唇を嚙んでからスピードを上げた。一人、二人、三人と抜いて行くと、そのまま三番手につけて、前を行く二人に追いすがった。

「いいぞヨング」

時雄が嬉しそうに声を出した。

やがて泣き子坂が一度下り坂に入る場所にさしかかると、良来は二番目の選手の横に並んだ。選手は良来を横目で見下ろしながら抜かれまいとスピードを上げた。しかし道がまた急勾配《こうばい》になると、良来は一歩ずつ彼を引き離して行った。

──すごいや。

英雄は良来の走る姿に目を見張った。ひたいやアゴから流れ落ちる汗が木洩《こも》れ陽にかがやいて、良来をきらきらとかがやかせている。彼の目は七、八メートル前方を行くランナーの背中を睨《にら》んでいた。

泣き子坂を良来は二番目に越えた。

下り坂は追い風である。先頭を走るランナーとは二十メートル近く間隔が開いているが、同じように後続の選手とも差がひろがっていた。今は良来の靴音だけが聞える。

「離れんなよ、ヨング」

時雄の声が何度も聞える。下り坂を降り切って、塩田がひろがる西浜の平坦《へいたん》な道にかかったあたりで、良来のスピードが急に落ちはじめた。

「どうしたヨング」

時雄が怒鳴り声を上げるが、良来の顔がだんだんと歪みはじめた。時雄が怒鳴るたびに良来はスピードを上げようとするが、すぐにまたピッチが落ちる。唇を噛んだ歯が何度も見えて、良来は何かをこらえるように眉《まゆ》をしかめた。

そんな良来の顔を見るのは初めてだった。

「がんばれ」

英雄は大声を上げた。良来は英雄の顔を見てうなずいた。一人、二人と泣き子坂で抜いた選手が追い越して行く。

「あと三分の一じゃないか。もう一回追い越すんだ」

時雄が声を出すたびに良来はうなずくのだが、回転の落ちた足はよろよろとするばかりだった。後続の選手が次から次に追い越して行く。

それは時雄にも予期せぬ脱落だった。

「馬鹿野郎、ほらもっとスピードを上げろ」

時雄は大声を出す。そのたびに良来はうなずく。眉間《みけん》のしわが何かを訴えようとしているように見える。汗とも涙ともつかない滴《しずく》が頬に流れて落ちて行く。

——苦しいの？

英雄はそう聞きたかった。しかし自分には何もしてやることはできない。

「がんばれ、良来さん。十字架がついとるぞ」

英雄が声をかけると、良来は腕で額をぬぐって、うんと返事をした。

古町の商店街に入ると、各店から応援の人たちが沿道に出ていた。

「畜生、恰好《かっこう》悪くて付いてられねぇや」

時雄が自転車のスピードを上げて、良来から離れようとした。

「止まってよ。止まって時雄さん」

英雄は時雄の背中を鷲掴《わしづか》みにした。

「英さんだけ降りなよ。俺はもういいや」

「そんなのないよ」

「降りなって」

英雄は荷台から飛び降りると、その場に立って、遠去かる時雄に馬鹿野郎と叫んだ。鼻の奥がきゅんと熱くなって、涙があふれ出した。立ちつくす英雄の前を、黒い影となった良来がよろよろと走り抜けて行く。英雄は良来の後を走りながら、

「良来兄ちゃん」

と大声を上げた。彼方《かなた》に見える水天宮の社《やしろ》も立ち並ぶ見物人たちも、しゃくり上げるたびに揺れていた。


その夜、高木の家の広間で祭りの後の宴会が行なわれた。挨拶《あいさつ》に来ていた水天宮の氏子たちが引き揚げて行き、英雄も立ち上って戻ろうとした時、出口にサキ婆が良来を連れて入って来た。

「ちょっとええですかの、皆の衆」

サキ婆が大声で言った。酒に酔っているのか、彼女の声は広間中に響いた。

「どうしたサキ婆」

源造が聞いた。

「わしはおやじさまに話があるで」

サキ婆が睨みつけるように言った。

「どぶろくに酔うたか、ババア」

時雄がはやし立てるように言った。

「うるさい。時雄。性根なしが、黙っとれ。おまえは高木の家の腰巾着《こしぎんちゃく》か」

その言葉に広間の人たちが静かになった。

「おやじさま、今日は孫のヨングがあんな無様《ぶざま》な恰好をしまして、恥かかせて申し訳ございませんでしたの。それだけを婆《ばば》は謝りたかっただけで」

そう言ってサキ婆は深々と頭を下げた。

「気にしとりはせん。まあ上って飲め」

斉次郎が笑って言った。

「そうじゃて、おやじさんも大人と子供が走ったことだからと言うとられた」

若い衆のひとりが言った。

「ヨングはもう子供じゃない」

サキ婆が言うと、

「いい加減にせんかい。負けたものは負けたんじゃ」

斉次郎が声を出した。その斉次郎をサキ婆が土間から見上げた。

「おう、たしかに孫はこの家に恥をかかせた。新品の靴までわざわざ恵んでもろうて」

「よさんか、サキ婆」

源造が低い声でたしなめた。

「何が言いたいんだ」

サキ婆にむき直った斉次郎の腕に絹子が手をかけた。それを斉次郎が払いのけた。

「孫が負けたのは、この靴が足に合わんかったからじゃ。馬鹿な伜《せがれ》が足の文数を間違えて買うて来たからで、決して孫が弱かったからではないぞ。わしは十二歳の時にこの国に渡って来てから、一度でも弱音をはいたことはない。脱いで走れば済んだことじゃろうが、孫はそれをせなんだ。高木の家は立派な家じゃ。しかしわしの家もちゃんとしている。孫が今日のことで一生恥を残して生きることは、わしには死ぬよりくやしいことじゃ。この靴はお返しします」

新聞紙にくるんだ靴の先は、赤く血に染まっていた。

「孫の足の指は骨が見えとりました。わしはそのことを言いたかっただけじゃ。では皆の衆、わずらわしましたの」

サキ婆が出て行こうとすると、

「待て」

斉次郎が言った。

「わしはおまえの孫に靴を恵んだ覚えはない。その靴を持ってとっとと出て行け」

「これだけ言うたのですから、わしは出て行きます」

「待って」

絹子が言うと、源造が目くばせをした。

英雄は、足を引きずりながら庭へ出て行く良来とサキ婆を見つめていた。

「馬鹿なことを吐《ぬ》かしやがって」

斉次郎が吐き捨てるように言った。

大柳の下の闇《やみ》の中に消えて行く二人に、英雄はもう二度と逢《あ》えないような気がした。

その年もあと二日という昼下り、英雄は絹子に連れられて、サキ婆のいる採石場の近くの家を訪ねた。

　木枯しの吹き抜ける畑に、サキ婆は茣蓙《ござ》を敷いて豚の骨を叩いていた。

「戻って来るように、うちの夫《ひと》も言ってます。あなたがいないと、正月の準備も大変です」

　サキ婆は絹子の声にも顔を上げなかった。

「ああいう人だからあやまるということができませんが、あなたの言ったことはちゃんとわかっているんです。どうか戻って来て下さい」

　英雄は良来を探した。豚小屋にも姿はなかった。周囲を見回していると、土手の堤から大きな丸太を担《かつ》いだ良来が降りて来た。

「奥さん、年が明けたら、わしは孫を連れて国へ戻ります。十一人も子を生んで、戦争に半分をとられて、残りは碌《ろく》でなしで済まんことだと思ってました。せめて一人くらい国のためになる子を連れて戻ろうと思います」

　サキ婆の言葉を聞きながら、英雄は良来の方へ駆け寄った。姿を見ているだけで、鼻の奥がツンとした。

　言いたいことがたくさんあった。良来が自分を見つけて笑った。

　英雄は、畔道《あぜみち》をよろけながら走った。木枯しが行く手をさえぎるように吹き抜けた。

口の中に甘酸《あまず》っぱい匂いがひろがった。英雄は風と一緒にそれを飲み込むと、唇を嚙んで良来にむかって走り続けた。

第四章　ささやく月

百舌《もず》がどこかで鳴いている。

足先のおもとの鉢植の土に並んだ卵の殻が冬の陽にかがやいている。犬のビクがくわえてきたサンダルのかたわれが裏返しになっている。今朝がた氷の張っていた池の水は重そうな深緑色をしている。池のむこうからのびた百日紅《さるすべり》の枝に、みの虫が一匹、風に揺れている。そのみの虫のむこうに葡萄《ぶどう》の蔓《つる》にかかった蜘蛛《くも》の巣が、時折光って目に飛びこんで来る。葡萄棚の左手に大きなお化け柳が、ところどころ枝を切られたまま、すっかり葉を落として空を切り裂いている。

よく見ると、垂直に降りた柳の細い枝には、もう新芽がふくらみかけている。

英雄《ひでお》は先刻から、縁側に腰掛けて空を見上げていた。かたわらに置いた画板には、描《か》きかけの絵がはさんである。

「何を見てるの？　英さん」

背後で絹子の声がした。

英雄は何もこたえず、大柳のてっぺんを指さした。また百舌が鳴いた。

「鳥を見てるの？」

英雄が首を横にふる。そうしてちいさな声で、

「ほら、柳のてっぺんのむこう……」

とつぶやくように言った。

「あら、月が出てるのね」

英雄がこくりとうなずいた。

ひさしぶりの青空に、半月がほの白くかかっていた。

「珍しいわね」

「おといも出てたよ」

「そうなの、よく知ってるのね」

「少しずつ大きくなってるから」

「満ちてるのね、ヨイショと……」

絹子がため息をつきながら、隣りに腰を掛けた。

英雄は月から目を離して母を見た。横顔が少し太ったように思う。お腹《なか》はもう張り

裂けそうなほど大きくなっている。母はそのお腹の上に両手を置いて、空を仰いでいる。

「ねぇ、赤ん坊はいつ生れるの？」

「あと一ヶ月くらいかな」

「じゃ三月になるね」

「そうね」

「早生れだね」

「そうなるわね、英さんと同じね」

「男の子かな、女の子かな」

「さあどっちでしょう」

「男の子がいいな」

「そう……」

「うん、お父やんもそう言ってた」

英雄の言葉に絹子が困ったような顔をした。

「今日、サキ婆《ばあ》が来てたね」

「そう、母さんのお腹を見に来てくれたの」

「サキ婆が良来さんと国へ帰るって、ほんとうなの」

「みたいね」

「どんなとこなの、遠いの」

「下関《しものせき》からだと船で半日くらいだって」

「どうして帰るんだろう」

「生まれたところだからじゃない」

「生まれたところに皆帰るの」

「帰る人も、帰らない人もいるみたい」

「僕の生まれたところはここだね」

「そうね」

「絹さんの生まれたところはどこ？」

「下関よ。ほら、お祖母《ばあ》ちゃんがいる家よ」

「お父やんは？」

「お父さんはどこで生まれたんでしょうね」

「知らないの？」

「いろんなところで生まれたんじゃない」

「たくさん生まれた家があるってこと？」

「聞いてみたら」

「うん」

「その絵見ていいかしら」

「だめだよ、まだ描きかけだから」

「内緒でもだめかしら」

「……いいよ」

英雄は絵をはさんだ画板を母の方へ差し出した。

「誰の顔かしら」

「僕だよ」

「自画像ね」

一月の終りに、絹子は英雄を連れて隣り町の新聞社が主催したゴッホ展を見に行った。その時、英雄がゴッホの自画像の前で、この人誰？　と聞いた。絹子はそれが作者自身の顔であることを教えた。

――僕も描いてみよう。

英雄は瘦《や》せた孤高の画家の自画像の前を動かなかった。

「ねぇ、この目の中の線はなんなの？」

絹子は英雄の顔の目の中に描きこまれた細い線を見て聞いた。

「血管だよ」

「血管？」

「そうだよ。ほら見てごらん」

英雄は目を大きく開いて、絹子に近づくと、自分の目を指さした。

「そうなの……」

英雄はまた空を見上げた。

絹子は英雄の横顔を見た。この頃、少し心配なことがあった。別に熱があるというわけではないのに、英雄がしばしば頭痛を訴える。

「頭の中でいろんな音がして……」

と眉《まゆ》をひそめて、英雄は困惑した顔をした。絹子は、ひとり息子の見せる何かに耐えているような表情が気になった。

「高木と藤原、先生が呼んどるぞ」

廊下で真ちゃんといた英雄に友人が声をかけた。

「なんだ英ちゃん、何か悪いことしたのか」

真ちゃんが笑って言った。

「何もせん」

「ほんとか、けど藤原の家は皆コレじゃからの……」

真ちゃんが右手のひとさし指を曲げ、声をひそめて言った。

同じクラスにいる藤原君という子は、少し暗い感じのする男の子だった。英雄も口をほとんどきいたことがなかった。入学してからしばらくして、藤原君の父親が窃盗《せっとう》で捕ったことが新聞に載った。それからほどなくして学校のすぐそばの文房具店で、今度は姉がケシゴムを盗んで捕まったという噂《うわさ》がひろがった。

「一家全部、人のものを盗んで暮らしとる」

そんな話が子供の英雄たちにも聞えて来た。

海風が吹き抜ける渡り廊下を、英雄は藤原君と二人で並んで歩いた。

藤原君は胸に石でも詰まっているような咳《せき》をくり返していた。

「高木君、西尾先生は何の用じゃろうか」

藤原君は心配そうな顔で英雄を見た。

「わからないな」

英雄が首をかしげると、

「俺何も悪いことしとらんのに……」

と彼はひとり言のように言った。

職員室に入ると、西尾先生は本の砦《とりで》のような机の前に座って、

「おい、こっちじゃ」

と笑って手をふった。

「三月の一番初めの日曜日、先生とスケッチに行くから、そのことを家の人に言っておくように……。行く先は下関の水族館、弁当はいらない。画板も先生が持って行くから……。この手紙を家の人に渡しなさい」

先生はそれぞれに封筒を渡した。

「藤原、ちゃんと渡すんだぞ。お金は一銭もいらないからな。鯨が見られるぞ」

西尾先生が言うと、藤原君の目がかがやいた。

家に戻って、封筒を絹子に渡すと、

「へぇ、クラスの代表なの」

と母は嬉《うれ》しそうに言った。

「なんのこと？」

「美術展に出すんですって、英さんの絵を」

「ほんとに……。じゃ藤原君の絵もだ」

「藤原君という子も一緒に行くの？」

「うん、ほらお父さんが泥棒した家だよ」

「泥棒？」

「皆そう言ってる」

「英さん、そんなことを言うもんじゃありません。誰が言ったの」

母の口調が急に強くなった。

「だって皆そう言ってるよ」

「皆が言うからって、あなたが言うの。人の悪口を言ってはいけないって言ってるでしょう」

「悪口じゃないよ、ほんとのことだもの」

英雄も譲らない。

「どこが本当のことなの。あなたはその子のお父さんのことをちゃんと知ってるの」

「だって藤原君の姉さんも学校のそばの文房具屋でケシゴムを盗んだんだもの。皆があの家の者は生まれた時から泥棒なんだと言ってたもの」

パシッと音がして、絹子の手が英雄の頰を叩《たた》いていた。

「情けないことを言っては駄目。どこに泥棒になるために生まれて来た人がいるの」

自分には何も非がないと信じていた英雄は、ふいに母にぶたれたことに逆上して絹子を睨《にら》みつけた。そうして唇を嚙《か》んで東の棟にある自分の部屋に駆けて行った。

部屋に入ると、まだ左頰が熱かった。口惜《くや》しさがこみあげてきた。

絹子は、息子の反抗的な態度に思わずカッとした自分をくやんでいた。ここのところ、夫の斉次郎《さいじろう》のよからぬ話を耳にしていたので、いら立っていた。

――女将《おかみ》さん、旦那《だんな》さんの話聞いてます？

――何か。

――屋敷町に家をひとつ持って、なんでもそこにいらっしゃるらしいって……。

そのことを絹子に伝えた東の棟の女が憎らしかった。女の自分を覗《のぞ》き込むような視線も不愉快だった。お産を前にして少し神経質になってもいたから、

――噂話を私にしないで下さいますか。

と絹子はその女を睨みつけた。

実際、斉次郎はもう二十日ばかり古町《ふるまち》の家には帰っていなかった。

五人目の子供がお腹にいる。

斉次郎は絹子を娶《めと》った時、

「子供をたんと産んでくれ」

それだけを言った。絹子も嫁ぐ時に母から、子供をたくさんつくりなさいと言われた。女が三人続いた。

——あそこの嫁は女腹じゃから。

と陰口をいわれた。絹子の母も父も、女系家族であった。

四人目にやっと英雄が生れた。

「跡継ぎが一人だと、何かあった時に高木の血が絶えるからの」

酒に酔うと、斉次郎は源造たちの前でわざと絹子に聞えるように言った。

お腹に子供ができたとなると、斉次郎は絹子の軀《からだ》に手をのばさない。妊娠がわかってから出産をし、身体《からだ》がもとへ戻るまでの七、八カ月余りを女なしで過すような男ではは斉次郎はない。

三人目の娘のあたりから、斉次郎は絹子の腹が大きくなると、外出することが慣《なら》いのようになった。

今度の出産はやけに自分でもいら立っている。これまでと比べて腹がひどく窮屈な感じがする。

「逆子ではないようですわ。しかしいつもと違って、奥さんの顔がきつくなっとりますから、男の子かも知れませんの」

昨日、サキ婆が絹子の腹を触りながら言った。

「やっぱり国へ帰るのですか」

「…………」

絹子がそのことを聞いても、サキ婆は返事をしようとしない。

「わしは日本へ来てから、最初の主人の子を五人産みました。あとの六人は皆主人が違うとります。七人の息子と四人の娘を育てて、五人の男は兵隊にとられたり工場で死にました。娘はみな生きとります。不思議なもので、残った二人の男はひとりはあのとおりの愚図《ぐず》で、もうひとりはヨングを捨ててどこかへ行ってしまいました。それでも逃げた息子もどこかで生きとればそれでいいと思います。娘の孫はおりますが、その子等は亭主のものです。ヨングひとりが私の手元に残りました。いろんな男に見つけてもろうて、子供を産んで育てて、それでわしは女として充分だと思うておりました。しかしこの頃、ふとこのババアは鶏みたいな女じゃったのだろうかと思う時があります。国の生まれた村は食べるものもない貧しいとこでした。日本へ来て暮しはじめた時は、それは天国のような国だと思いました。ここならもうあんな苦しいこともないと……。ところがここ一、二年、なんかの時に、国へ戻らにゃいかんのではないかと思いはじめました。戦争が終って、独立したからというのじゃないんです。ババアにゃ国を誰がやろうと関係はないことですしの。妙なものが聞える時があるんです」

「聞える？」

「はい、人の声のようでもあるし、山や空の声のようでもある奇妙な声が……、わしを呼んでいる気がするんです。若い頃は思い出すだけで、鳥肌が立った村の景色のようなものがおぼろ気に見えましての。おかしいですの」

そう言ってサキ婆はクスッと笑った。

「何がですか？」

「ああして毎晩のように船底に隠れて、密航者がやって来ますでしょう。その連中に国の様子を聞くと、みな良いことはひとつも言いよりません。なのにババアは可愛《かわい》い孫を連れて戻ろうとしとるんですから……」

日曜日の朝、幸吉の漕《こ》ぐ自転車に乗って、英雄は駅まで出かけた。

あの日以来、英雄は母とほとんど口をきかなかった。

駅に着くと、西尾先生は大きなリュックサックを背に担《かつ》いで待っていた。グレーの帽子をかぶり腰から手拭《てぬぐ》いを下げて、突き出たお腹の上につりバンドをして立っていた。

「おはようございます」

「はい、おはよう」

「先生様、高木の者でございます。本日は坊ちゃんがお世話になりますそうで、よろしく願いますと、おやじさん、女将さんが申してくれと言うことです」

幸吉が丸覚えして来たような挨拶《あいさつ》をした。

「はい、じゃたしかに。行ってまいります」

「先生様」

「先生に様は付けんでいい」

「は、はい。先生、それで帰りは何時頃になりましょうか」

「五時十分の上りの列車で着きます」

「はい、五時十分ですね」

幸吉は大きな身体を縮めるようにして、二人のそばに立っていた。

「もう戻られていいですよ。あとひとり生徒を私は待ってますから」

「そうですが、でもちゃんと見送るように言われて来とりますから」

英雄が幸吉のそでを摑《つか》んで、口に手を当てて小声で言った。

「言うことを聞かないと怒り出すよ」

幸吉は急に目の玉を丸くしてうなずくと、丁寧《ていねい》にお辞儀をした。そうして自転車に乗ってからも何度も頭を下げて去って行った。

西尾先生はその幸吉の姿には目もくれないで、西からの道を見ていた。

藤原君が来たのは、それからほどなくだった。彼は姉と二人で走るようにしてトラック会社の角を曲って来た。

英雄は、この少女が文房具店で盗みをした姉なのだろうかと思った。

「母はもう働きに出かけたので、先生によろしくということでした」

少女が先生に言った。その背後で藤原君はもじもじとしていた。

「はい、わかりました。帰りは五時過ぎの列車ですから、家の近くまでは私が送ります」

「お願いします」

少女の口のききかたは、丁寧でしっかりとしていた。

列車の座席に腰を掛けると、先生はリュックサックを開けて、中から大きな新聞紙の包みを取り出した。ぷぅーんとたくあんの匂《にお》いがした。それから炊《た》いたばかりの御飯と海苔《のり》の香りがした。

大きな握り飯だった。

「残さずに食べなさい」

三人はその握り飯を食べた。お腹が急にふくらんだ。

やがていくつかの隧道《トンネル》を抜けると、車窓から瀬戸内海の澄んだ海原《うなばら》とちいさな島々が見えて来た。

窓側にむかい合って座った英雄たちは窓から顔を出した。風が頬に当たって、鼻の中に機関車の吐き出す煙りの匂いが入ってきた。煙りにむせて、藤原君が咳込んだ。

「大丈夫？」

「うん、喘息《ぜんそく》だから」

「席をかわろうか。こっちならいい」

英雄が言った。

「…………」

藤原君は黙っている。英雄は立ち上って、彼の手を引いた。冷たくてほそい手だった。

「ありがとう」

先生は口をへの字にして眠っている。

「見てごらんよ。船があんなに」

春の海で漁をする漁船が幾重《いくえ》にも帆をふくらませて並んでいた。風が強いのか、白波が無数のガラスの破片のようにかがやいていた。その波の上で、舳先《へさき》を一様に西にむけた漁船が玩具《おもちゃ》のように揺れている。

藤原君は目を細めて沖を見ていた。その横顔が普段学校で見かける顔とまるで違っている。遊び時間も、いつも教室の隅でじっとしている彼に、クラスの生徒は誰も声をかけなかった。

英雄もこうして二人でいて、はじめて彼がどんなふうにクラスで過しているのかを考えた。いつも日陰のようなところにいる藤原君の姿しか浮かばなかった。

「下関は行ったことがあるの」

英雄が聞くと、彼は首をふった。

「僕は行ったことがあるけど、もうずっと前で覚えていないんだ。水族館に鯨の子供がいるんだってね」

「うん」

その時だけ彼は大きな返事をした。

汽車は昼前に下関に着いた。バスで水族館へ行き、魚を見て回った。

鯨のいる大きな池の周囲は大勢の家族連れで賑《にぎ》わっていた。藤原君は水族館に入ると、歩く速度も驚くほど早くなって、鯨の池の前に来ると鉄柵《てっさく》にずっと顔をつけて、時折しか浮上してこない鯨の親子を見つめていた。

水族館と隣り合わせた高台にある公園で昼食を摂《と》った。足元の草を千切って手放すと、山からの風に乗って草は関門海峡へ流れて行く。

「あれが九州だぞ」

先生が指をさして、うす緑色の山並をずっと右から左になぞった。

「海の底に隧道《トンネル》がある」

藤原君はいつの間にか立ち上って、海の彼方《かなた》の山を見て声を出した。

「そうだ、藤原の言うとおりだ。藤原……」

先生が名前を呼ぶと、彼はふりむいた。

「いつでもそのくらい大きい声を出せよ、藤原」

先生が笑って言った。英雄も笑うと、彼も照れたように歯を見せて笑った。

「じゃここでスケッチをしよう。今日は下書きだけをして、家に戻ってから色をつけよう。先生はここで描いてるから、君たちは好きな場所を探しなさい」

二人は画板を持って、それぞれの場所に座ってスケッチをはじめた。

絵を描きはじめると英雄は夢中になった。四年生になって、担任が西尾先生に替った時、最初の図画工作の時間のあとで英雄は先生に呼ばれた。

「高木は絵を描くのは好きか」

「はい」

「高木の絵は見どころがあるぞ。しっかり頑張ったらとてもいい絵が描けるようになるから、家で描いたものでも先生に見せてくれ」

身体が大きくてどこか怖そうに思えた西尾先生が英雄は好きになった。先生はいろんなことを教えてくれた。

「ほら高木、この一枚の葉っぱを見てみろ。同じ緑でも葉先とつけ根の方では色が違うだろう。裏返すとこんな緑だ。この葉が無数にあるのが一本の木だ。その木が集まったのが山なんだぞ。山もよく見て描くんだぞ。高木のまわりには、そんな色がたくさんあるんだ。絵を描くことは素晴らしいことなんだぞ」

一学期も二学期も通信簿の図画工作だけは満点だった。

絹子が父兄参観に行った時も、

「高木君は将来、絵を勉強させると楽しみなんですがね」

と言われたほどだった。

去年の秋の読書感想画に英雄の絵は県の代表になって全国コンクールまで行った。英雄の絵は優秀賞に選ばれた。その時、大臣の奨励賞を貰《もら》ったのが、藤原君だった。給食費もとどこおることが多い複雑な家庭環境にある藤原勇《いさむ》と、何かと噂《うわさ》の多い家の高木英雄の二人を、先生は他の生徒より贔屓《ひいき》をするように可愛《かわい》がった。

風の向きが海から山の方角に変わった。

英雄は絵の下書きをほぼ終えていた。

「よし、そろそろ時間だぞ」

丘の上から西尾先生の声がした。

二人は画板を片づけて走り出した。

「どれ、見せてごらん」

藤原君の絵を見て、

「よし、いいぞ、藤原。よく描けてるな」

藤原君の絵は遥《はる》か彼方の国東《くにさき》半島から瀬戸内海、そこに浮ぶ島々と往き交う船が丁寧に描いてあった。英雄も見ていて、大人の描いた絵のように上手《うま》いと思った。

「高木はどうだ」

英雄が絵を差し出すと、先生は首をかしげてその絵を見直した。

「どこを描いたんだ」

英雄は丘の上から工場街へ繋《つな》がる高圧線の鉄塔を真下から描いていた。

「あの塔です」

先生も藤原君も、その鉄塔を見た。

「下から描いたんです」

その絵は蜘蛛《くも》の巣のような太い曲線が描いてあるだけの絵だった。

「そうか……」

「面白いよ、高木君」

「面白いか……そうだな面白いな。よしこの絵にちゃんと来週までに色をつけてくるんだぞ」

二人が返事をすると、先生は何度もうなずいていた。

「この色を忘れないように、ちゃんと覚えておかないとな」

藤原君は沖合いをじっと見つめ、英雄は鉄塔と空を見上げた。

翌日から毎日、英雄は学校から戻るとすぐに部屋に閉じ籠《こも》って絵を描きはじめた。

四日目の夕刻、絹子は英雄の様子がおかしいことに気付いた。

「英さん、晩ご飯ができましたよ」

お手伝いの小夜《さよ》が東の棟に知らせに来た時、英雄は部屋の隅にうずくまっていた。

「どうしたんですか」

小夜がうす暗い部屋にいる英雄に声をかけた。

「頭が痛いんだ。なんか頭の中がうるさくて……」

小夜はあわてて絹子に知らせに走った。

「どうしたの、英さん」

絹子が部屋に上って来た。

電灯を点《つ》けて、絹子は驚いた。何枚もの絵が畳の上に散らばっていた。その一枚一枚は、皆蜘蛛の巣を描いたような同じ構図の絵であった。

「いつの間にこんなに描いたの」

絹子が英雄の肩にふれると、

「さわっちゃだめだ」

英雄はその手をはらいのけるようにした。そんな態度を息子がしたことはなかった。

「頭が痛いの？」

英雄がうなずいた。

「母屋《おもや》へ行きましょう」

「あっちはもう嫌だ」

激しい口調だった。


あの日、下関からの帰りの列車で、英雄は目の前で西尾先生と話している藤原君を急に妬《ねた》ましく思いはじめた。来る時はあんなにおとなしかった藤原君が、楽し気に先生と話をしている。英雄は先生を彼に奪われたような気がした。そうしてその原因はすべて彼のあの美しい絵にあると思った。

英雄は列車の中でずっと黙っていた。

「どうした高木、お腹《なか》でも痛いか」

「高木君、大丈夫？」

英雄は二人の声に首をふるだけで、じっと窓の外を見ていた。

家に戻ると、姉たちと母の笑い声が聞えた。帰ったことを告げようとすると姉の言葉が耳に入ってきた。

「母さん、男の子だといいわね」

「どうして」

「可愛い弟が欲しいもの」

「英雄さんがいるじゃない」

「そうだけど、英雄はどこか話しにくいんだもの」

「そんなことはないわよ」

「だって、この間もじっと鏡で自分の顔を見てるんだもの」

「あれは自画像を描くためよ」

「英雄の絵って、子供の絵じゃないみたい」

「先生はとても才能があるって誉《ほ》めてらっしゃるわ」

「天才なのかしら、あの子」

「天才は危ないんでしょう」

「そんなこと言うもんじゃありません」

「母さんは英雄ばかりを贔屓するから」

「そんなことはないわ。子供は皆平等に可愛いわ」

「平等って、四人だから、四分の一ってことでしょう。じゃ次の子が生れたら五分の一になるわよね」

「変な計算をするのね」

「でも男の子が生まれたら、英雄ばかりを可愛がらなくなるかも知れない」

「そうそう、その子の方が可愛くなって」

「いい加減にしなさい。そんなことを口にするのは」

「あっ怒った。ハハハハ」

英雄はその会話を聞いて愕然《がくぜん》とした。母が自分を殴ったのはお腹の中の子供が自分より可愛くなったせいなのだと思った。

彼は黙って部屋に戻ると、その夜から鉄塔の絵を描きはじめた。

母に見つからないように、夜中もスタンドの電気を点けて描いた。下書きを何度もケシゴムで消しながら、自分が気に入るまでやり直した。もうこんなところだろうと筆を止めることができなかった。止めようとすると藤原君の描いた絵が浮かんだ。

その奇妙な音は、二日目の夜半に耳の奥から聞えはじめた。遥か遠くから聞えて来るかすかな音で、馬の音がした時、英雄は部屋を見回した。ひづめの音に似ていた。

英雄が絵を描く筆を止めると、その音もやんだ。気のせいだと思って、筆を動かしはじめると、また聞えて来た。止めると、また消えた。たぶんどこかで馬車が通り過ぎているのだと思って、絵に没頭した。しばらくして英雄は、自分の周囲を何頭もの馬が回っているのに気付いた。それでもまだそのひづめの音は軽やかで、のんびりとしていた。英雄はかまわず絵を描いた。

英雄の周囲を回る馬たちの円がだんだんちいさくなってきた。やがて馬たちが自分のすぐ真上を飛び越えはじめた。英雄は馬たちに踏みにじられまいとして、目の前の絵を胸に抱いて俯《うつぶ》せた。馬は何頭も何十頭も絶え間なく襲って来た。英雄は脂汗《あぶらあせ》をかきながら、じっと絵を胸に抱いて動かずにいた。いつのまに自分が眠ったのかもわからなかった。……

目を醒《さ》ますと窓の外が明るくなっていた。夢を見ていたのだと思った。しかし、蒲《ふ》団《とん》はきちんと小夜が敷いていったままであった。絵を抱いたまま畳の上で寝てしまったのだろうかと、英雄は不安になった。

その日、学校へ行く道で真ちゃんが言った。

「昨日《きのう》よ、猫が子供を産んでるって言うんで、隣りの景品替えのおばさんの家の蒲団入れを覗《のぞ》いたんだ。そうしたら、親猫が自分の仔猫《こねこ》を食べてるんだぞ」

「ほんとうに？」

「ほんとうさ。俺はじっと見てたんだもの。それでびっくりして、そのことをおばさんに知らせに行ったんだ。そうしたらえらい勢いで怒鳴られちゃって」

「どうして」

「猫はさ、子供を産むところを人に見られたら、子供を食べちゃうんだって」

「うそだろう」

「うそじゃないよ。母ちゃんに話したら、そう言ってたもの。気味悪いよな。自分の子供を食べちゃうんだもんな」

英雄は闇《やみ》の中で目を光らせて、子供を口にくわえている猫の姿を想像した。その猫のむこうに、母が座っている姿が浮かんだ。そんな母の姿を、英雄は以前にも見たような気がした。

学校から戻ると、母はどこかへ出かけていた。小夜が夕食の準備をしてくれた。英雄は部屋に戻ると、窓を開けて空を見た。満月が、いちじくの木に替って植えられた木槿《むくげ》の木の上にかかっていた。月はなお満ちてふくらもうと、揺れているかのように見えた。

——気味悪いよな、自分の子供を食べちゃうんだもんな……。

朝方の真ちゃんの言葉が聞えた。すると猫の姿があらわれて、母の座っている姿に重なった。英雄に忘れかけていた記憶がよみがえった。

……母は浴衣《ゆかた》を着てじっと座ったまま前を見ていた。赤い一枚の布が母の前に垂れている。白い手がのびて、母はその布をくるりと上にはらいのけた。布は鏡台の掛け布だった。その鏡台は、英雄がまだ母と二人で寝ていた頃、母屋の寝室の隅に置かれてあった。

母は風呂《ふろ》上りのようだった。湯上りの肌の匂《にお》いがした。龍《りゅう》の絵が描かれた黒い化粧の容器から、白い指先でクリームをはぎ取り、頬や口元に斑雪《まだらゆき》のようにつけると、それをゆっくりと顔にのばして行く。丁寧に何度も指先で顔のかたちをたどっては、胸元まですべらせる。

英雄は鏡の中の母の顔と、電燈の下にある本物の顔を見比べては、不思議なやすらぎを憶《おぼ》えた。そうしていつの間にか、うとうとと眠ってしまう。

或《あ》る夜、物音に目覚めて目を開けると、母は同じように鏡台の前に座っていた。鏡台の脇《わき》のスタンドだけが点《つ》いて、その灯りの中で母は口元に紅を引いていた。いつもの湯上りの時と違って、その横顔はうっすらと赤味が差していた。かすかに化粧の匂いが漂っていた。

——何をしているのだろう……。

英雄は気になって、もぞもぞと起き出した。物音に気付いた母は、英雄の方をふりむいた。眉《まゆ》と口紅を引いた母の顔は怒ったような険しい顔をしていた。

「どうしたの、おしっこ？」

「違うよ」

「なら早く寝なきゃ駄目でしょう」

「うん」

「いつまでも起きてちゃいけません」

いつもと話し声まで違っていた。

ふいに障子戸のむこうから斉次郎の低い声がした。

「どうしたんだ」

「なんでもありません」

母はそう言って、鏡台のスタンドを消して斉次郎のいる寝室へ消えた。あとは真暗な闇だけがひろがって、英雄は訳もわからず目を閉じた。見たこともない母の険しい目ときびしい声にふれた気がした。それまでに英雄が母から受けたただ一度の冷酷な仕打ちだった……。

まばたきをすると、月はもう木槿の木から離れて、夜空を西に動いていた。

英雄は部屋の隅にしゃがみ込むと、視界に入るものをじっと眺めた。机も本棚の本もグローブもそれぞれが氷のように冷たく映った。自分があらゆる物からのけ者にされているのだとわかった。

壁際《かべぎわ》に画板が立てかけてあった。英雄はまた絵を描かなくてはならないと思った。絵を描くことだけが自分に残されたもののような気がした。

その夜、英雄を襲った馬の群れは前夜の倍の数に増えていた。

「ねぇ、どうしたの、英さん。どんなふうに痛いの」

絹子は英雄を抱き上げるようにして言った。腕の中で英雄のちいさな身体は小刻みにふるえていた。蒼《あお》い顔が痛々しかった。

ほどなく古町にある高木のかかりつけの医者がやって来て、英雄を診察した。

「ちょっとした情緒不安定になったのでしょう。大人で言うと軽いノイローゼと言ったとこです。嫌なことでもあったのかな。しばらく眠らせておけば戻るでしょう。このくらいの年頃の時はよくあるんですよ」

医者はそう言って引き揚げて行った。

一日学校を休むと英雄の顔色も戻り、翌日は登校した。

「高木、絵は上ったか」

西尾先生に言われて、英雄は絵のことをすっかり忘れていたのに気が付いた。帰宅してすぐに絵を描きはじめると、また頭痛がはじまった。病状はさらに厄介《やっかい》になっていた。

皆と夕食の席に着いた時、姉たちの話している言葉が驚くほどの早口で、何を言っているのか聞き取ることもできなかった。さらにひどいのは、自分が箸《はし》を持って食べようとするうちに、目の前で皆があっという間に食事を済ませて去って行ってしまうことだった。

英雄は怖くなって、台所の柱時計を見上げた。時計の長針が誰かが指で動かしているように速く回転していた。

「英さん、英さん」

遠くで母の声がした。

英雄は何もできずに、目の前を異様な速度で通り過ぎて行く時間をじっと見ていた。

ひさしぶりに家へ戻った斉次郎は、息子の様子がおかしいのに気付いた。

彼は妻を呼んでそのことを問いただした。

「神経のこまやかな子ですから、この頃少し敏感になってるんです」

絹子は素っ気なく言った。

「神経がおかしいって、まさかおまえ……」

「おかしなことをおっしゃらないで下さい」

絹子は怒ったような顔で夫を見た。

「おかしなことじゃない。高木の家にはそんな血はないんだ」

「血の問題ではありません。あのくらいの年頃にはよくあるんです。情緒が不安定になっているだけです」

「あいつは高木の家の跡継ぎなんだぞ」

「ですから、少し休ませれば元に戻りますから……。それより、こんなに永い間家を空けられると皆困ります」

絹子に不在のことを言われて、斉次郎は口をつぐんだ。

その時、源造が斉次郎に用を告げに来た。絹子は源造にむかって、

「源造さん、皆さん仕事が忙しいのはわかっていますが、屋敷町の変な話が私の耳に届かないようにして下さい」

と言った。

「はい女将《おかみ》さん、どんな話が入りましたかは知りませんが、ご心配をおかけして申し訳ありません」

源造は額に汗をかきながら言った。

絹子は身支度をしていた。

「出かけるのか」

「はい、英雄のことで学校へ行ってまいります」

「身体の方は大丈夫なのか」

「大丈夫です。もう五人目でございますから」

絹子の剣幕に、斉次郎と源造は奥へ引っ込んだ。

絹子は英雄を連れて隣りの市《まち》にある精神病院へ行った。

あの日以来、英雄は絹子が話しかけても必要以上の返事をしなくなった。貝が殻を

閉ざしたように、英雄は口をきかない。

二人は黙ったまま電車に乗った。

その病院は瀬戸内海を見下ろす丘の上にあった。病院の門をくぐる時、うつむいて歩く英雄の姿が哀れだった。

診察室に入ると、医師は二人を笑顔で迎えてくれた。息子の症状を絹子は医師に話した。診察の間、絹子は外で待たされた。しばらくすると看護婦が絹子を呼びに来た。

戻ってみると英雄の姿はなかった。

「あの、息子は？」

「今むこうの部屋で検査をしています」

絹子は英雄と離れていることが不安だった。

「力を抜かなきゃダメよ、高木君」

「抜いてるよ」

「まだ力が入ってるな」

「そんなことないよ」

英雄の声がした。

「取り敢《あ》えず絵を描くことはしばらくやめておいた方がいいでしょうね。十歳ですから、まだあんな症状がでることはあります。普通はもう少しちいさい頃によくあるんです。それも赤ちゃんが産まれた直後が多いんです」

「と言いますと……」

「母親の愛情が赤ちゃんにすべて行ってしまったように思い込んだりするんです。それに息子さんの場合は、時間に対して調和が取れなくなる時があるようです」

「時間ですか」

「はい、息子さんの頭の中だけに、時間が経過するのを拒否しようとする本能が働くんです」

「はあ、それはどうすれば治るのでしょうか」

「自然に回復します」

英雄が戻って来た。

「お便所はここを出て、右に行って、突き当たりをまた右に行った左手よ」

看護婦の話に頷《うなず》き、英雄は笑って部屋を出た。

英雄は廊下に出ると便所を捜した。最初の角を看護婦の説明と違う方角に折れていた。長い廊下を歩いても便所は見つからなかった。そのうちに廊下は終ってしまい、突き当たりに両開きの扉があった。英雄はその扉を開いて中に入った……。

絹子はかすかに自分の名前を呼ぶ声を聞いた。

——絹さん。

英雄の声だった。その声は泣いているように聞えた。絹子は咄嗟《とっさ》に立ち上ると診察室を出た。声のする方角に走った。廊下の左方向から英雄が自分の名前を叫びながら駆けて来る。絹子は、しがみついて来た息子を抱きしめた。

「どうしたの」

英雄は泣きじゃくったまま胸に顔をうずめている。

「あら、間違えて病棟の方へ行ったのかしら」

背後で看護婦の声がした。絹子はその看護婦を睨《にら》みつけた。

その日の夕刻、西尾先生が高木の家へやって来た。

絹子は英雄の様子を説明した。先生は頷きながら絹子の話を聞いていた。

「まあ、もう少し休んでから学校へ来なさい。絵の方はゆっくりはじめればいい」

英雄の頭を撫《な》でて先生は言った。先生の話に英雄はうつむいて返事をした。

玄関先まで先生を送り出すと、英雄はその場に立って泣きはじめた。

「もう学校へ行けないの？」

しゃくり上げる息子を抱いて、絹子は頬ずりをした。その二人の姿を漬け物の樽《たる》をリヤカーで運んで来たサキ婆《ばあ》が見つめていた。

「あれはなんの声？」

「木菟《みみずく》じゃ」

老人は竹の皮を切りながら言った。

「みみずく？」

「そうじゃ、木菟は昼間木の穴の中にいて、夜になると起きて猟をする」

「猟をするの」

「ああ、鼠《ねずみ》や兎《うさぎ》を捕《つかま》えるんじゃ」

「真っ暗なところでよく見えるね」

「そのかわり昼間はものがよく見えんらしい」

英雄と老人の側《そば》で、サキ婆が寝息を立てている。

「相変わらずよう酒を飲む婆さんじゃな」

老人がサキ婆の背中を見て言った。

サキ婆は、大きなお尻《しり》を猿がするように掻《か》いた。老人が笑った……。

——英坊ちゃん、この婆さんと山へ遊びに行きましょうか。

西尾先生が家にやって来た日の夕暮れ、サキ婆はそう言って英雄を誘った。

絹子も、面白そうだから行ってみたら、と言ってくれた。

翌日、二人は古町の家を昼前に出た。バスを乗り継いで山道を登り、中国山脈の中腹にあるちいさな山間の村に着いたのは、春の陽も落ちた宵の時刻であった。

藁葺《わらぶ》き屋根の家の戸を開けると、短髪で頭も眉毛も真っ白の老人が、竹を何本も足元に置いて何やら作業をしていた。突然の客に、老人はあんぐりと口を開けて、

「こりゃまたどういう風の吹き回しじゃ、婆さんがやって来るとは……」

と笑って言った。

「しばらく世話になるぞ」

「おっ、何年でも居ろ」

「そんなには居れるものか」

「上れ、上れ」

「わしが世話になってる家の息子さんじゃ」

「そうか、ようこんな山奥まで見えたの。ちょうどいい、昨日撃った兎がある」

「そう思うて、ほれ酒を持って来た」

「よしよし」

サキ婆はよく喋《しゃべ》り、よく笑った。……

眠ってしまったサキ婆の隣りに、老人が蒲団《ふとん》を敷いてくれた。英雄はサキ婆と寄り添うようにして寝た。

翌朝、英雄が目を覚ますと、老人もサキ婆も姿がなかった。

木々の間を抜けた朝陽が、内板を降ろした窓から、部屋の中に斜めに差し込んでいる。

英雄は目をこすりながら、表に出た。鶏が数羽鳴きながら餌《えさ》を食《は》んでいた。

地面を叩《たた》くような音が家の裏手から聞えた。英雄が音のする方へ回って行くと、サキ婆が茣蓙《ござ》の上にひろげた山菜を竹の棒で叩いていた。

「よう眠れましたかの」

「うん」

「顔を洗ってきなさい」

サキ婆が膝《ひざ》の上に置いた手拭《てぬぐ》いを差し出して、

「そこの小径《こみち》を降りたら、小川がありますから」

と熊笹《くまざさ》の茂みの方を指さした。

英雄は茂みの中の少し下り坂になった小径を下りて行った。

せせらぎの音がした。小川といってもそれは岩の間をわずかに水が走り抜けている
ような川であった。

手でふれると、山の水の冷気が背中まで伝わった。気持ちが良かった。

ほどなく老人が籠《かご》を背負って戻って来た。

朝食はサキ婆のこさえた粥《かゆ》だった。

「山の朝はええもんでしょう」

老人が言った。

「うん」

「婆さん、今日はひとつ坊ちゃんと猪《いのしし》を捕えてこようかの」

「ほう、それは楽しみじゃな。ならババアが腕によりをかけて料理をしてやろう」

朝食が済むと、英雄は老人と山の中へ出かけた。

空にのびる杉木立の林の中を、英雄は老人の後から歩いて行った。まだ朝靄《あさもや》の名残
りが林の間に漂っていた。

ほどなく林が切れると、中国山脈の稜線《りょうせん》が目の前にひろがった。昨日半日かけて登

って来た道はこんなに高い場所だったのかと、英雄はあらためて感心した。

老人の足は速かった。英雄は遅れまいと懸命に後に続いた。

「もうすぐじゃ」

老人がそう言ってから、ずいぶんと英雄は歩いた。

「よし着きましたぞ。坊ちゃんはあの岩の上で見張っといて下さい。わしが猪を追い出しますから……。静かに頼みますぞ」

老人に言われた岩の上に英雄は立った。岩の下には、雑木林と低い木々が崖《がけ》にむかって沢をこしらえていた。

老人は熊笹を押し分けて右手の林の中に消えていった。それっきり物音がしなくなった。風の音だけが耳を通り抜けて行く。

長い時間が過ぎたように思った。英雄は少しずつこころ細くなった。こんなに広い山の中に、ひとりきりでいることが不安だった。もしこのまま老人があらわれなかったら、自分はどうしたらいいのだろうか。

老人を呼ぼうかと思った。

——静かに頼みますぞ。

老人の言葉を思い出した。このくらいのことは、山の中では当たり前なのかも知れない。英雄は岩の上でじっとして老人を待った。

遥《はる》か彼方《かなた》にまだ雪を残した峰が見えた。

――あれはどこの山なのだろう。

そう思った時、右手の雑木林からパーンと乾いた音が轟《とどろ》いた。音は四方の山々に木《こ》霊《だま》して、二度、三度と響きながら消えて行った。それが老人の撃った猟銃の音だとわかるまで、時間がかかった。

――どうしたんだろう？

それっきりまた音は途絶えた。

また銃声がした。三十メートルほど下の沢に老人の姿が見えた。その老人のやや手前から飛び出した黒い影が、すべり落ちるようにして崖を斜めに横切った。

――猪だ。

英雄は目を見張って、その影を追った。老人も転がるように斜めに沢を駆け下りて行く。三たび銃声が轟いた。

英雄は息を飲んで、二つの影が消えて行った雑木林の下の崖を見ていた。

しばらくすると、老人が手をふりながらあらわれて、

「下りて来なさい」

と大声で言った。英雄は岩から下りると、沢づたいに歩けそうな場所を選んで、老人のいたあたりをめざした。岩の上からは近くに見えたが、たどり着くまでひどく時間がかかった。

真黒な猪が血をたらして横たわっていた。目をむいた猪はすでに息絶えていたが、まだ胸元から鮮血を流していた。

老人の両手は血だらけだった。

「まだ若い猪ですの、こいつは」

老人は猪の足を縛り上げると、近くにあった手頃な木を腰に下げた手斧《ちような》で切り、猪の足の間に差し込んだ。

その木を肩に担《かつ》ぐと、猪は老人の背中におぶさった赤ん坊のように見えた。山道に点々と血がしたたり落ちた。老人は鼻唄《はなうた》を歌いながら歩いた。

「サキ婆さんが喜びますの」

老人がふりむいて笑った。英雄も笑い返したが、背中に揺れている猪の目が不気味に思えて仕方なかった。

夜は牡丹鍋《ぼたんなべ》になった。

サキ婆が仕分けた猪の肉が、家の土間の天井から何本もつるしてある。

「婆さんは福の神じゃの、こうして粽《ちまき》を食えるしな」

サキ婆は、昼間のうちに笹の葉につつんだ餅《もち》をこしらえていた。

「そうよ、このババアと一緒になった男共は皆しあわせ者じゃったて」

酒で上機嫌になったサキ婆が、立ち上って歌いながら踊りはじめた。その踊りは東の棟で女衆が踊るものと同じだった。

サキ婆は衣服をまくり上げて、太モモをあらわに出すと、そこを手で叩きながら、鞭《むち》を打つような鋭い音を立てて踊った。老人も立ち上ってサキ婆と踊り出した。

天井から下ったランプの灯りの加減で、サキ婆と老人の影が大きくなったりちいさくなったりした。踊りは段々と激しくなり、サキ婆の足が床を蹴《け》るたびに、鍋の煙りが揺れた。老人の顔はつややかになり、それ以上にサキ婆の顔は若い女のようになまめかしくなった。

英雄は手を叩きながら、昼間見た老人の血にまみれた手を思い出した。目の前の二人も天井からつるされた肉の塊りも、ひどく逞《たくま》しいものに思えた。

それから五日間、英雄は老人と山を歩き、夜は老人とサキ婆の宴《うたげ》を見て過した。どこか畏怖《いふ》を感じていた山の世界が、少しずつ英雄の身体になじんで行った。

最後の日の午後、英雄は老人と二人で山歩きをしていて、渓流沿いで鹿《しか》に出逢《であ》った。鹿は二頭連れで、水を飲んでいた。

一頭が警戒するようにあたりを見回している。もう一頭はその間に水を飲んでいた。わずか数十秒の時間だった。鹿はまた林の中に姿を消した。

「どうして撃たなかったの」

英雄が老人に聞くと、

「一頭が牝《めす》でしたからのう。それにわしはこの間猪を獲《と》りました。あれでしばらくは食べて行けます」

「牝は撃たないの」

「仔《こ》をこさえるために二頭でおるのですから、邪魔はせん方がいい」

老人は渓流の淵《ふち》で目を細めて言った。

「赤ん坊がお腹《なか》にいるんだ」

「まあ、人間も動物も、生まれて来るものを大事にするのは同じですの」

「どうして皆子供を産むの」

「それが牝の仕事ですからの。男が外で仕事をするように、女は子供を産んで育てるでしょう。山の中の牝を殺していたら、山の生き物はいなくなります」

老人の言葉は、いつか父の斉次郎から聞いた、

――人間はな、働かなくちゃいかんのだ。どんな人でも働かなくちゃ生きては行けんのだぞ。

という話に似ていると思った。

夕暮れ、三人は家の裏手にある岩場で最後の夕食を摂《と》った。

焚火《たきび》を焚いて鍋をかけ、煮えるまでの時間を宵の山景を見て過した。

風は止まり、夜空に無数の星がきらめいていた。その空の東方にやや欠けた春の月がかかっている。静寂の中で三人はぼんやりと月と星を眺めた。

「こうしてひとりで山に住んでいると、あの月が何事かわしに話しかけているのが、わかるんじゃ」

老人がぽつりと言った。

「そんなものかの」

サキ婆が月を見て言った。

「人間の言葉とは違うのじゃが、夜中に林の中を歩いていて、誰かに見られているような気がする時は決まって月か星が頭の上にある。わしは学も何もないから上手《うま》いこ

とは言えんが、耳の奥にたしかに聞えるんじゃ」

「その声がか？　月はなんと言うとりますか、あんたに」

サキ婆が嬉《うれ》しそうな声で聞いた。

「上手いこと言えんのだが、わしのやって来たことを皆知っていて、それでもわしを許してくれているような気がするのじゃ」

「ほお、許してくれるか」

「うーむ」

老人は唸《うな》るような声を出して、月にむかってうなずいた。

「英坊ちゃんには聞えるかの」

サキ婆が言った。

英雄はじっと月を眺めて、首をかしげた。

「たぶんわしだけが感じていることではない気がする。あの殺した猪とて、月を見上げていただろうと思う」

「あれだけ美味《うま》かった猪はそのくらいのことはしとるだろうて」

サキ婆が声を殺して笑った。老人がつられて笑い声を上げた。サキ婆が鍋の中の肉をつまんで口に入れた。

「もうよかろう。そろそろ酒盛りをしようぞ」

「そうだな」

「たんと食えよ。ババアの最後の料理だぞ」

「……最後になるのか」

老人が淋《さび》しそうに言った。

「ああ、山を降りたらわしは国へ帰る。この歳《とし》だから、もうこの国へは戻れんだろう」

「そうか、ならたらふく食うてやろう」

「そうしてくれ」

「英坊ちゃんもよう味おうて下さい」

「うん」

最後の夜のサキ婆の歌声は、岩場から切り立つように降りてひろがる山々に沁《し》みわたり、激しく踊る姿は欠けた月に重なって、青くきらめく幻の舞いに映った。

老人はサキ婆をじっと見つめ、時折サキ婆の歌を口ずさんでは手拍子を取っていた。ゆっくりと星が周《まわ》るように、時間が三人の回りを過ぎて行った。

英雄は、ふと静寂がやって来る度に月と星々を見上げた。月が何事か自分に語りかけてくれるのを耳を欹《そばだ》てて待つのだけれど、ただ月光が身体を突き抜けるだけだった。英雄は手を月にかざしてひろげてみた。月光が指先に当たって透き通るように光った。月光がふるえているのか、自分の指がふるえているのかわからなかった。

英雄は自分の手に鼻を寄せて、匂《にお》いをかいだ。風の匂いなのか、山の匂いなのか、甘い香りがした。

聞えないけど、聞える。匂いはないのに、匂う。見えないけれど、見える……。英雄は老人が先刻言った月の話しかけているものが、そんな伝え方を自分にしているのではないかと思った。

サキ婆は老人の肩に頬をあずけて目を閉じている。老人もまた目を閉じて、二人とも眠ったように動かない。月光に浮かんだ中国山脈の稜線が、夢を見ている二人の老人のように見えた。

一週間ほどのサキ婆たちとの春山の生活は、英雄に未知の世界を見せ、彼の五感に山の雄大な生命を吹き込んだ。

お化け柳の枝々に無数の新芽がふいて、春の海風に真《ま》っ直《す》ぐに垂れた枝が静かに揺れている。

風呂《ふろ》から上った英雄は母屋《おもや》の縁側の隅に腰掛けて、ほてる身体を風の中に休めている。池の水が音を立てて波紋をつくった。小鮒《こぶな》が跳ねたのだろうか。その波紋に、千切れるように揺れた水の上の月がまた丸く戻った。

英雄は月を見上げた。月に老人とサキ婆の青い影が重なった。

——英坊ちゃん、人間はちっぽけなもんですぞ。ちっぽけじゃから大きい気持ちで生きて行かんといけません。あの山みたいに大きゅうにね。絵を描くことも大事でしょうが、もっともっと大事なことがありますぞ。それは生きて生きて生き抜くことです。山の爺《じい》さまが言っとったでしょう。いつも誰かが見とるって。サキ婆も遠い国へ行っても、英坊ちゃんを見とりますぞ。……

帰りのバスの中でサキ婆が言った言葉を英雄は思い出した。ふと英雄は、今、老人もサキ婆もこの月を見ているような気がした。二人の笑い声が遠くで聞えた。月から響いて来た声に思えた。

玄関の方で車のエンジン音がした。犬たちが一斉《いっせい》に吠《ほ》えたてて、駆け寄る足音がした。

——お父やんが帰って来た。

「よし、わかったからどきなって」

時雄の声がする。源造が幸吉を呼んでいる。

居間と台所の電燈が点《つ》いて、庭の葡萄《ぶどう》棚に光が差した。廊下を走る小夜の足音が聞える。

「旦那《だんな》さんが戻られましたよ」

と小夜が声を上げた。

「はーい」

明るい母の返事がする。

おぎゃあーと可愛《かわい》い声が聞えた。十日ほど前に生まれた弟の正雄の泣き声だ。

英雄は立ち上ると、父の顔を見ようと玄関へ走った。

第五章　カケッ目と零戦《ゼロせん》

うす暗い六畳ばかりの板張りの部屋の壁にむかって、男がふたり背をむけあって仕事をしている。

平机におかれたスタンドの電球の灯《あか》りが、男たちの手元に蛍の光のように当たって、それぞれの右目にはめた接眼鏡にときおり反射する。

カチカチと、いくつもの時計の音だけが聞える。海側のちいさな格子《こうし》窓から、早春の傾きかけた陽が差し込んでいる。海の風が変わったのだろうか、壁に鋲《びょう》でとめた仕事の整理伝票が揺れている。

若い方の男が大きな欠伸《あくび》をして、胡坐《あぐら》をかいた腰に手を当て背筋を伸ばした。

その時、格子窓から激しく吠《ほ》える数匹の犬の声が部屋の中に飛び込んできた。

犬の声はさらに大きくなって行く。

「またおっぱじめやがった。まったくうるさい街だな、この街は」

若い男がうんざりした顔で言った。年老いたゴマ塩頭の男も、まったくだというふうにうなずいた。小便にでも行くのか、若い男は立ち上って、見るともなく外を覗《のぞ》いた。

二人の時計職人が働く時計屋の二階の仕事部屋からは、古町《ふるまち》の高木斉次郎《さいじろう》の家の正門が見える。その門前に今しも廃材を山と積んだ荷車が通りかかる所だった。汗だらけで荷車を曳《ひ》く老人と、肩口から襷《たすき》をかけられて同じように車を曳くうす茶色の大きな犬に、三匹の雑種犬が牙《きば》を剝《む》いて吠えかかっていた。

「ひとおもいに嚙《か》み殺してしまえばいいのにな、あの土佐犬が」

若い男が言った。

誰の目にも老主人の仕事をけなげに手伝っている大きな犬の方が立派に見える。

老人も犬もうるさそうな顔をして、高木の家の前を通り過ぎようとする。しかし三匹の犬は執拗《しつよう》に攻撃をやめない。とりわけ黒と白のブチ模様の犬が、不自由な前足を引きずりながら荷車の犬にうなり声を上げて嚙みついて行く。

それは威嚇《いかく》をするだけの生半可《なまはんか》な攻撃ではなく、隙《すき》あらば相手の喉元《のどもと》を嚙み切ってやろうとする過激なものだった。

ちょうど通りかかった買物籠《かご》をさげた女が、犬たちのいさかいの様子に驚いて、電信柱の陰で立ちすくんでいる。

ブチの犬が荷車の犬の足元に襲いかかった。その時はじめて荷車の犬がうなり声を上げて牙を剝いた。

「やめんか」

荷車の老人が犬にむかって低い声を出した。犬たちがひるんだのを見て、老人は荷車を強く曳き出した。

いつからそのブチの犬と荷車の犬がそんなふうになったのか、古町の界隈《かいわい》の人は誰も知らない。

ずいぶんと前のことだと言う人がいれば、つい二、三年前のことだと言う人もある。いがみ合いのはじまったのがいつのことかは不正確だが、一番初めの喧嘩《けんか》は壮絶だったようで、十兵衛《じゅうべえ》と呼ばれる荷車を曳く犬とビクという名前の高木の家の犬は血だらけになって、それぞれの家に戻って来たという。数日間、二匹は家の縁の下にじっともぐり込んで傷を癒《いや》し、ふたたび陽差しの中に出てきた時は、ビクは左前足が不自由になり、十兵衛は右目の半分がコテで焼かれたようにつぶれていた。

「どうしたんだビク、おまえのその足は」

時雄が声をかけると、ビクはどこか照れくさそうな表情をして、母屋《おもや》と東の棟の間にある炊事場の横手の物置小屋の隅に腹ばいになった。

その日を境に、夕暮れになるとビクと十兵衛の争いがはじまった。荷車は高木の家から北側へ十数軒先にある風呂《ふろ》屋に釜焚《かまた》きの古材を運ぶ車で、朝のうちは西を回って古材を集めるので二匹の犬は顔を合わせないが、夕暮れ、東側の港の工場や材木置場の廃材を乗せて帰る時は高木の家の前を通らなくてはならなかった。

曙橋《あけぼのばし》の下り坂を荷車が降りて老人と十兵衛の姿があらわれると、ビクが空にむかって遠吠えして喧嘩がはじまった。

「うるさいな、まったく」

近所の人は眉《まゆ》をひそめて言った。しかし犬の飼い主がこの界隈でも実力者の高木斉次郎だから、面とむかって文句を言う者はなかった。荷車が高木の家を通過するほんの十五分ばかりの出来事で、荷車が風呂屋の空地に消えると、また何事もなかったように静寂が戻る。

「ビク、どうしておまえはそんなにあの犬だけに刃向かって行くの。おじいさんの手伝いをしていて、いい犬じゃないの」

絹子が、夕暮れになると決まっていさかうビクにむかって注意をすると、ビクは申し訳なさそうに母屋の脇《わき》をすごすごと引き揚げて行く。

ちいさい頃から英雄《ひでお》の遊び相手をしてくれて、見知らぬ子供にでも黙って頭を撫《な》でさせるビクが十兵衛だけには天敵にむかうように牙を剝く。それが絹子には不思議で仕方がなかった。

この界隈の犬はほとんどが雑種で、身体《からだ》の大きさも皆似かよっているのだが、十兵衛は土佐犬の血をひいていて、骨太で、大きな胸と肩がいかにも強靱《きょうじん》そうで、廃材を山と積んだ荷車をぐいぐいと曳いて行く姿は他の犬たちを圧していた。

十兵衛という名前が本当の名前なのかは知らないが、古町の人たちはこの犬をそう呼んでいた。カケッ目になってから、誰かが独眼の柳生《やぎゅう》十兵衛になぞらえてそう名付けたと言う人もある。そう言われてみれば、老人のかたわらで肩口から襷をかけられて荷車を曳く姿は、どこか勇ましい侍のように見えた。

それに比べてビクは十兵衛の半分にも足りない犬で、埋立地に捨てられていたのを斉次郎が拾って来た雑種犬であった。仔犬《こいぬ》の頃はひ弱そうですぐに死んでしまうのではないかと思っていたら、成犬になるころから男まさりのメス犬になった。

ビクと名前が付いたのは高木の家が駅前でやっているキャバレーのレコード係の女が、レコード盤に描いてある蓄音機に耳を傾ける犬に似ているので、そのレコード会社の名前で呼んでいたからだ。それが頭の二文字だけ残ってビクとなった。

英雄がまだ幼い頃、ビクと一緒に池の鯉《こい》を覗いているうしろ姿が仲の良い友だちのようで、微笑《ほほえ》ましく見えたのを絹子はよく憶《おぼ》えている。それにビクは主人の斉次郎が帰宅するまでは、どんな深夜になろうとも玄関先で待っていた。

「お父さんは遅いわね、どこで遊んでらっしゃるのかしらね」

と夜半に玄関先でうずくまっているビクに絹子が声をかけると、ビクは喉を鳴らしてこたえた。

斉次郎もビクをずいぶんと可愛《かわい》がっていた。時折、三輪車を自ら運転して出かける時、荷台にビクを乗せて出かけたりした。

絹子が憶えているだけでも、ビクは二十匹以上の仔犬を産んだ。発情期になると、どこからともなくオス犬たちが家の周囲をうろつきはじめた。

「また犬どもが来てるぞ」

英雄が絹子に告げると、

「ビクは美人だから、よくもてるのよ」

と絹子は笑ってこたえた。英雄はビクの顔を見ながら、

「おまえは美人なのか」

と聞いたりした。

ビクと十兵衛の喧嘩がひときわ激しくなったのは、去年の夏あたりからだった。二匹の喧嘩にビクの産んだ息子たちが加わるようになったからである。

それまではビクが産んだ仔犬はちいさいうちに他所《よそ》の家にやってしまうか、英雄たちにわからないように若い衆が埋立地に捨てに行っていた。

ところがおととしの春に産まれた仔犬は父親が白い犬であったのか、四匹の中に真っ白な犬が二匹いた。それを見つけた娘たちがそれぞれ名前をつけて、彼女たちの犬にしたいと斉次郎に頼み込んだ。

母犬のビクが敵《かたき》のようにむかって行く十兵衛に対して、いつも遠くから怯《おび》えるようにしていた二匹の息子たちも、成長すると果敢に戦うようになった。

今年の節分が過ぎ、〝お化け柳〟の枝に白い芽が見えはじめた頃、犬たちの喧嘩は激しくなった。

毎年春先に犬たちが発情期を迎えると、保健所から野良犬を捕獲する男たちが各町内にやって来た。まだ狂犬病にかかった犬に噛まれて死亡する人もいたし、山の手の方の屋敷町はともかく、古町や新町のある下町界隈では、狂犬病の予防済みの鑑札をつけた犬はほとんどいなかった。だからこの時期、路地をうろついている犬たちを捕獲員は片っぱしから捕えて行った。

一度ビクが彼等に追い詰められた時、英雄がそれを見つけて泣きながら家に駆け込んできた。江州《ごうしゅう》があわてて駆けつけ、そこでひと悶着《もんちゃく》あったらしい。江州は、

——この犬は高木の家の犬だぜ。

と刺青《いれずみ》をちらつかせてすごんだと言う。

それ以来捕獲員の方から、古町の方へ行く時は事前に連絡が入るようになった。古町、新町を彼等が見回る五日余りの間、ビクも二匹の息子も縄につながれていた。それでも表通りを十兵衛が通るたびに、ビクは遠吠えを続けた。

街から街を渡り歩く二人の時計職人が眉をひそめるほど、十兵衛とビクの一家のいさかいは激しかった。

「ほら、あの先頭の奴《やつ》だよ」

空を見上げて真ちゃんが言った。

古町の醬油《しょうゆ》工場の煙突を横切って、数十羽の鳩《はと》の群れが飛んで行く。英雄も頭上の群れを目で追った。

「ぐんぐん他の奴等を引き離して行くよ。速いなあ、あいつ」

真ちゃんが指さした鳩は、群れの先頭でその一羽だけが違う種類の鳥のようにあざやかな速度で飛んでいた。

「ほんとだ、速い奴だな」

その鳩が急降下すると、うしろに続く鳩たちもひとテンポ遅れて降下し、また上昇をはじめると、群れの鳩もあわてててついて行った。他の鳩たちはどこかその一羽の鳩に遊ばれているようにも見えた。

「ちきしょう、俺も鳩を飼いたいな」

真ちゃんが口惜《くや》しそうに言った。

「英ちゃん、鳩を見に屋敷町へ行ってみないか」

「うん」

二人は屋敷町のある西へむかって走り出した。

頭上の鳩の群れは、二人を導くように山の手へ飛んで行く。古町を抜けて坂道を上ると、石塀の続く屋敷町であった。

その家は屋敷町の中でも珍しい金網の塀で囲まれた洋館だった。二人は金網のすき間に顔をつけるようにして中を覗いた。

「たくさんいるな」

見ると芝をはった広い庭の一角に大きな鳩小屋があった。その小屋のブリキ屋根の上で鳩たちが餌《えさ》をついばんでいた。鳩小屋の周囲には鳩を見物にきた屋敷町の少年たちがたむろしていた。

「そばで見てみたいな」

真ちゃんが鼻先を金網の間から突き出して言った。その姿に気づいた少年たちが、じっと英雄たちを見つめて、何事か囁《ささや》き合っていた。三人の少年がゆっくりと英雄たちの方へ近寄ってきた。

「何をしてんだ、おまえたち」

ひとりの少年が言った。

「鳩を見せてくんないか」

真ちゃんが笑って言った。

「鳩を？　おまえら古町の者だろうが」

「そうだ、古町から来た」

「古町の者に鳩は見せられないな」

「なんでだよ」

「古町じゃ鳩を焼いて食ってるだろうが」

「鳩を食ってるって？　聞いたことねえよ」

真ちゃんが少し腹を立てたように言った。

「おまえたち何年だ？」

「華南小の四年だ」

「なんだこいつら、下じゃないか」

「そんなことどうでもいいから、鳩を見せてくれよ」

金網越しに英雄たちがやりとりをしていると、鳩小屋からひとりの少年が出て来て、

「おーい、そこで何してる。早く掃除をしろよ、おまえたち」

と怒鳴った。

「古町の奴が鳩を盗みに来とるよ」

「なに、古町の者が？」

その少年は他の少年たちより身体がひと回り大きかった。近づいて来ると、学生服で彼が中学生であることが英雄にもわかった。

眼鏡をかけた冷たい目をした少年だった。首から高価《たか》そうな双眼鏡をぶらさげていた。

「すまんが鳩を見せてくれよ」

真ちゃんが眼鏡の少年に言った。

「そこから離れろ」

眼鏡の少年が低い声で言った。

「どうしてだよ」

「おまえたちがさわると臭くなる」

その言葉に周囲の少年たちが声を上げて笑った。眼鏡の少年が足元の小石を拾って、投げつけた。

痛え、真ちゃんも英雄もあわてて金網から飛びのいた。

「何すんだよ」

他の少年たちも石を投げはじめた。真ちゃんが道端の石を探した。古町と違って屋敷町の道には石など落ちていなかった。

「戻って来たぞ」

奥から声がした。その声に塀の中の少年たちが空を見上げた。先刻、古町の上を飛んでいた鳩の群れの一羽が家の上を旋回していた。

眼鏡の少年が空にむかって指笛を吹いてから、

「ジョージ、ジョージ」

鳩にむかって名前を呼んだ。

「速いな、ジョージはまた一番だよ」

少年のひとりが言った。

真ちゃんが空を見上げた。

「あいつジョージって名前なのか」

先刻の群れの中で一番に飛んでいた鳩を目で追いながらつぶやいた。

眼鏡の少年がまた指笛を吹いた。

その時、海側から一羽の鳥が黒い影となって、ジョージという名の鳩のそばを斜めに上昇して行った。

「なんだよ、あの鳩は」

誰かの声がした。

ジョージが突然あらわれた鳩を追いはじめた。しかし上昇する鳩の速度について行けないのか、二羽の間隔はどんどん開いて行く。

「すげえ、なんだあの鳩」

真ちゃんが大声を出した。眼鏡の少年はあわてて双眼鏡で二羽の鳩を覗いた。

水平飛行に入った鳩は前を行く一羽が速度をおとしたのか、並ぶように飛んでいる。

行った。

「ジョージより速いぞ、あの鳩」

「何を言ってんだ。ジョージより速い鳩がこの街にいるわけないだろう」

眼鏡の少年は怒ったように言った。しかし、見知らぬ鳩はまた急上昇をして海側へ飛びはじめると、まるで大人と子供の走り比べのようにジョージを引き離して消えて行った。

パチンコ店のある古町の本通りで真ちゃんと別れて、高木の家の方へ歩いていると、英雄の姿をみつけたビクが前足を引きずりながら近づいて来た。

英雄が口笛を吹くと、ビクは急に立ち上るようにして走り寄った。

「ビク何してんだ？　見回りか」

ビクは英雄の目を見ながら、不自由な前足で膝《ひざ》がしらを突いた。

「あっ、やったな」

英雄がビクの背中の肉をつかんだ。ビクは身体をくねらせて手をほどこうとする。英雄は片方の手をビクの口の中に入れた。喉《のど》の奥から、甘えるような声をビクは上げる。英雄が家にむかって走り出すと、たちまちうしろからビクが追い抜いた。前足の片方が悪いので、ビクの走り方はぎこちない。それでも地面を蹴《け》る足音は力強かった。

「ただいま」

母屋《おもや》の台所の脇《わき》を通り抜けると絹子が、

「英さん、蓬餅《よもぎもち》があるから手を洗ってきなさい」

と声をかけた。

中庭を抜けると、炊事場でビクの息子であるシロとサクがじゃれ合っていた。すぐそばで女がひとり茣蓙《ござ》を敷いて歌を口ずさみながら木槌《きづち》で干した助宗鱈《すけそうだら》を叩《たた》いていた。

英雄はカバンを自分の部屋に投げ込んでから母屋へ行った。

縁側に腰を掛けて、蓬餅を食べた。

背後でまだ生まれたばかりの赤ん坊の声がした。ふりむくと母が弟の正雄に乳をやっていた。母は時々弟の背中を叩きながら、乳房をしぼるようにしている。

「よく飲むね」

「お腹《なか》が空《す》いてたんでしょう」

「こいつ寝てるか、乳を飲んでるかだな」

「こいつなんて言っちゃだめよ。正雄って名前があるんだから」

「ねぇ、正雄の指にどうして包帯してるの」

「爪《つめ》がちょっと伸びてるのよ。それで顔を引っかいちゃうから」

「自分で自分の顔を？」

「そうよ」

「変な子だね」

「みんな赤ちゃんの時はそうするのよ」

「じゃ、僕もしたの」

「そう」

英雄が顔を覗いていると、正雄は目を閉じて眠りはじめた。

「あれ、もう眠ってる」

「お腹がふくらんだからでしょう」

母は弟を抱いて奥へ消えた。

英雄は柳の木を見上げた。春の陽差しに柳は枝々から芽ぶいた白い葉先を光らせている。池の水面を鯉が背びれをのぞかせて泳いで行く。深緑の池の水に波紋がゆっくりとひろがった。

グルルルッ、と聞き慣れない音が頭の上から聞えた。

——何だ、今の音は。

英雄は蓬餅を口に入れたまま顔を天井にむけた。グルルルッ、とまた短い音がした。

英雄は立ち上ると、中庭から広場に出た。

「あっ、鴇だ」

英雄は思わず叫んだ。

一羽の鴇が母屋の瓦《かわら》の上を歩いていた。

鴇は濃灰色の羽根を時々撥《は》ね上げるようにして、瓦の上をゆっくりと渡っている。

チッチッチッ、英雄はいつか江州が頬白《ほおじろ》という鳥を飼っている時にしていた仕種《しぐさ》を真似《まね》て、舌を鳴らした。鴇は英雄の合図が聞えたのか、細い首を左右にふって周囲を見回すようにした。英雄はおかしくなって、また舌を鳴らした。鴇は少し緊張したように先刻より速く首をふって、グルルルッと鳴いた。

その時、表の方から犬の吠《ほ》える声がした。炊事場にいたシロとサクがその声にこたえるようにして、外へ駆け出した。

鴇は驚いて空に飛び立った。

——さっきの鴇だ。

英雄は鴇の飛んでいく姿を見てそう思った。

鴇は柳の木を越えて、東の棟のトタン屋根に飛び移ったかと思うと、すぐに羽音を残して海の方へ飛んで行った。

「いい鳩だな」

背後で声がした。ふりむくと江州が空を見上げていた。風呂《ふろ》帰りなのだろう、金《かな》ダライ片手に手拭《てぬぐ》いを肩にぶらさげている。肌着一枚の上半身には二の腕のあたりまで彫られた刺青《いれずみ》が青々と浮き上っている。

「江州さん、あの鳩ものすごく速いんだ」

英雄が江州に言った。

「そうでしょうね。野鳩じゃなさそうだったから、おおかた誰かが飼ってる伝書鳩でしょう」

「デンショバト？」

「ええ、昔は鳩に手紙を持たせて飛ばしてたと言いますから」

「鳩が手紙をくわえて行くの？」

英雄の質問に江州が笑った。

「違いますよ」

江州が説明をしようとすると、先刻の鳩がまた二人の頭上にあらわれた。

「うん、いい飛び方してるなあ」

「飛び方でわかるの」

「羽根をひろげた恰好《かっこう》が綺麗《きれい》な流線型になってるでしょう」

英雄にはどの鳩も皆飛び方が同じように見える。

「やっぱりな。ほら、あいつの足にちょっと光ってるものが見えるでしょう」

江州にそう言われても英雄には判別できなかった。

「あそこにアルミの足管をつけてるんですよ。そこに伝言をまるめて入れるんです。鳩は五百キロくらいは平気で飛びますからね」

「五百キロ?」

「ええ、この町から大阪くらいまでだって飛んで行ってしまうんです」

表通りの犬たちの声が一段と激しくなった。

「またやってるな」

江州が顔をしかめて言った。

「ビクたちと十兵衛だ」

英雄は表通りに駆け出した。江州も英雄に続いた。台所から絹子が顔を出して、

「うんと叱《しか》ってください、ビクを」

と江州に言った。江州が笑ってうなずいた。

ちょうど二人が表通りに出た時、ビクは十兵衛の首元に噛《か》みついていた。そのビク

の背中を十兵衛が嚙んでビクをふり回す恰好になっていた。シロとサクは二匹にむかって吠え立てている。

通りかかった数人が、目を剝《む》いて二匹の戦いを見ていた。

「やめろ、こら、やめんか」

老人が十兵衛を蹴り上げた。それでも二匹は嚙んだ口を離そうとしない。

「江州さん、やめないとビクは死んじゃうよ」

英雄が叫んだ。老人がまた怒鳴った。その時、二匹の身体が老人の足元にぶつかった。

「あっ、危ない。坊主《ぼうず》どけ」

江州が大声を上げた。老人がよろけると同時に荷車が重心を失うように斜めに倒れた。廃材が見物していた少年の上に音を立てて落ちて行った。

江州が少年に駆け寄って、廃材の下敷きになった少年をすぐに抱き上げた。

少年は頭を打ったのか、目を閉じたままうなだれている。

「大丈夫か、坊主」

英雄はビクを捕《つかま》えた。老人は十兵衛を殴りつけている。英雄の腕の中でビクはなおも牙《きば》を剝いてうなっていた。

「やめろビク、やめるんだ」

英雄はビクに言った。

「なんてこった。二匹とも殺してしまえ」

見物人のひとりが声を上げた。英雄はその男を睨《にら》みつけた。シロとサクは狂ったように吠え続けていた。

少年はほどなく目を開けた。

「急に起きてはだめですよ」

絹子は起き上ろうとした少年に言った。それでも少年は、

「俺、すぐ家に戻んないと……」

と顔を曇らせて言った。

「大丈夫か、坊主。家はどこだ」

江州が訊《き》いた。

「た、辰巳開地《たつみかいち》」

「なら送って行ってやろう」

「江州さん、お医者さんに診《み》せなくて平気かしら」

絹子が心配そうに言った。

「坊主いくつだ」

「十五歳……」

「頭はちゃんとしてるか」

「うん、俺、早く家に戻らないと……」

少年は泣きそうな顔で言った。

江州と英雄は少年を新開地の先にある辰巳開地に送って行った。

「あっ、俺忘れ物をした」

少年は急に立ち止まって、ポケットの中をまさぐった。

「どうしたんだ。何を忘れたんだ」

江州が聞いても、少年は黙っていた。

「さっきのとこだ」

少年は走って高木の家の前に引き返した。そうして道の上を落し物を探して回った。

「あったよ」

それは細いアルミ管だった。

「坊主、鳩を飼ってるのか」

江州が訊くと、少年はこくりとうなずいた。少年は足早に歩きながら、時折空を見上げていた。

曙橋を渡り、遊廓《ゆうかく》の脇を抜け、低い土手を降りると、中洲《なかす》の突端に海にせり出して辰巳開地はあった。数十軒の家が、岩の上にはいつくばった蟹《かに》の群れのように煩雑《はんざつ》に集まっていた。ここの住人は半分以上が他所《よそ》から街に流れて来た者たちだった。

「よう江州じゃないか」

土手を降りた開地の入口で、空箱を尻《しり》に敷いたステテコ姿の老人が声をかけて来た。

「おやじさん、元気かい」

「見ての通りだ」

「どうだい、こっちの塩梅《あんばい》は」

江州は鼻の先をひとさし指でかきながら、博奕《ばくち》の具合を聞いた。

「さっぱりだ。おまえのような威勢のいいのがいなくなったからな。おっ、へんこ時計屋の伜《せがれ》じゃないか。さっきから零戦《ゼロせん》がおまえを探してうろうろしてたぞ。トタン屋根の上をほっつき歩いてたら、誰かにとっ捕って喰われっちまうぞ」

老人の言葉に少年はあわてて走り出した。

「何の用で来たんだ」

「あの坊主を送って来た。どこの倅だって？」

「渡りの時計職人の倅だ。変わり者のへんこな男で、移ってきた早々、ここの連中とやり合っていた」

「そうか、で、家族は」

「二人っきりだ。あと一羽鳩がいるがな」

「おやじさん、高木さんの息子さんだ」

「ほう、斉次郎の倅か」

老人は英雄の顔を珍しいものでも見るような目で見て、歯の抜けた口を開けて笑った。

「こんにちは」

「ああ、こんにちは。いい子だ。いくつになるかね坊ちゃん」

「十歳です」

「十歳か、ちょっとちいさいな。飯はちゃんと喰ってんのか」

「うん」

「そうか、そのうち大きくなりゃいい」

「ちょっと鳩を見に行っていい？」

英雄は江州に聞いた。

「かまわんですよ」

「二本目の路地を右に行って、一番奥の家だ。白ペンキの鳩小屋が屋根に乗ってる」

英雄は路地を折れて、ジグザグになった細い路《みち》を下って行った。泥水の臭《にお》いが鼻を突いた。番先のもう海へ落ちそうに傾いた家の屋根に、少年は上っていた。

英雄が見上げると、少年が笑った。

「その梯子《はしご》で上って来な」

少年が言った。英雄は梯子を器用に駆け上って屋根の上に立った。トタン屋根がメリメリと音を立てた。

「静かに歩きな。ほら釘《くぎ》の打ってある上を」

「うん」

それは鳩小屋というより、ただの木箱に穴が開いたようなもので、トラップと呼ばれる太い針金でできた出入口があり、鳩が上空からでも目印になるように、突き出した棒に白い布がくくりつけてあった。

「俺はイサムだ」

「高木英雄です」

イサムは鳩を小屋の中から大事そうに取り出した。そうして、その鳩を両手で抱いたまま小屋の奥を覗いて、

「もう一羽来てやがる」

と笑って言った。

「全部で二羽飼ってるの」

「いや、俺の鳩はこの零戦だけだ」

「ゼロセン？」

「ああ、零戦さ。どの鳩にだって負けやしない」

イサムは手の中の零戦に頬ずりをした。すると零戦はゴロゴロと喉《のど》を鳴らした。小屋の中からもう一羽の鳩が顔を出して、イサムを見ている。ゴロッポ、ゴロロッポと鳴いた。

「何か言ってるみたいだね、この鳩」

英雄が聞くとイサムは、

「発情してるんだよ」

と言った。

屋根から下りると、イサムは家の中に入り、水の入った金盥《かなだらい》を持って出て来た。そ

れを地面に置いて零戦を放した。

零戦は金盥の回りを一周して、ぴょんと水の中に飛び込んだ。そうして羽根をひろげると、ちいさな水しぶきを上げて水浴びをはじめた。

「かしこいね」

「こいつは水浴びが好きなんだ」

零戦が羽根をばたつかせると、水滴が英雄の顔に散った。それを見てイサムが笑った。


翌日、英雄は真ちゃんとイサムの三人で埋立地へ行った。

鳩籠《はとかご》の中で零戦は丸い目を動かしながらじっとしていた。

埋立地の突端まで行くと、出来たばかりの堤に上った。堤をよじのぼると急に潮風が英雄の頬に当たった。群青色《ぐんじょういろ》の瀬戸内海がかがやいている。

イサムは空を見上げていた。春の雲が頭上にひろがっている。風は海から山へむかって吹いている。

「こんな遠くから巣に帰って来れんのか？」

真ちゃんがイサムに聞いた。

「今はまだこの街に引っ越してきたばかりだからこのくらいしかできないけど、もうひと月もすれば、あの岬の方からだって、あの島からだって帰って来るよ」

イサムの指さした岬はずいぶんと離れていたし、島の方は船で一時間もかかる場所だった。

「本当に？」

真ちゃんが言うとイサムは、

「俺はうそは言わないよ」

と怒ったように言った。

英雄は水平線に浮かぶ島影と零戦を交互に見ながら、このちいさな鳥のどこにそんな力があるのだろうと思った。

イサムが籠から零戦を取り出した。

「あっ、俺に抱かせてよ」

真ちゃんが言った。

「駄目だ」

イサムはぶっきら棒に言った。真ちゃんはイサムの背中に舌を突き出した。

イサムは胸に零戦を抱いて、何度も羽根や首筋を撫《な》でてから、片手で足を摑《つか》んで空

に突き上げると、

「零戦、行け！」

と声を上げて指をひらいた。

零戦は海風にあおられたように埋立地の方角へ低く飛んでから急旋回をしながら上昇して行った。

イサムが走り出した。英雄と真ちゃんが続いた。

零戦はもう豆粒のようになって青空を上昇している。イサムは埋立地の泥山のてっぺんで零戦を見つめている。満足そうな横顔だった。

「あいつケチだな」

すぐそばで真ちゃんがささやいた。英雄が笑った。二人は泥山を駆け下りるイサムの後を追い駆けた。


「そんな遠くからでも戻って来るの」

夕食の席で絹子が英雄の話を聞いて感心したように言った。

「うん、鳩のレースは千キロメートルも飛ぶんだって」

「でも鳥って怖いわね」

一番上の姉が言った。

「怖くはないよ。可愛《かわい》いよ」

「私も鳥は嫌、くちばしが怖いわ」

三番目の姉も同調した。

「怖くないって」

鳩を飼いたいと絹子に言っていた英雄は姉たちの言葉にむきになって反論した。

「怖いわよね」

姉たちが顔を見合わせて言った。

「黙って食べなさい」

絹子が口調をあらためて言った。

「母さん、時計は買ってくれるの」

一番上の姉が言った。

「大丈夫、先月時計屋さんに出して、ちゃんとお願いしてあるから」

「お古なのか……」

「バンドは新しくしてもらうように頼んでおいたから気に入るわ」

絹子の言葉に姉は不満そうな顔をしていた。

玄関先で犬たちが一斉《いっせい》に吠《ほ》えた。

「お父やんだ」

英雄が言った。

「そうみたいね」

絹子が立ち上った。

斉次郎はしばらく神戸の方へ出かけていた。また新しい仕事をするつもりらしく、新参の男を二人連れて戻って来た。

「お父やん、お帰り」

英雄は居間に腰を下ろした斉次郎に言った。父は英雄の顔を見るとちいさくうなずいてから、かたわらの源造に何事かを言った。

「英さん、大阪で野球見物をした時のお土産です」

と源造が風呂敷《ふろしき》の中から白い包みを差し出した。開けてみると、真白な野球ボールが出てきた。

「本物のプロ野球のボールだそうです」

手にすると皮製のボールはざらざらとして、赤い糸がまだ色がつくほどあざやかだった。

「野球は見たの？」

「ああ、客がこぼれそうじゃった。おい、正雄はどうした」

「今、乳をやってもらってます」

「どうしたんだ」

「私が風邪を引いてしまって、ここ二、三日お願いしてるんです」

「そうか……」

縁側の方から時雄の声がした。

「おやじさん、支度ができました」

「わかった、すぐに行く」

その夜は遅くまで東の棟で宴会が続いた。太鼓を叩《たた》く音と歌声に合わせた手拍子が、英雄の部屋に聞えた。

それから数日の間、斉次郎は外へ出かけるふうでもなく、毎日母屋《おもや》にいて縁側でぼんやりとしていた。こんな斉次郎を見かけるのは珍しいことで、高木の家の者は、正雄を膝《ひざ》に抱いてうたた寝をしている主《あるじ》を、皆奇妙な目で見ていた。

「どうしたのかね、おやじさんは何か元気がないような気がするけど」

東の棟の女たちはそうささやき合っていた。英雄は学校から戻って来るたびに、父に逢《あ》えることが嬉《うれ》しかった。

「お父やんはずっといるの？」

英雄が絹子に訊くと、

「当たり前でしょう。ここが家なんですから」

と笑ってこたえた。

「自転車を使っていいかな」

「お父さんに頼んでみたら」

英雄は縁側にいる父のところへ行った。

「お父やん、今度の日曜日に自転車を使っていいかな」

「何に使う」

「鳩を飛ばしに友だちと行きたいんだ」

「どこまで」

「佐多岬」

「そんなところまでか」

たいた。

英雄は嬉しそうに手をたたくと、東の棟へ飛んで行って、江州のいる部屋の戸をた

「本当？　わかった」

「わしも行こう。江州を呼んで来なさい」

「うん」

日曜日の昼前、江州の運転する三輪車の荷台に、英雄と真ちゃんとイサムと、ビク

が乗った。助手席には斉次郎が腕組をして座っている。

「やっぱり自動車《バタコウ》は速いなあ」

真ちゃんが叫んだ。

岬までの道はでこぼこ道が多く、車が穴ぼこに入るたびに荷台の三人は飛び上った。

イサムは零戦が気になるのか、大きく車が揺れるたびに鳩籠を持ち上げた。英雄も

時々籠の中の零戦を覗いた。

数日前、英雄は初めて零戦を抱かしてもらった。

「羽根や尾を摑んじゃだめだよ。羽毛が抜けてしまうから」

イサムから教えられたように人さし指と中指で零戦の両足をはさんで、片方の手で

翼をおさえた。零戦は大人しくしていた。毎日、零戦を見に行っていたせいか、零戦もどこか英雄になじんでくれているように思えた。手のひらに零戦の体温が伝わった。

「あたたかいんだね」

英雄がイサムに言うと、

「メスだからな」

とイサムは言った。

手の中でじっとしている零戦の目は澄んでいて美しかった。黒くてつやのあるくちばしの上にY字型になった鼻こぶがあった。

英雄の手の中には、その零戦のぬくもりが残っている……。

三輪車が細い山径《やまみち》に入った。両側から時折低く茂った木の枝が跳ね返されるようにして英雄たちの頭上を横切る。おっと、あぶねぇな、と真ちゃんがおどける。ビクは舌先を出したまま、腹ばいになって英雄たちを見上げている。

漁港に続く岬口を左に折れて径が下り坂になると、潮騒《しおさい》が聞えて来た。

「おっ海だぞ」

首を伸して真ちゃんが声を上げた。英雄も顔を出した。見ると佐多岬の突端に寄せる瀬戸内海の波濤《はとう》が長い白波を幾重にも引いて寄せていた。やがて三輪車はぷつぷつとエンジン音を変えて停止した。

「着きましたよ」

江州の声がした。

皆荷台から飛び降りた。佐多岬は普段あまり人が入らないので、白い砂浜には足跡ひとつなかった。真ちゃんが真っ先に砂浜へむかって走り出した。そのうしろからビクが跳ねるようにして駆けて行った。英雄も波打ち際《ぎわ》にむかって走った。春の陽にあたためられていた砂は、夏の浜のように乾いて熱かった。

「足を切らんようにして下さいよ」

江州が叫んだ。

「こりゃ泳げそうだぞ、英ちゃん」

靴を脱いで海に入った真ちゃんが言った。英雄も素足になって水に入った。

「見ろよ、魚がたくさんいるぞ」

透き通った浅瀬を無数の魚影が右に左に群れをなして泳いでいた。その魚にビクがずぶ濡《ぬ》れになって突進して行く。

「そりゃビク無理だ」

真ちゃんの声にビクは首をかしげて濡れた顔を見上げた。そしてまた魚影に気付いて突進した。

英雄がふりむくと、斉次郎はいつの間にか岩の上に腰を下ろして煙草《たばこ》を吸っていた。

江州とイサムは鳩籠を覗きながら話をしている。

皆が弁当を食べている間も、斉次郎はひとり岩の上で沖合いを見つめていた。

「お父やんは食べないのか」

「いらんそうですわ」

真ちゃんが握り飯を手にビクを睨《にら》んでいる。ビクは真ちゃんの握り飯から目を離さないでいる。江州がビクの名を呼んで握り飯を宙に投げた。ビクは吠えながら走った。

「零戦は何も食べないの」

英雄が頬をふくらませて食べているイサムに聞くと、

「遠いところから巣に帰る時は餌《えさ》をやらないんだ」

とイサムが言った。

昼食が終ってから、英雄たちは岩場の方を歩いて回った。潮の引いた岩場の水溜《みずたま》りに小魚や蟹《かに》がいた。

英雄は時折、気になって父の方を見た。斉次郎はじっと動かずにいる。水遊びにあきたのか、ビクがかたわらに座っていた。

斉次郎が立ち上った。

江州が大声で英雄たちを呼んだ。英雄たちは駆け戻った。

斉次郎がイサムのそばに立っていた。イサムは零戦を籠から出して抱いていた。

斉次郎がイサムに手を差し出した。イサムが零戦を斉次郎にあずけた。大きな斉次郎の手の中で零戦は驚いたように目をしばたたかせている。斉次郎は片手で零戦を摑むと、小指の先で胸元を撫でた。

「飛ばしてみろ」

斉次郎が零戦をイサムに渡した。

イサムは風の行方を見ながら、イケ、零戦、と大声を出して指を放した。

零戦は砂浜を低空飛行しながら、海面へ出ると急上昇をはじめた。佐多岬の空すべてが零戦だけのためにあるような、自由で果てしない飛翔《ひしょう》だった。

夏を思わせるような力強い海辺の雲へむかって、零戦は上昇して行く。

「すげえなあ」

真ちゃんが言った。

斉次郎も江州もイサムも英雄も、春の青空を飛んで行く濃灰色の影を見上げていた。

夕刻まで、辰巳開地のイサムの家の屋根の上で英雄たちは零戦を待った。

零戦は佐多岬のある海の方角ではなく、山の手の方からもう一羽の鳩を連れて戻って来た。

「なんだ零戦はとっくに街に着いてたのか」

真ちゃんが英雄を見て言った。イサムは帽子をふりながら二羽の鳩が降り立つのを待っていた。

「あの鳩、屋敷町のあいつの鳩じゃないかな」

「そうだよ英ちゃん、あれはジョージだよ」

零戦が到着台に降りると、後を追うようにもう一羽の鳩が降りに着地した。

零戦がトラップをくぐると、もう一羽も続いた。

「仲がいいんだの、番《つがい》になっちまったのかな」

真ちゃんが目を丸くして言った。

「ツガイって？」

「夫婦だよ。父ちゃんと母ちゃんみたいなもんだ」

鳩小屋の中から、ゴロッポ、ゴロッポと鳴き声が聞えた。

「やってんな」

真ちゃんが笑ったので、英雄も笑った。イサムだけが複雑な顔をしていた。

英雄と真ちゃんが家に戻ろうとした時、曙橋を老人と十兵衛が荷車を曳《ひ》いて渡ろうとしていた。

「おっ、十兵衛」

真ちゃんが声をかけると、十兵衛が尾をふった。

家に戻ると、玄関にジープが一台停っていた。見かけない車だった。母屋に入ると、絹子が唇にひとさし指を当てた。

縁側に三人のコートを着た男が立っていた。

「さあ覚えがないですな」

斉次郎は池の方をぼんやりと見ながら話していた。

「高木さんに覚えがなくても、むこうの方は覚えてると言っとるんですよ。確かに船の名前は第三高英丸《こうえいまる》と読めたとね」

「刑事さん、その密航者の話とわしの話のどちらを信じるのですか。相手は日本語も碌《ろく》に読めん人間ですよ」

「そうじゃないんだ。戦争が終る前まで日本にいた者がそう話してるんだ。高木さん、あなた神戸まで何をしに行っとられたのですか。本当の行先は釜山《ふざん》だったんじゃないんですか」

「神戸の旅館に問い合わせたらわかることでしょう。わしという人間がいっ時に神戸と朝鮮にはおれんでしょう」

東の棟の連中がじっと中庭越しにやりとりをうかがっている。

「刑事さん、おやじさんに変な言いがかりはやめて下さい」

源造が言った。すると右端にいた若い刑事がいきなり、

「言いがかりだと。証拠はあがってんだ」

と大声を出した。

「おい、ここは警察署じゃないんだ。この家で怒鳴り声を上げるな」

斉次郎が初めて顔を刑事たちにむけた。そうして若い刑事の顔を睨みつけた。

「証拠があるんなら持って来い」

低くて響きのある斉次郎の声が庭先にひろがった。

「高木さん、警察もあなたには世話になっている。私もあなたという人をよく知っているつもりだ。ここは正直に話してもらえませんか、悪いようにはしませんから。第三高英丸は今どこですか」

「……刑事さん、船は沈没しました」

「はい、十日程前に香川県の沖で沈みました。大槌島《おおづちじま》の先ということです。私はうちの船が着くのを神戸で待っとっただけですわ。沈んだ船が、密輸品やら密航者を運べんでしょう」

斉次郎はそう言ってから目を閉じて、うなずいた。

その夜は高木の家に出入りする人が多かった。斉次郎は刑事たちが引き揚げると源造と共にどこかへ出て行った。

江州の漕《こ》ぐ自転車にイサムと英雄が乗って埋立地へ行ったのは、斉次郎がいなくなった数日後だった。

埋立地に着くと、そこに数人の少年たちがいた。

「なんだ、今日は賑《にぎ》やかだな」

江州が言った。彼は自転車を降りると、泥山にひとりで上って行った。

それを見て少年たちが、イサムと英雄の回りを囲んだ。いつか屋敷町で見た少年たちだった。

「沈没？」

「おい、その運搬籠の中の俺の鳩を返せ」

英雄に石を投げた眼鏡の中学生だった。

「鳩泥棒、ジョージを返せ」

他の少年たちも口々にそう言った。

「泥棒じゃない。勝手にこの鳩がうちの小屋に入って来たんだ」

「うそをつけ。ジョージがおまえのようなところへ行くか」

英雄は江州を見た。江州は泥山の上に立って背をむけている。

「欲しいんなら、自分で持って行け、ほら」

イサムは鳩籠を開けて二羽の鳩を放した。零戦もジョージも驚いたように飛び立った。少年たちの頭上に二羽の鳩は勢い良く舞い上った。屋敷町の中学生が指笛を吹いて、鳩の名前を呼んだが、二羽の鳩はまるでその音が聞えない様子で、またたくうちに山の手へ消えて行った。

「ちきしょう」

中学生がイサムにむかって突進した。イサムは素早く身を返すと、相手の腕を摑まえて脇《わき》に片方の手を入れ、二丁投げを打った。相手は砂地の上にあおむけに倒れた。イサムは飛びかかるようにして馬乗りになると、拳《こぶし》をふりあげて相手の顔を殴りつけた。見ていた仲間の少年のひとりが、イサムに飛びついた。しかしイサムは殴るのをやめなかった。もうひとりの少年がイサムの首に腕を回した。イサムは下敷きになった相手が泣き出したのを見て、他の少年にむかって行った。するとひとりの少年が英雄に突進してきた。英雄は頭を低くして相手の少年を受けた。鈍い音がして、頭と頭がぶつかった。目の奥から火花が出て、頭がぐらりとした。目を開けると相手が馬乗りになっていた。英雄は相手のセーターを両手で摑んで押しのけようとした。頬をぶたれた。歯を食いしばった。ぶたれるたびに顔が熱くなった。急に相手の体重が軽くなった。イサムが相手を摑んで殴りつけた。英雄は起き上って、今しがたの相手の腰にくらいついた。

やめてくれ、と叫ぶ少年の声とビンタの音が、しがみついた英雄の耳に聞えた。

五人の少年が走り去るのを見た時、英雄は自分たちが喧嘩《けんか》に勝ったのだとわかった。

イサムが白い歯を見せて、英雄をふり返った。

江州がゆっくり泥山を降りて来た。

零戦が卵を産んだとイサムが知らせに来たのは、それから十日ほどしてからだった。

「今日、検卵をするんだ」

イサムは嬉しそうに言った。英雄はイサムと辰巳《たつみ》開地へ行った。

イサムは鳩小屋から注意深くふたつの卵を取り出して、ひとつずつ太陽にすかし観察していた。

「何をしてるの」

「血管を見てるんだ。ほら、赤い血管のすじが見えるだろう」

英雄は渡された卵を太陽にすかしてみた。卵の中央にかすかに赤い糸のようなものが見えた。

「生きてるんだ」

イサムが顔にしわを寄せてうなずいた。

「いつ産まれるの？」

「あと十日もすればヒナがかえるよ」

「十日か、楽しみだね」

英雄は家に戻って、そのことを江州に話した。

「それであいつは踏ん張ってたんだな」

江州が口元をゆるめて言った。

英雄はカレンダーの十日後の日付けに丸印をつけた。

「零戦が巣の中でじっと卵をあたためていたよ」

英雄は母にイサムの鳩小屋を覗いた話をした。

「それは楽しみね」

「一羽は僕にくれるって」

「じゃ鳩小屋がいるわね」

「江州さんが作ってくれるって」

「ちゃんと飼えるかしら」

「イサムさんに教えてもらうよ」


「英ちゃん、大変だ」

真ちゃんが高木の家に飛び込んで来たのは、春休みになったばかりの昼下りだった。

「どうしたの？」

「零戦がやられたよ」

「零戦が」

「零戦の卵が青大将に喰われっちまったんだ。今イサムさんが青大将を探してる」

英雄はすぐに辰巳開地にむかって走った。

泥の海に膝までつかったイサムは、手にした青大将をふりあげて何度も岩にぶつけていた。すでに蛇は死んでいるのだろうが、イサムは狂ったように蛇を岩にたたきつけていた。時折、イサムは手の甲で涙を拭《ぬぐ》っている。英雄は堤の上からイサムをじっと見ていた。太陽に卵をすかした時のイサムの嬉しそうな顔が浮かんで、英雄はイサムがあわれでしかたなかった。蛇がイサムの手を離れて、数メートル先の泥の中に沈んだ。イサムは蛇の沈んだあたりへ駆け寄って、泥水の中をまさぐっている。英雄は堤を下りて、

「イサムさん、イサムさん」

と名前を呼んだ。

しかしイサムは英雄の方を見向きもしないで、なおも泥水の中をかきわけていた。

「イサムさん」

イサムは泥だらけの顔を英雄にむけると、肩を震わせながら、

「おまえも、この街も大嫌いだ」

と言って泥水の中に立ちつくして泣きはじめた。

英雄はどうしていいのかわからなかった。泣いているイサムを見ていると、訳もなく涙があふれて来た。目の前のイサムの姿が涙で崩れて行く。崩れたイサムは英雄に

背をむけて辰巳開地の土手を上って行った。

「泣くなよ、英ちゃん」

真ちゃんが声をかけてくれるのだが、英雄は涙が止まらなかった。

「もう帰ろうよ。あんな奴《やつ》放っとこうぜ。どうせ他所者《よそもの》なんだから」

英雄は泣きながら曙橋を渡った。


その夜、部屋に閉じ籠《こも》ったままの英雄を心配して、絹子は江州を呼んだ。江州は辰巳開地へ出かけて戻って来ると、絹子に、

「たいしたことではありません」

と言った。

江州が英雄を埋立地まで連れて行ったのは四月の初めだった。

あの日以来、英雄は辰巳開地には行っていなかった。

海を背にして堤の上に座ると、埋立地に咲いた菜の花が風にそよぐのが見えた。江州が英雄に話しかけた。

「野球はやってますか」

英雄はうつむいたまま首をふった。

「今度は何年生ですか」

「……五年生」

「じゃあ上級生だ」

英雄はうなずいた。そこへビクがすり寄って来た。英雄はビクの首を抱いた。

「英さん、イサムがよろしく言ってました」

イサムの名前が出ると、英雄は顔を上げて江州を見た。

「昨日、イサムはこの街を出て行きました。あいつのおやじは街から街へ渡り歩く時計職人なんですよ。鳩が街に慣れた頃になると、おやじの仕事は終るんです。だから最初から零戦がヒナをかえすなんてことはできなかったんですよ。イサムが英さんにあやまっておいて欲しいと言ってました」

「本当に？」

「ええ、私は何があったかは知りませんが、イサムはきっと英さんに逢《あ》えてよかったと思ってますよ。一緒に喧嘩をしてくれた友だちですからね」

「零戦は元気だった？」

「ええ、蛇に中羽根をやられて前ほどは速く飛べないと言ってましたがね」

「飛んでいるところを見たの」

「いや、見てはいませんが、籠《かご》の中の零戦は元気そうに鳴いていましたよ」

零戦を思い出したのか、英雄の顔がやさしくなった。

するとそれまで英雄の腕の中で大人しくしていたビクが急に起き上って、低いうなり声を上げた。

材木置場のある泥山のむこうから人と犬の影があらわれた。遠目でも、それが釜焚《かまた》きの老人と十兵衛であるのが英雄にはわかった。ビクはうなり声を上げて牙《きば》を剝《む》いた。

「やめろビク」

「放してやりなさい。止めたってビクはむかって行きますよ」

「また怪我《けが》をしてしまうよ」

「いいんですよ、怪我をしたって。この犬はあの犬にむかって行くしかできないんですよ。黙って見逃すことができないんです。そうなるとこの犬は死んだも同然になるとわかってるんでしょう。でなきゃあんな大きな犬にこんなちいさな犬がむかって行きませんよ。喧嘩は力のあるものが勝つものでもないんですよ。大事なことはむかって行けるかどうかです。ほら、鳩のことであそこで喧嘩をしたでしょう。イサムはあれで負けたらしっぽを巻いて次の街に行かなきゃなんないんですよ。そんなふうにしていたらどこに行ったたって同じです。イサムも零戦もいつもここそこ逃げなくちゃならなくなる。カケッ目の十兵衛にしても同じです。ビクに弱味を見せたら、高木の家の前を歩けないでしょう。毎日遠回りをしなきゃいけない。だから二匹とも負けるわけにはいかんのです」

英雄は江州の話を聞いていて、イサムが材木の下敷きになった時も、泥山の喧嘩の時もどうして江州が止めに入らなかったかがわかるような気がした。

「でもそれで死んでしまったらどうするの」

「だから死なないように頑張るんですよ。高木の家の者は皆そうやって、おやじさんについて行ってるんです」

ビクが身構えるように後ずさった。英雄の腕の中で激しく身体をくねらせた。

英雄はビクを抱いた両手を放した。ビクは弾《はじ》かれたように堤を駆け下りると、立て続けに吠えながら、菜の花の黄色い花粉を飛ばして、真っ直ぐに突進して行った。

第六章 鬼の火

その年一番の燕《つばめ》が古町《ふるまち》の家々の軒下を低く飛んで行くのを、英雄《ひでお》は学校の帰りに見つけた。

「見たか、真ちゃん」

「うん、見たとも」

二人は顔を見合わせて駆け出すと、高木の家の正門まで息もつかずにやって来た。

「うちの燕じゃないぞ」

英雄が言うと、

「いや、わからんぞ。ここで待っていよう」

真ちゃんは門前にしゃがむと、頬杖《ほおづえ》をついて軒下を見上げた。

「おや、空から何かいいもんでも降って来ますか」

風呂《ふろ》上りの江州《ごうしゅう》が通りがかりに言った。

「燕が戻って来てるよ」

英雄が目をかがやかせてこたえた。

「そうですか。もうそんな季節になるんですね」

江州は空を見上げて、海に寄せて行く雲を追った。

江州が家に入って行くと、入れ替りに買物籠《かご》をぶらさげた小夜《さよ》が出て来た。

「英雄さん、おやつが卓袱台《ちゃぶだい》の上に置いてありますから」

英雄は真ちゃんに、燕が来たらすぐに言ってくれよ、と告げて家の中に駆け込んだ。

すぐに新聞紙のちいさな包みを持って飛び出してくると、

「かりんとうだよ、真ちゃん」

道端に新聞紙をひろげて、かりんとうを真ちゃんに差し出した。

前歯の欠けた真ちゃんがかりんとうを歯の間に差し込んでおどけてみせた。英雄は腹をかかえて笑い出した。

燕は夕暮れまで待ってもやって来なかった。真ちゃんが帰って行った後も、英雄は日毎《ひごと》に風に鳴る葉音が勢いを増していくお化け柳の木を見上げて、今頃、高木の家の燕はどのあたりを飛んでいるのだろうか、と考えていた。

地図で見て覚えた台湾や韓国や中国までは、ほんの少しの距離にも思えたし、果てしなく遠い所のようにも思えた。

「ご飯の支度ができましたよ」

台所の方から小夜のかん高い声が呼んだ。

「絹さんはまだ帰って来ないの」

英雄が小夜に訊《き》いた。

「明日の夕方だそうです。今夜は下関《しものせき》の家に泊られるっておっしゃってたでしょう」

母の絹子が実家にいる妹の出産の手伝いで、下関に出かけたのは三日程前のことだった。

「赤ちゃんは生まれたの？」

「ええ、元気な女の子だそうです」

「女か、女だとつまらないな」

「どうしてですか」

小夜が頬をふくらませて言った。

「女は家を出て行くからな」

「誰がそんなことを言ってたんです」

「東の棟の人たちだよ」

「悪いことばかり覚えて。奥さんに言いますよ」

「かまわないよ。本当のことだから」

「最近、英さんは少しおしゃべりになりましたね」

「そうかな。けど絹さんがいない時はカレーライスが多いな」

「それがおしゃべりというんです」

「本当のことだもの」

その時、玄関先でビクの吠《ほ》える声がした。

「お父やんだ」

英雄は声を上げて玄関へ走った。

斉次郎《さいじろう》は着物姿で、源造をしたがえ土間を上るところだった。

「お父やん、お帰り」

英雄が言うと、斉次郎は息子の顔を見てうなずいた。

「お父やん、今日、燕を見たぞ」

「そうか、うちの燕か」

斉次郎は笑って言った。

「うちのはまだみたいだ。真ちゃんとずっと夕方まで待っておったけど、あらわれなんだ」

「英さん、そのうち戻って来ますよ。今頃は海峡を渡っているでしょう」

源造が目を細くして言った。

「カイキョウってどこだ？」

英雄は首をかしげて、二人の背中を見た。

「お帰りなさいまし」

小夜が挨拶《あいさつ》をすると、

「すぐに飯にするぞ。今夜は出かけるから」

と斉次郎は言った。

斉次郎は源造と居間で夕餉《ゆうげ》を摂《と》った。英雄もそこでカレーライスを食べたかった。しかし大人の男の世界に女や子供が入ることを斉次郎が嫌うことを知っていたから、しかたなしに食堂で姉たちと夕食を摂った。

カレーライスを二杯食べると、お腹《なか》が飛び出たようになった。

英雄は母屋《おもや》を出て、東の棟の方に歩いた。女衆が蒲団《ふとん》を広間に運び込んでいる。

——誰か客でも来るのだろうか……。

英雄はあわただしく広間と納屋《なや》や東の棟を往来する東の人たちを見ていた。

笠戸《かさやん》が雨合羽《あまがっぱ》をかかえて、海側の出入口にむかっていた。

「笠やん、また釣りに行くの？」

英雄が声をかけると、

「そんなもんです」

笠戸は笑って言った。

先刻より頭上の柳の葉音が強くなっていた。

「これは夜はもっと風が出るわね」

女衆のひとりが柳を見上げて言った。

「あまり吹いてくれないほうがいいがね」

ため息をついてもうひとりがこたえた。

ビクと息子たちは、東の人たちが右に左に歩くたびに、その後方を跳びはねながらついて行く。

「笠戸、支度はできたか」

ふりむくと斉次郎と源造が立っていた。

「はい」

笠戸は両手にカーバイドを持って言った。

「お父やんも釣りに行くの?」

英雄が訊くと、斉次郎はじっと英雄の顔を見ていた。そうして源造の方をむいて、

「今夜は英雄を連れて行ってみよう」

と言った。

「わかりました。英さん、今夜は一緒に行きましょう」

源造は小夜を呼んで、英雄の衣服を長ズボンとセーターに着替えさせた。

源造の運転する三輪車の助手席に、英雄は斉次郎の膝《ひざ》に抱かれるようにして座った。

荷台には江州と笠戸に石健《いしけん》が乗っていた。

海にむかって車は走った。桟橋を過ぎた車は右田岬《うだ》の方に堤防沿いの道を右に折れて、海鳴りの聞える一本道の闇《やみ》を照らしながら進んだ。斉次郎も源造も一言も喋《しゃべ》らない。英雄は時折、前方を睨《にら》む斉次郎を下から覗いた。

砂利道に大きな身体《からだ》を揺らしながら、斉次郎は黙って黒く連なる岬の方を見つめている。

——どこへ行くのだろう。

それが言い出せない。

いつもなら源造と話をする斉次郎が今夜は妙に黙りこくっているし、源造も英雄に

話しかけない。

右田岬にむかう坂道を車はエンジンの音をせわしげに変えながら登って行く。

英雄は我慢できなくなって、

「お父やん、どこへ行くの」

と斉次郎に訊いた。

——海の方です。

源造が英雄を見て言った。

「英雄、ここから先は家に戻るまで口をきくな。わかったな」

斉次郎が背後から言った。

「うん、わかった」

車は雑木林を抜けて、狭い草地で停車した。波の音が周囲に響き渡っていた。皆黙って車から降りた。

闇に目が慣れると、そこがちいさな入江であることが英雄にもわかった。

浜には数人の人影が見えた。彼等は斉次郎の姿を見つけると、歩み寄って来て何事か話しかけた。斉次郎は浜の中ほどにある岩の上に座った。

皆黙ったまま沖合いを見ている。

風が強くなっていた。猫の鳴き声に似た風音がした。

「月がなくて丁度いいな」

斉次郎が空を見上げて言った。

「本当ですね」

源造がうなずいた。

「月が雲に隠れると替りに風が出るの。どっちにしても楽をさせてくれんもんだな」

「来ました」

浜に立っていた石健が言った。

英雄は目を凝らして沖を見た。一艘《いっそう》の船影がかすかに浮かんでいるのが見えた。

その船の焼玉エンジンの音が、沖合いからの風に運ばれて少しずつ英雄の耳にはっきりと聞えて来た。

船が波打際《ぎわ》まで近づくと船頭が手招きをした。皆波打ち際に進んだ。

英雄は源造に抱きかかえられて、波の中を船に乗り込んだ。少し漕《こ》ぎ出しただけなのに、船は上下して揺れはじめた。沖へ進むにつれてうねりはさらに大きくなった。

「気をつけてくだされや」

船の最後尾にいる船頭が言った。

英雄の両肩を抱いている源造の手に力がこもった。しぶきが顔に当たった。

船はいったん岬の突端に出てから、迂回《うかい》するように岬沿いを進み、そこだけ波の穏やかな岩影があちこちに見える入江に近づいた。

大きな船が一艘停泊していた。船頭は巧みに船首を波のうねりに合わせながら、その船の横腹につけた。

笠戸が器用に舳先《へさき》に立って、停泊した船から差し出された棒を摑《つか》んだ。縄梯子《なわばしご》が降ろされて斉次郎がまず船に上った。

英雄は源造の片手に抱かれて縄梯子を上っていった。英雄の身体を摑む人があった。大きな男であった。

英雄はその人影を見て驚いた。死んだリンさんに似ていた。一瞬、リンさんは生きていたのか、と英雄は男の黒い顔を覗いた。皆が乗り込むと船はすぐに動きはじめた。

英雄は斉次郎たちと船底に入った。蓆《むしろ》の敷かれた船底には低い天井にランプがひとつ点《つ》いていた。

男がひとり甲板から降りて来た。

先刻、英雄を抱き上げた男だった。ランプの灯《あか》りに照らされた男は、リンさんとはまるで違う顔つきをしていた。両耳からあごにかけて髯《ひげ》をはやしていた。鍾馗《しょうき》様のようだった。

「今夜はだいぶ荒れますの」

男は手にした一升壜《びん》と茶碗《ちゃわん》を斉次郎の前に置いて言った。

「風下になるのでちょっときつく揺れますが、二時間もすれば着くでしょう」

男は斉次郎に酒を注ぎながら、英雄の方をむいて白い歯を見せた。

「息子だ」

斉次郎が言った。

「そうですか。跡取りがちゃんといらして、高木さんはいいですの。わしの倅《せがれ》は去年極道《ごくどう》と喧嘩《けんか》をして死んでしまいましたわ」

斉次郎は黙って酒を飲んでいる。

男が甲板に上って行くと、斉次郎は源造に茶碗を差し出した。源造はそれを受け取り喉《のど》を鳴らして飲み干した。

天井を叩《たた》く音がして、斉次郎が立ち上った。

甲板に出ると、そこはもう外海であった。船の後方左手に灯りをめぐらせる燈台の光が見えた。

潮の流れに逆らって船は進んでいるのか、エンジンは泣くような音を立てている。

英雄は船べりに立って真っ黒な海を見つめた。いくつかの島影の間から蛍が飛び交っているような火が見えた。

その火は強くなったり弱くなったりしながら波の上を揺れていた。

いつか真ちゃんが新町の寺の墓場で見たと言っていた人魂《ひとだま》に似ているような気がした。

「英ちゃん、人は死ぬと最後に口の中から火を吐くそうじゃ。夜中に死んだ人の家にその人魂が戻って来ると父ちゃんが言うとった……」

英雄は真ちゃんの話を聞いた夜、青白い光を夢で見て目覚めたのを憶《おぼ》えていた。人魂とは違う……、その火は赤い色をしていた。そこで何かが燃えているような灯りだった。

「あの船だ」

甲板で男の声がした。

「合図をしてやれ」

「待て」

先刻の髯の男の声だった。

「どうした？」

「待て少し……」

皆黙って数百メートル先の船を見つめていた。エンジン音が先刻より大きくなっていた。

「渦の中におるで、国東《くにさき》の方へいったん折れるぞ」

操舵《そうだ》席から男が怒鳴った。エンジン音が急に静かになって、船がゆっくりと旋回をはじめた。船首が百八十度回るとまたエンジン音がうなるように高まって、船は左右に揺れながら前進をはじめた。

その間もずっと甲板の男たちは先方の船影を見つめていた。

「違う船だ。そうならとっくにむこうから合図をしてくるはずだ」

髯の男は低い声で舌打ちをして言った。

「こっちが遅れてるのか」

斉次郎が言った。

「いや、こっちは時間通りですわ。たぶん潮の流れが早いんで出発を遅らせたのだと思いますわ」

見つめていた船影は流れるように遠去かった。

「あれだ」

笠戸の声だった。指さす方角の海上に船影がひとつ波に揺れながら見えた。

「合図をしているぞ。いち、にい、さん……、いち、にい、さん。間違いない」

「よし、こっちも合図をしろ」

ランプを持った男が布切れを手に、灯りを遮断《しゃだん》しながら相手の船へ合図を送った。

「よし、間違いない」

激しいエンジン音が耳の奥に響いた。みるみるうちに二艘の船は距離を縮めて行った。やがて互いの船の形が確認できるほどの距離に近づくと、二艘は右と左にゆっくりと離れはじめた。英雄たちの船がエンジンを停止して潮に流されはじめると、相手の船が旋回しながら寄り添うように船べりを近づけてきた。

むこうの船の甲板には三人の人影が見えた。皆、雨合羽のようなものを身につけている。

二艘の船はそのまま潮に流されながら進んで行った。英雄は、笠戸や他の男たちが周囲に目を凝らしているのに気づいた。

――何を見てるんだろう。

英雄も目を丸くして周りの海を見た。

斉次郎は腕組みをして、相手の船の男たちをじっと睨んでいる。

「よし」

髯の男が声を出した。

甲板から相手の船にロープが投げられた。

「無理をするな、ゆっくりやれ」

むかいの船からもロープが飛んで来て、鈍い音を立てて船べりを叩いた。

英雄は男たちの作業を夢中で眺めていた。

船は少しずつ陸の方に近寄っていた。先刻より海のうねりが弱くなっていた。

英雄は相手の船を見た。いつの間にかその船の甲板には、数十人の人影が幽霊のように並んでいた。彼等はじっと動かずに波に揺られている。

船と船の間に板が数枚渡された。

一瞬、炎が上った。そう思ったのは英雄の錯覚で、二艘の船が甲板でカーバイドを一斉《いっせい》に点火したのだ。

英雄はカーバイドの灯りに浮かび上った人影を見た。むこうの甲板に立っているのは、くすんだ衣服をまとった男や女たちだった。よく見ると子供もいた。

「よし、いいぞ」

髯の男が大声で相手の船にむかって叫んだ。ざわつくような声が波音に重なった。最初に渡って来たのは若い男であった。男は英雄のいる甲板に降りると、早口で何かをまくしたてた。

男の口から出た言葉はサキ婆《ばあ》たちが話していたものと同じだと、英雄は思った。

「べらべら喋るなと言え」

髯の男が言った。

赤ん坊を抱いた男が渡り、老女を背負った女が甲板に着くなりよろけて倒れた。女が声を上げて泣き出した。

「泣くなと言え」

男がひとり、その女を起こして、船底へ行くように命じた。しかし女はその男の足にとりすがってわめきたてていた。

男が女の頬をぶった。女はそれで黙って船底へ消えた。二十人近い人たちが渡った。むこうの船から子供の泣き叫ぶ声がした。見ると、次に渡る番の家族の子供が泣いていた。

「黙らせろ」

子供に母親らしき女が激しく何かを言っていた。

「一番最後にしろ、そこは」

その家族だけを残して、他の者は皆英雄のいる船に乗り移っていた。

母親と四人の子供たちだけが甲板に残った。よく見ると、子供たちは母親の衣服に摑まって泣いている。母親は一番大きな子供の背を押して渡れと言っているようだった。その子は女の子だった。背中を押されてもすぐに母親のふところにしがみついてしまう。

「置いて行くぞ、もう時間がない」

男の声が聞えたようにカーバイドの灯りがちいさくなった。

船がまた揺れはじめた。

「渦の方へ入ってしまうぞ。もう板を取りはらえ」

操舵席から髯の男が怒鳴った。

相手の船でも同じようなことを言っているようだった。

突然母親が大声で何かを叫んだ。

英雄の船から、影がひとつ相手の船に渡って行った。笠戸だった。

「笠戸やめておけ」

源造の声が響いた。

笠戸は、泣きわめく女の子と男の子を母親から引き離すと、二人の子供を抱きかかえるようにして渡し板を戻って来た。

母親は年長らしい女の子と、もうひとりの子供を胸に抱いて板を渡り出した。笠戸は船べりから女の子に手を差しのべた。

その時、二艘の船が大きくかたむいた。あっ、と短い悲鳴がして、あとわずかで笠戸に届きそうだった女の子の手と身体が宙に浮き、ゆっくりと板の上から消えていった。母親は声を上げて女の子の消えた闇を見た。

笠戸が板の上に飛び乗って、母親を子供と一緒に引っ張り込むようにこちらの船に移した。母親は子供を抱いたまま甲板に転げ落ちた。母親はすぐに立ち上ると船べりから身を乗り出して子供の名前を叫んだ。

「離れろ、渦に入るぞ」

操舵席から声がした。

「離れろ、板が飛ぶぞ」

髯の男が怒鳴った。笠戸が船べりで叫ぶ母親の髪を引っ張って甲板に倒した。板が割れる音がして、船がぐらりとかたむいた。

笠戸が、這《は》いつくばって船べりに行こうとする母親をうしろから抱きかかえた。女は髪をふり乱しながら空にむかって叫んだ。

「ロープを外せ。切れ、切るんだ」

髯の男は斧《おの》を手に彼のそばにくくりつけられたロープを切ろうとしていた。

女がまた立ち上った。甲板から這い上るようにして船べりに着くと、海面を見下ろして、また女の子の名前を呼んだ。女の腕を引いて船底へ連れて行く男がいた。斉次郎だった。しかし女は叫び声を上げながら斉次郎の胸を拳《こぶし》で殴りつづけた。

「うるさい。四人の一人だろう。三人は助かっとるんだ」

その声の大きさに女は叩かれたように動きを止めて、斉次郎の足元に泣き崩れた。


英雄はまぶたに差し込む陽差しのきらめきで目が覚めた。

目を開けると、むかいの壁に窓の外の木槿《むくげ》の葉影がぼんやりと映り込んでいるのが見えた。

耳の奥に、かすかに昨夜の女の叫び声が残っていた。

――いつの間に家に戻ったのだろうか。

英雄が憶えているのは、斉次郎があの母親を大声で怒鳴ったあたりまでだった。

英雄は起き出して表へ出た。昨夜の強風で飛ばされた柳の葉が洗い場の周囲に散っていた。柳を見上げた。緑を増した柳は枝をたわませていた。その緑のむこうには、昨日の海の天候がうそのような五月の青空がひろがっていた。

水音がした。見ると広場の脇《わき》の洗い場に女衆のひとりがしゃがんで顔を洗っていた。

「おはようございます」

英雄が声をかけると女は顔を上げた。

見たことのない女だった。すると広間の戸が開いて、英雄より歳下《としした》の女の子がひとり、その女のかたわらに駆け寄って来て、膝頭《ひざがしら》の上に甘えるように頬を当てた。

——昨夜《ゆうべ》の女の人だ。

膝を両手で抱いて頬ずりをしている女の子の髪を、母親はそっと撫《な》でている。その表情はおだやかで、甲板で泣き叫んでいた女の人とはまるで別人のように見えた。

頬ずりをしていた女の子が英雄に気づいて、奇妙なものでも見るようにこちらをじっと見つめていた。

母親が女の子の耳元で何かをささやいた。女の子は急に口元をゆるめて白い歯を見せた。英雄はあどけない女の子の仕種《しぐさ》に、こくりと笑ってうなずいた。

挨拶《あいさつ》の意味が女の子にも伝わったのか、彼女は母親の背中に回ってはにかむようにしていた。

東の棟から男があらわれた。

笠戸《かさやん》だった。

「英さん、おはようございます」

笠戸はステテコ一枚に上半身裸の恰好《かっこう》で口に歯ブラシをくわえていた。

「おはよう」

「今日はいい天気になりやがったな」

そう言って背伸びをすると、洗い場にいた母親と女の子に笑いかけた。

「チビ、よく眠れたか」

女の子は笠戸の姿が怖かったのか、半ベソをかくような顔をした。母親が笑って、笠戸に水を注いだ盥《たらい》を差し出した。

「すんませんな」

笠戸は首をすくめるようにして、女から盥を受けとり、手のひらで水をすくって口にふくむと、ぶくぶくと音を立ててゆすいだ。それから数歩前に進んで、口の中の水を朝顔の蔓《つる》の出はじめた花壇の脇《わき》に吐き出した。

女は笠戸の動作をじっと見ていた。笠戸は女の視線に気づいて、口の中に食べ物を放り込む仕種をしてから腹をおさえた。

——お腹《なか》は空《す》いていないか。

笠戸の聞いている意味が、英雄にもわかった。

女は首を横にふってから、二、三度うなずいた。すると広間から、二人の子供が出てきた。ひとりはやっと歩きはじめた幼子で、もうひとりは英雄より一つ、二つ歳下に思える男の子だった。

笠戸は男の子の頭を撫でた。人なつこそうな男の子だった。

女は三人の子供をそれぞれ見つめると、急に顔を両手でかくして嗚咽《おえつ》した。

それを子供たちは母親の足元にすがってじっと見上げていた。

英雄が学校から戻ると、絹子が弟の正雄を抱いて縁側に腰掛けていた。

「絹さん、いつ帰ってきたの」

「今日のお昼よ。英さん、いい子にしていたかしら」

「うん」

英雄が正雄の顔を覗くと、正雄は大きな目を見開いて英雄を見ていた。

「目が大きくなったんじゃない」

「そうね。もう立派なおめめさんね。母さんがいない間ちゃんとしていた？」

絹子の質問に英雄は含み笑いをした。

「何？　なにかいいことでもあったの」

「何もないよ」

英雄は今朝学校へ出かける前に源造から、

――英さん、昨夜のことは奥様に話してはいけませんよ。

と言われた。

――どうして？

――どうしてもです。男の約束ですよ。

――約束？

――そうです。男と男の約束ですからね。

――わかった。

だから英雄は昨夜の事を母に話すわけにはいかなかった。

「ねぇ、土曜日の夜、笠やんと釣りに行っていい？」

「どこへ行くの」

「佐多岬だよ」

「お父さんがいっておっしゃればね」

「お父やんはどこ？」

「広間にいらっしゃるでしょう」

英雄は中庭を抜けて、広間に行った。

広間の中では、斉次郎があの子供たちと遊んでいた。ひとりの女の子は胡坐《あぐら》をかいた斉次郎の膝の上をゆりかごのようにして眠っていた。英雄にはにかんでいた女の子は斉次郎の腕に両手を巻きつけるようにしていた。

それを広間の隅に座った母親が黙って見ていた。

「お父やん」

英雄が声をかけた。斉次郎が英雄を見た。

「土曜日の夜、笠やんと釣りに行って来ていい？」

斉次郎がうなずいた。

英雄は笑って、母屋《おもや》の方へ駆け出し、絹子に斉次郎がいいと言ってくれたことを告げた。

夕暮れ、英雄は笠戸《かさやん》に連れられて高木の家を出た。

葵橋《あおいばし》のバス停で佐多岬行きのバスに乗った。バスは数人の客が乗っているだけだった。釣り道具をかかえた笠戸の隣りに英雄は座って、足元の魚籠《びく》が揺れるのを見つめていた。

佐多岬に続く山径《やまみち》の入口が終着の停留所だった。

二人はそこから山径を歩いた。雑木林の間から三日月が見え隠れしていた。三十分ほど歩くと、左に折れる下り坂があった。

「足元に気を付けて下さいよ」

羊歯《しだ》の生い茂る道は英雄の靴を埋めてしまうほどやわらかだった。笠戸は暗闇の中を平気で早足で歩いた。

ほどなく波音が聞えた。

低い松林を歩くと足元は砂地に変わった。松林を抜けると海風が身体にぶつかって来た。

大きな岩の上が釣り場だった。月が白々と海を照らしていた。海面に浮かんだ月光は、生きているようにゆらゆらと長い光の尾を揺らしていた。

その岩場からは、幾つもの瀬戸内海の島々を眺めることができた。

笠戸が仕掛けをこしらえてくれた。

「いいですか、この鈴がチリンと鳴ったら、魚が餌《えさ》を口先で突ついたということです。その時あわてて竿《さお》を上げてはいけません。チリンと来て、もうひとつチリン。それでも我慢をするんです。みっつめのチリンで思い切り竿を上げるんですよ」

英雄は笠戸の説明を受けて、

「チリン、チリン、チリンと三回鳴ってから上げるんだね」

「そうです。それがチヌを釣るコツです」

「釣れるかな？」

「釣れますよ」

英雄は自分がチヌを釣り上げる姿を想像して興奮した。

釣り糸を垂らしてから一時間余り経《た》っても鈴の音はしなかった。

「ちょっと休みましょうか」

笠戸が言った。

「どうです」

笠戸がドロップの缶を出してくれた。口の中にふくむと蜜柑《みかん》の酸《す》っぱい味がひろがった。

「英さんは何歳《いくつ》になったんですか」

「二月で十歳になったよ」

「もう十歳ですか。私が高木の家に来た時はまだ正雄さんのような赤ちゃんでしたよ」

英雄は少しはにかんでうつむいた。

「笠やん、ちょっと訊《き》いていい?」

「何ですか。私はむずかしいことはわかりませんよ」

「ほら、広間にいるお母さんと子供たち」

「ああ、あの人たちですか。どうかしましたか、あの親子が」

「あの人たちはどこから来たの」

「海のむこうから、海峡を越えて来たんですよ」

「カイキョウ?」

たしか源造も同じことを口にしていた。

「海峡です。朝鮮から海峡を越えてあの親子は来たんですよ」

「韓国とは違うの?」

「よく知ってますね。韓国も朝鮮も、もともと同じ国なんです」

「どうして名前が違うの」

「戦争があったんですよ。同じ国がふたつに分れて戦争をしたんです」

「どっちが勝ったの？」

笠戸が英雄を見た。くわえていた煙草《たばこ》にライターで火を点《つ》けた。笠戸は暗い海の彼方《かなた》を見ていた。

「どっちも勝ちはしなかったんですよ」

「引き分けってこと？」

「英さん、戦争は野球や相撲みたいなわけには行きません。たくさんの人が殺されますからね。私のおやじもおふくろも、兄貴も妹も皆戦争で死んでしまいました。爆弾が落ちて来てあっという間だったそうです。疎開《そかい》をしていた弟と堤防をこさえに行っていた私だけが生き残ったんです。高木の家に住んでいる人の半分近くは、戦争で誰か身内をなくしているんです」

沖合いを通過する船からかすかに汽笛の音が聞えた。

「あのお母さんと子供は、どうしてこの街に渡って来たの」

「生きて行くためですよ」

「生きて行く……」

「そうだと思います。大勢の人が日本にやって来ます。ほら、あの沖を行く船の底にも何人かの人が隠れているかも知れません。朝鮮や韓国にいるより日本の方が住み易《やす》いと信じているからでしょうね。貧しいんですよ、きっと。だから命懸けで海峡を渡って皆来るんです」

笠戸はひとり言のように話を続けていた。

「あの一番大きかった女の子は可哀相《かわいそう》なことをしました……。もうそこまで来ていて土が踏めなかったんですからね。高いお金を払って、やっとの思いで船に乗ったのでしょうにね」

英雄はカーバイドの灯りの中に一瞬浮かんだ女の子の姿を思い出していた。笠戸が差しのべた手にあとわずかで届くところで、女の子は夜の海に墜《お》ちて行った。

「でもまだうちの船に迎えられた人たちはましな方ですよ。他のところでは陸《おか》に揚げたきり放り出してしまう人たちもいますからね。もっと悪いのは、若い女の子を売り飛ばしてしまう連中もいると聞いとります」

「もっともっと渡って来るの」

「もっと来るでしょうね」

「でもサキ婆《ばあ》は帰って行ったよ」

「あの婆さんは別です。おやじさんの前でも引かない人でしたから、でも……」

そこで笠戸は話を止《や》めた。

「でも何？」

「さあ釣りをはじめましょうか、話ばかりをしていると魚がどこかに行ってしまいますよ」

「うん」

その夜はちいさなチヌを一匹釣り上げただけで釣りは終った。

竿をしまって岩を降りようとした時に、沖合いにいくつもの炎のような灯りが見えた。

「笠やん、あれは何？」

「鬼の火です」

「鬼の火？」

「そう言います。あの火のひとつだけがほんとうの漁船の漁火《いさりび》らしいんですが、この時期、お化けみたいにたくさん炎が増えて行くんです」

「人魂《ひとだま》のこと」

「そうかも知れません。海で死んだ人の魂が淋《さび》しがって燃えてるって言う年寄りもいます」

英雄は急に怖くなった。あの女の子の炎が自分を見ているような気がした。

雑木林を抜ける時、英雄は笠戸から離れまいと早足で歩いた。


梅雨入りを告げる長雨の天気が三日ばかり続いて、庭の葡萄《ぶどう》の葉もあざやかな緑になり、花壇の朝顔の蔓《つる》も英雄の膝元《ひざもと》までのびていた。お化け柳はますます葉の勢いを増して、枝の先から大粒の雨垂れを土の上に落としていた。

外にも遊びに行けず英雄は毎日退屈な日を送っていた。真ちゃんがおたふく風邪にかかったので遊び相手もいなかった。

海峡を渡ってきた親子は、東の棟の部屋に住みついていた。

英雄が学校へ出かける時、女の子ふたりと愛嬌《あいきょう》のある顔をした男の子が広場で遊んでいるのをよく見かけた。

斉次郎はまた大阪の方《かみ》に行ったらしく、高木の家は静かな日々が続いていた。

その夕暮れ、女が誰かを呼び続ける声が高木の家の中に響いた。初めその声はぼんやりと聞えていたが、十分も経たないうちに、切迫した声に変わった。

英雄は夕食を食べながらその声を聞いた。

「何、今の声？」

姉のひとりが言った。

「ヤッホーって聞えなかった」

「ウフッ、姉さん変なこと言わないで」

――ヤンソー。

「ほんとだ」

――ヤンソー、ヤンソーヤ。

「歌を歌ってるのかしら。かあさん、東の棟で今夜、宴会しているの」

絹子は女の声が気になるのか、小夜に様子を見に行かせた。その間も女の声は続いていた。小夜が戻って来て、

「この間入って来た横山さんの息子さんが、どこかに行ってしまったらしいんです」

横山というのは、あの母親と子供たちの名前だった。李《り》というのが本名なのだが、ここのところ高木の家は密航者をかくまっていると警察から目をつけられていたから、あの家族に横山という日本名をつけていた。

「どこかで遊んでるんじゃないの」

姉が言った。

「あの三人の子供は外に出しちゃいけないって源造さんがきつく言ってましたから、東の人たちも気を付けてたはずですよ」

小夜が心配そうに言った。

女の声の調子が段々にヒステリックになっていた。

絹子は立ち上って、様子を見に行った。

英雄も縁側から東の棟へ走った。数人の女衆に囲まれて、女は子供の名前を呼んでいた。

「奥さん、横山さんの男の子がいないらしいんですよ」

「誰か見かけなかったの」

「昼間はここの洗い場にいたんですけど」

「手分けをして探してみましょう。小夜、源造さんに電話を入れて誰かよこすように言ってちょうだい」

「はい」

女衆たちが海側の出入口と北の通用門から出て行った。

母親は中庭に入って、もう暗くなった葡萄棚の奥や池の奥の草むらへむかって、息子の名前を呼び続けている。

「どうしたんだ」

声がしてふりむくと、斉次郎と江州が立っていた。絹子は夫に事情を説明した。

江州が母親に何事かを話している。女はまくしたてるような早口で江州に両手を右、左に動かして訴えている。

「晩飯の前に東の海側のところで遊んでいたのは見かけたと言ってます。海側の出口から堤に蓬《よもぎ》のはえているのを見つけたので、それを採りに行って。帰って来た時には子供がいなかったらしいんですが、どこかで遊んでいるのだろうと飯の支度をしていたらしいんです」

江州が斉次郎に説明しているそばから、母親はヒステリックな声で、斉次郎に両手を合わせて懇願するような恰好《かっこう》をしていた。

「静かにさせろ。朝鮮語を口にするなと言え」

江州が母親にそのことを告げると、彼女はあわてて口に手を当てた。その手の甲に大粒の涙がこぼれ落ちた。

正門でビクの吠《ほ》える声がした。

「高木さん、高木さん」

男の呼ぶ声が聞えた。

「はい」

と声を上げて小夜が表の方へ行った。

小夜は小走りに戻って来て、

「派出所のお巡りさんが横山さんの子供を連れて来てくれています」

江州が斉次郎の顔を見た。

子供の声がした。その声を聞いて女が子供の名前を叫んだ。すぐに江州が女を摑《つか》まえて口をふさいだ。女は江州の手をふりほどこうともがいた。江州が女の耳元で何かをささやいた。また子供が声を上げた。泣き声だった。女は江州の腕の中で泣きそうな顔をして必死にもがいていた。

絹子は女の顔をじっと見ていたが、急に、すたすたと通用門の方に歩き出した。英雄は母を追い駆けた。玄関に出ると、子供を探しに行った女衆たちが警官と子供を取り囲むようにしていた。

「あっ、どうも奥さん」

その警官の顔を絹子は見知っていた。英雄も見覚えがあった。以前、曙橋《あけぼのばし》の袂《たもと》で行き倒れになっていた男を新開地の民子が助けようとした時、民子を怒鳴りつけた警官だった。

「ヤンソーおまえどこに行ってたの」

絹子が張りのある声で子供の名前を呼んで歩み寄った。すると警官は子供の手を自分の方に引いて、絹子の前に立ちはだかった。

「奥さんがなぜこの子をご存知なんですか」

「知るも知らないも、この子は私の妹の子ですから」

絹子は警官に近づいて、子供の手を取ろうとした。警官が絹子のその手を摑《つか》んだ。

「それはおかしいですね。この子は日本語がまるっきりわからないんですがね」

絹子は警官の手を払いのけようとした。しかし警官は絹子の手を握ったまま、

「奥さん、妙ですね」

と口元をゆるめて言った。絹子は険しい顔をして警官の手を外そうとした。

「おい、誰の手を摑んでいるんだ」

背後から斉次郎があらわれた。

警官は一瞬、斉次郎の姿を見てたじろいだ。

「高木さん、おたくの奥さんの親戚《しんせき》の子なんですか、この子は」

咄嗟《とっさ》に絹子は子供を抱きかかえると、大声で叱《しか》りはじめた。

「おまえがひとりで勝手に出て行くから、皆が叱られているでしょうが」

絹子は子供の目を睨《にら》んで身体をゆすった。

子供はまた火がついたように泣き出した。

「泣いてもだめよ、ヤンソー。わかってるの、この子は皆に迷惑をかけて」

初めて見る絹子の怒った姿に女衆たちは目を見張っている。

「わかってるのヤンソー」

絹子が子供のお尻《しり》を音を立ててぶちはじめた。痛くて仕方ないのだろう。子供はさらに大声を上げて泣いている。

「ごめんなさいを言いなさい。ごめんなさいが言えないの、この子は。ならもっとぶちますよ」

ヤンソーの泣き声だけが響いた。

警官は眉《まゆ》をひそめて二人を見ていた。

「ちょうど派出所へお願いに行こうと思っていたところなんです。本当にありがとうございました」

いつの間にか源造があらわれて、頭を下げながら警官に言った。

斉次郎は何事もなかったように家の中に消えた。

警官は源造に何事かを話していたが、仕方ないといった顔ですごすごと引き揚げて行った。絹子は小夜にヤンソーを渡して、急ぎ足で台所の方へ消えた。

通用門が閉じられて、ヤンソーを抱いた小夜が広場にあらわれると、江州の腕から解放された母親が息子に駆け寄って抱きかかえた。ヤンソーは母親の胸の中で、また声を上げて泣いた。

英雄は母のことが心配になって、母屋に上った。

「絹さん、どこに行ったの、絹さん」

英雄は母の名前を呼んだ。

「絹さんを見なかったか」

姉に訊《き》くと、

「さっき部屋に入ったみたい」

と言った。英雄は母の部屋の戸に手をかけた。戸は開かなかった。

「絹さん、大丈夫か、絹さん」

英雄がいくら名前を呼んでも、絹子は返事をしなかった。

ひさしぶりの梅雨の晴れ間に柳の木は葉に残る雨滴をかがやかせている。

池の水は明るい緑色になって、時折、鯉《こい》が頭をのぞかしては尾で水を撥《は》ね返していた。

縁側に女の子が二人腰掛けて、おはぎを食べている。その二人を正雄を抱いた絹子が見ている。

ヤンソーは今しがた英雄が真ちゃんとどこかへ遊びに連れ出した。

女の子の母親は朝早くから、東の女衆たちと浜の荷役仕事へ出かけていた。

幼い方の女の子の口元に餡《あん》がついているのを、姉が指で取ってはそれをまた妹の口の中に入れてやっている。

柳の上には積乱雲がひろがっている。

もう夏がそこまで来ているのだ、と絹子は雲を見上げて思った。

曙橋の袂《たもと》を英雄と真ちゃん、ヤンソーにビクたちが通って行く。英雄はヤンソーの手を引いている。

「あら、高木の坊ちゃん」

橋の中央で日傘を差した女が英雄に声をかけた。民子である。

「こんにちは」

「どこへ行くの？」

「糖蜜船《とうみつせん》を見に行くんだよ」

真ちゃんが民子に言った。

「へぇ、いいなあ。私も一緒に行こうかしら」

「女はだめだよ」

真ちゃんが首を横にふって言う。

「どうして女はだめなの」

「男は男だけで遊ぶんだよ」

英雄が少し顔をそむけて言った。

その時、民子のうしろから大きな男が靴音をさせて通り抜けようとした。

「何をするんだ、この助平爺《じじい》」

民子が声を上げて、手にした傘で男を叩こうとした。

「減るもんじゃないだろうが、あんまりいい尻をしてたからな」

男がふりむいて言った。

英雄は男の顔を見て驚いた。あの夜、船で逢《あ》った髯《ひげ》の男であった。

「あれ、おまえ高木さんの伜《せがれ》か」

男は英雄を見て言った。

「こんにちは」

「これからおまえの家へ行くところだ。おやじさんはいるか」

「いないよ」

「そりゃ困ったな。源造さんはいるか」

「知らないよ」

「そうか、まあいい行ってみよう。そうそう、あの女はまだおまえの家に居るんだろう。ほら、あの朝鮮の女」

英雄はヤンソーの方をちらりと見て、

「知らないよ」

とこたえて桟橋の方へ走り出した。

「姐《ねえ》さんはどこの娘さんだ」

髯の男はぼんやりと橋の上から海を見ていた民子に聞いた。

「知らないよ」

と言って民子はもと来た道を引き返して行った。

鍾馗様《しょうきさま》のようだった髯をこざっぱりと刈った田中虎雄《とらお》が高木の家へあらわれて、源造にあの女を引き取りたいと言って帰って行った。絹子がそのことを耳にしたのは、斉次郎が申し出を承諾した後のことだった。

田中がどういう人柄の男なのかは、絹子は何も知らないが、あの子供たちも母親も、今のままがいいように思えた。

絹子はそのことを源造に話した。

「しかしもうおやじさんが引き受けなさったことですから、私にはなんとも……」

源造は申し訳なさそうに言った。

「でも引き取りたいと言うことは、どういうことなんですか、源造さん」

絹子は普段と違って、執拗《しつよう》に訊いた。

「それもあの田中が決めることでしょうから、私にはなんとも申しようがありません」

「じゃ、あの人の気持ちはどうなんですか」

「あの母親が、行くと言ったんです」

「あの人が」

「ええ、三人の子供も面倒を見てくれるという条件ですから、それに……」

「それになんですか」

「あの親子をこの家に置いておきますと、おやじさんの立場が悪くなります。女将《おかみ》さんもご存知でしょう。この春先、本署の刑事がうちの船の件でいろいろ聞きに来たのを」

「…………」

絹子は源造をじっと見つめた。

源造は目を逸《そ》らして、

「女将さん、あの親子はこのままここにいてもしようがないんです。おやじさんは渡って来る人の段取りはなさいますが、面倒まではみられません。まだ引き取り手があるだけ、あの親子はしあわせなんじゃないでしょうか。警察に捕ってしまえば、強制的に帰されます。その上、警察は脅し続けて、どうやって日本に来たかを聞き出しますしね」

と言った。

軒下で英雄とヤンソーが、燕《つばめ》の巣作りを見上げている。

燕が飛んで来るたびに、ヤンソーは立ち上って巣の方を指さして声を上げる。

英雄はヤンソーの話すカタコトの言葉の意味がわからない。わからないのだけど、燕が軒に降り立つたびに同じ言葉を口にして、じっと巣作りを見つめているヤンソーの気持ちはわかる。

英雄がそのヤンソーの仕種《しぐさ》を見て笑った。ヤンソーも英雄に笑い返す。

ヤンソーの指はちいさい。ちいさいけれど軒先に戻って来た燕をさす指先は力強い。

先刻から二人は燕を待ちながら、地面に古釘《ふるくぎ》で絵を描《か》いている。

「何をしてるの？」

買物から帰って来た絹子が二人に声をかけた。

「絹さん、見てごらんよ。ヤンソーはとっても絵が上手《うま》いよ」

英雄がヤンソーの絵を指さした。

土の上にヤンソーが描いた鳥の絵は、美しい流線型をしていた。

「ほんとうね、なんの鳥かしら」

「絹さん、ツバメだよ。ほらあそこにさっきから巣をこさえてるんだ」

「そう、ツバメなの」

絹子がヤンソーに笑いながら話しかけると、ヤンソーははにかむようにうつむいて、また土の上に絵を描き続けた。茶色の釘を握った指が懸命に固い地面を彫っていた。

「ねえ、ヤンソーの国にもツバメはいるのかな」

英雄は母を見上げて言った。

「さあ、どうかしら」

「リンさんの国にはいるって言ってたよ」

絹子は、リンさんの名前を口にした息子をじっと見つめた。

「じゃ、ヤンソーの住んでいた家にもツバメは来てたんじゃないの」

「カイキョウを越えてね」

英雄は片手で空を飛ぶ仕種をした。

「あら、むずかしいことを知ってるのね」

「笠やんが教えてくれたんだ。ヤンソーもカイキョウを越えて来たんだって」

「そうね」

翌日、絹子は納屋《なや》の中から娘たちが使っていた画板を出してやり、もう半分にちびてしまっていたクレヨンを集めてヤンソーに与えた。

ヤンソーは目をかがやかせて画板とクレヨンを受け取った。

その日からヤンソーは縁側に腰掛けて絵を描きはじめた。

少し大き過ぎる画板に顔をうずめるようにして、絵を描いているヤンソーのうしろ姿が、絹子には昨日までの英雄の姿と重なって見えた。

ヤンソーの家族が高木の家を出て行く日が決まった。

東の女衆たちが、四人を送り出すのに宴会をやろうと言い出した。

田中虎雄はその日、母子《おやこ》を船で迎えに来た。

「しあわせな連中じゃの。永いこと世話になって、宴会までやってもらえるのじゃから」

田中は大きな身体を揺らして笑った。

広間に女衆のつくった料理が並んで、仕事を終えて帰って来る男衆を待った。

陽が落ちて、男衆が戻って来た。広間の天井の裸電球が点《とも》る頃になると、宴《うたげ》は盛りになっていた。

斉次郎の隣りに田中は座って、そのかたわらにヤンソーの家族がいる。

時雄がもう酔っ払って笑い出している。石健と幸吉が豚のアバラ骨を両手で分けている。歌を歌い出す女衆もいる。江州が斉次郎と田中に酒を注いでいる。炊事場で煮立てている大鍋《おおなべ》の中の鶏《とり》のスープを、女衆が子供たちに運んで来る。

絹子は英雄の隣りに座って、皆の様子を楽しげに見つめていた。

「あの壁の絵は英雄の絵か？」

斉次郎が広間の壁に貼《は》った絵に気付いて訊いた。

「ヤンソーが描いたんだよ」

英雄が言った。

二枚の絵が鋲《びょう》で止めてあった。一枚はお化け柳が緑のクレヨンで描いてある。積乱雲のように勢いのある絵であった。もう一枚はどこかの家と家族を描いた絵だった。

「あの家はどこの家なの？」

絹子が英雄の耳元で囁《ささや》いた。

「ヤンソーの家だって、ほら家の前にヤンソーたちが立ってるじゃない」

絹子はその絵を見つめた。

ちいさな家の前に六人の家族が立っていた。

帽子をかぶった背の高い人が、ヤンソーの父親だろうか。母親は髪型でわかるし、妹たちも身体の大きさでわかる。中央に立って笑っているのがヤンソーなのだろう。もうひとり、ヤンソーより少し大きな女の子が立っている。

——お姉さんがいたのだろうか……。

絹子は首をかしげながら、六人の立つ家のむこうに描いてある山並を見つめた。右の奥の山の頂きから煙りのようなものが立ち昇っている。

「英さん、あの山は火山かしらね」

「知らないよ」

江州が絹子に酒をすすめに来た。

絹子は江州が昔韓国に住んでいたことに気付いて、

「江州さん、韓国には火山があるの？」

と訊いた。

「どうしてですか。あることはありますが」

「ほら、ヤンソーが描いた絵の山から煙りが出てるでしょう」

「あれはヤンソーが描いたんですか」

江州がヤンソーを呼んだ。英雄の古着を着せられて綺麗《きれい》にしているヤンソーが、恥ずかしそうに江州のそばに来た。

江州が絵を指さして、山の煙りの訳を訊いている。ヤンソーは真剣な目をして自分の描いた絵の説明をしていた。江州にはわかり辛《づら》いようだった。

江州が大声で、田中の隣りで酒を飲んでいる母親に、息子の絵を指さして話しかけた。

母親が江州に何かを言った。江州は首を横にふって返事をした。母親はヤンソーに話しかけた。ヤンソーが顔を曇らせてぽそりと何事かを話した。江州が母親に笑って声をかけた。母親はじっと絵を見上げてから、しばらく黙っていた。ヤンソーは母親の顔を上目遣いに見ていた。哀《かな》しい目だった。

母親は黙ったままでいた。

母親が江州に早口で喋《しゃべ》った。その声は涙声に変わっていた。

田中が何が起こったんだという顔で母親を見た。母親は涙を拭《ぬぐ》いながらヤンソーを呼んだ。ヤンソーは駆け出して、母親の胸に飛び込んだ。

江州がもう一度壁の絵を見上げた。

絹子が江州に訊いた。

「どうしたの？」

「あれは火山じゃなくて、戦争で爆弾が墜《お》ちてるところなんだそうです。ヤンソーには意味がわかってないんでしょう」

絹子はヤンソーと母親に無神経なことを訊いたと思った。

英雄はヤンソーの絵を見つめて、

——戦争は人殺しなんです。

とあの夜、岩場で笠戸が言った言葉を思い出していた。ヤンソーの母親の嗚咽《おえつ》が聞えた。

突然、激しい太鼓の音が広間に響いた。

見ると、江州が太鼓を肩からぶら下げて撥《ばち》を手に踊りはじめていた。

女衆たちが一斉《いっせい》に手をたたきはじめた。

石健と幸吉がすばやく机を隅に寄せて行く。

――エイヘイオー、エイヘイオー、エイヘイエイ。

江州の張りのある声が広間に響き渡った。江州は歌いながら広間の中央に進んだ。

そうして斉次郎に一礼をすると、ゆっくりしたテンポでちいさな円を描きながらその場を一周して立ち止まった。

「ほら、打て打て江州」

時雄が声を上げる。女衆たちも江州の名を呼ぶ。

江州が深く息を吸い込んで、天井の裸電球を見上げた。広間の衆が息を止めている。

江州は静かに顔を伏せると、雄叫《おたけ》びを発してから両手の撥で太鼓を打ちはじめた。それは夏の夕立ちのように激しく間断のない、見事な連打であった。

――ソレソレソレソレソレ。

女衆たちが声を上げる。

江州は仁王立ちして連打して行く。五分、十分……、江州の太鼓は鳴りやまない。それどころか太鼓の音は強く、速く、逞《たくま》しくなって行く。

英雄は初めてみる江州の撥さばきに目を見張った。江州の手元があまりに速くて目で追えない。

女衆たちの掛け声はさらに大きくなっている。

江州は太鼓を打つ手を止めずに、腹の底から絞り出すような唸《うな》り声を上げる。

ひとりの女衆が江州のそばに駆け寄って踊りはじめた。それを合図に、江州は太鼓のリズムを変えて、その場で華麗に踊りはじめた。またひとり女衆が飛び込んで行く。

三人はそれぞれが自由に踊っているように見えるが、その爪先《つまさき》はいつも同じような踏み方で板の間を右に左に踵《きびす》を返して行く。

江州の太鼓のリズムが、さらにゆっくりとしたテンポに変わった。

広間の中央だけでなく、その場に立ち上って踊り出す女もいる。女たちの踊りは江州のくり出す乾いた音色に合わせているのに、どの女の身体もしなやかで色気に満ちている。男衆は手を叩いて女たちの踊りを見ている。

一曲、二曲、三曲と続いて、江州の太鼓の音色がやんだ時、艶《つや》のある隆々とした歌声が聞えてきた。

皆が一斉に声の主を探すと、ヤンソーの母親が片膝《かたひざ》立てたまま、美しい高音で歌い出したところだった。それは驚くほど澄んだ声だった。

江州が女の方へ歩み寄った。女は立ち上ると、板の間が揺れるほど力強く足を踏みながら広間の中央に踊り出た。

女は歌を歌って、江州の周囲を舞い続ける。女の手は鳥の羽根のように空をはばたいては静止し、静止してはまたはばたいた。

太鼓の音色が激しくなると、女の踏み鳴らす足音も激しさを増した。

裸電球の灯りの下で、江州と女は糸とその先に繋《つな》がれた蝶《ちょう》のように、距離とリズムを合わせて踊っている。

女のひたいから流れ落ちる汗と、江州の二の腕に噴き出している汗が、かがやきながら床を濡《ぬ》らして行く。

江州の撥がさらに激しく太鼓を打った。連打がはじまった。

女は江州の周りを独楽《こま》のようにくるくると回りはじめた。ひろげた両手と蹴《け》り上げるつま先が交互に空を切って行く。回る速度がどんどんと上って行く。女の身体は炎のように揺れている。

絹子は、その舞いの中に海峡を越えてやって来た女の逞しさを見ていた。妻でも母でもない、ひとりの女の本能が目の前で叫びを上げていた。

第七章　ひこうき雲

校舎の正面の大時計が十二時をさしている。

青空に突き出たポールの先端に日の丸がたなびき、瓦屋根《かわら》のてっぺんの風見鶏《かざみどり》は、七月の潮風が向きを変えるたびに右へ左へ動く。

英雄《ひでお》が顔を出した二階の窓からは、瀬戸内海に浮かぶ島々が、夏雲に青く霞《かす》んで水平線にまぎれている。視線をゆっくりと下げると、海の青色が陽差しに洗われたように少しずつ薄くなって、若穂の揺れる水田のうす緑に変わり、やがて校舎を囲むあざやかなポプラ並木の緑になる。そして眼下には、陽炎《かげろう》の立つ白砂の校庭が静まりかえっている。

サイレンが鳴った。

校庭の西角に整列していた代表選手たちが一礼して、守備チームの選手が光る砂を蹴《け》ってポジションに散って行った。

負けんなよ華南、がんばれよ。一斉《いっせい》に声がかかって拍手がわき起こった。校舎の二階も一階の窓も、生徒たちが鈴なりになって顔を出している。

創立記念日の少年野球の対抗戦がはじまろうとしていた。

「ほら、あいつだよ。今度転校してきた隣りのクラスのやつ。いきなり先発投手だぜ」

真ちゃんが英雄の隣りで興奮したように言った。

「五年生でか」

「えらい速い球を投げるらしいぞ」

少年は代表選手の中では目立って小柄であった。おまけに他のナインが陽差しを跳ね返すような真新しい白い半ズボンをはいているのに、少年だけがうす汚れたような灰色の半ズボンだった。

審判《アンパイヤー》役の教頭先生が大声で、プレーボールを告げた。マウンドに立つ少年は味方をふり返って両手を上げた。窓から覗《のぞ》いている生徒たちからまた喚声が上った。少年は一度空を見上げた。校舎の上空には真っ白な積乱雲が肩を張るようにせり出している。

彼は捕手をじっと睨《にら》んでうなずくと、胸を大きく張って右足をのび上るように空に突き上げた。そうして左足先が宙に浮く寸前に、全身を折り曲げると左腕を柳の枝のようにしならせて、一球目を投げた。ストライク。審判の右手が挙った。

「はえーな」

真ちゃんがため息をつきながら言った。

「左ききなんだね」

英雄は、捕手の返球を受けてから左手を半ズボンでぬぐっている少年を見つめた。最上級生をうしろに控えさせて、ダイヤモンドの真ん中にいる少年はひどくまぶしかった。初回、少年は三人の打者を三振に打ち取った。

「あいつ新開地のバラックに住んでんだ」

真ちゃんが言った。

「そうなの」

「ああ、つぶれそうな家だぞ」

試合は零《れい》対零のまま投手戦になり、後半、英雄の小学校の捕手がランニングホームランを放って、二対零で勝った。少年は半数以上の打者を三振に打ち取っていた。自分と同学年の少年が活躍する姿を、英雄は羨望《せんぼう》の目差しで見つめていた。

「おーい、待てよ。待てったらツネ」

同じクラスのツネオが足早に道を歩くのを、真ちゃんが呼び止めている。

「俺、早く戻んねぇと、潮が変わっちまうから……」

ツネオは困ったような顔で真ちゃんに言う。

「すぐだって、竹ヒゴとセメダインを買うだけなんだから」

文房具店の前で真ちゃんが怒鳴る。

「だってよ……」

「じゃ飛行機飛ばさしてやんないぞ」

ツネオは渋々、文房具店の方に引き返して来た。

「すぐだよ、ツネちゃん」

英雄が言うと、ツネオはこくりと頭を下げてから防火用水の桶《おけ》のそばにしゃがんだ。

そうして垂れていた鼻水を指先でつまんで、地面にふり捨てた。

「明日《あした》は埋立地に飛ばしに行くからな、ツネ」

竹ヒゴを包んだ新聞紙を見せながら真ちゃんが言った。

「何時だ？　昼の真ん中は俺だめだぞ……」

ツネオが心配そうに真ちゃんに訊《き》いた。

「わかってるよ。三時くらいにしてやるよ」

「本当だね」

真ちゃんはツネオの首に腕を回して、耳元に何事かをささやいた。ツネオが笑った。前歯のほとんどが抜けたツネオの顔を見て、

「ツネ笑うと、パーみたいだぞ」

と真ちゃんが笑った。

「パーだもの、俺」

「パーか」

真ちゃんのおどけた声に三人とも笑い出した。

蠟燭《ろうそく》の火に鼻をつけるようにして、真ちゃんが竹ヒゴを焙《あぶ》りながら曲げている。鼻の頭に汗をかき、大きな目の玉の中には朱色の炎が映り込んでいる。

英雄は右手のひとさし指の先に、仕上った飛行機の胴体を載せてバランスを計っている。

「どうだ？　英ちゃんのは上手《うま》く行きそうか」

「うん、動力ゴムを強くしたから、少し前につんのめるかも知れない」

「尾翼を重くしたらどうだ」

「その方がいいかな」

アッチチチ、英雄の飛行機に見とれていた真ちゃんがあわてて指をふった。

二人のいる縁側に風が吹くたび、大柳の影が差し込んでくる。

「明日、風が強くなきゃいいな」

真ちゃんが火傷《やけど》した指先を口に入れて、空を見上げた。

「そうだね」

英雄は夕陽で茜色《あかねいろ》に染っている空を見てうなずいた。

台所の方からお手伝いの小夜《さよ》の歌う歌謡曲が聞えた。東の棟からは若衆がつまびくギターの音が流れてくる。

「もうそろそろおしまいにしたら」

母の絹子が麦茶のコップを取りに来て言った。

「あと少しで終るよ」

「そう。真ちゃん、お母さん元気？」

絹子が真ちゃんに言った。

「ここんとこ、父ちゃんと喧嘩《けんか》ばかりしてるよ」

「いけないわね」

「わかんないけど、母ちゃんはここを出て行くって言ってる」

その時だけ真ちゃんの顔が曇った。

「おばさん、あと少しだけだから」

真ちゃんが片目をつぶりながら言った。

「上手にこしらえたわね、英さん」

「英ちゃんの飛行機はよく飛ぶんだよ、おばさん」

「そう、真ちゃんのはどうなの」

「俺のは墜落ばかりだよ」

「今度は飛ぶよ。真ちゃん」

「そうかな。またバラバラじゃたまんないからの」

翌日、二人は曙橋《あけぼのばし》の袂《たもと》で完成した飛行機を手に待ち合わせた。

「ツネ、まだかよ」

真ちゃんがじれったそうに橋の下へむかって叫んだ。潮の引いた岸にしゃがんで泥だらけになったツネオが顔を上げた。

「これで終りだぞ」

ツネオは拾い上げた空ビンをかかげて返事をした。そこにはツネオの他に数人の大人たちがクズ拾いをしていた。真っ黒な泥の中に膝《ひざ》までつかって獲物を漁《あさ》る姿は、カラスのように見えた。

ツネオが、腰に縄をくくりつけて脇《わき》に吊《つる》した麻袋を鳴らしながら、橋の袂に上って来た。

ヒヒヒッ、ツネオは何かいいことがあったらしく麻袋をたぐり上げて笑った。

「臭《くせ》えなあ、ツネ」

真ちゃんが鼻をつまんで言った。

「アカを拾ったぞ、ヒヒヒッ」

ツネオは鼻を曲げた真ちゃんにかまわず、麻袋から黒い蛇のようなものを出して笑った。

「へぇ、アカがあったのか」

真ちゃんが道の上に置いた金属線を見た。ツネオはそれを道に叩《たた》きつけてから、

「ほら見ろ、アカだ」

と自慢気に、線の端からのぞいた赤銅色《しゃくどういろ》の中身を見せた。

「アカって何？」

英雄が聞くと、

「赤銅《あかがね》だよ。知らねぇのか英ちゃん。こいつは高く売れんだよな、ツネ」

ツネオは鼻水を垂らしながら、

「これだと百円はする」

と嬉《うれ》しそうに言った。

ツネオはいつも入江の潮が引くと、そこに流れついたさまざまなクズを拾っていた。それがツネオの小遣いになる。しかしほとんどは家にいる母親に渡していた。だから潮の具合のいい時は、学校が終ると急いで戻っていた。

曙橋の袂の食堂のポンプで、ツネオは収穫物と手足を洗ってから、麻袋を肩に担《かつ》いだ。

「寄るなって、まだ臭えから」

真ちゃんが言うと、

「臭くない。洗ったんだから」

とわざと近寄って行く。

埋立地にむかう道を途中で右に折れて、神社の裏手にあるスクラップを山と積んだクズ屋へ三人は立ち寄った。何台かのリヤカーを引いてきた男や女たちが、しゃがんで煙草《たばこ》を吸っている。

「ツネオ」

スクラップの山の中腹で、ハンマーをふり上げていたランニングに半ズボンの男が、ツネオにむかって大声を上げた。

「ツネオ、ツネオ」

ツネオは声に気付いて、どこか恥ずかしそうに手を上げた。するとその男は鉄クズの山に足元を奪われそうになりながら、直立不動の姿勢をとって敬礼をした。白い帽子をかぶって、敬礼している恰好《かっこう》がおかしかった。

「ゴンだ」

真ちゃんが英雄に耳打ちした。

「誰なの？」

英雄は真ちゃんに小声で訊き返した。すると真ちゃんが右手の指をこめかみにあててクルクルと回した。

「ツネのおじさんだよ。爆弾でパーになっちゃったんだって」

ツネオは真ちゃんの声が聞えたらしく、眉《まゆ》を曇らせて、秤《はかり》の前にいる老婆《ろうば》のところへ麻袋を持って行った。

真ちゃんがゴンと呼んだ男は、しばらく敬礼をしていたが、老婆に何か怒鳴られて、またハンマーをふり上げはじめた。

ツネオが老婆からもらった現金を大事そうにポケットに入れて駆けて来た。

「どうだ儲《もう》かったか、ツネ」

真ちゃんが訊くと、ツネオは嬉しそうにうなずいて、

「飛行機飛ばさしてくれるよな」

と言った。

「その替り、あれな」

真ちゃんがツネオに目くばせをした。ツネオは仕方ないという顔で、ああ、と言った。

埋立地に入ると、泡立草《あわだちそう》が一面に緑の葉を潮風に波立たせていた。

三人はいくつかある泥山の中でも、一番高い山のてっぺんに上った。

「風が強いね」

英雄は指先に唾《つば》をつけて、風の行方をたしかめた。

「大丈夫だって、英ちゃん」

「岬の方にむけて飛ばしたら風で堤防の方角に行っちまうよ。堤防を越えたら海の中に墜《お》ちてしまうもの」

「反対にむければいいんじゃないか」

「でも追い風だもの。むかい風の方が上りやすいから……」

真ちゃんは指先でプロペラを回しながら、動力ゴムを巻きつけている。

「ちょっと待とうよ」

「平気、平気」

英雄は入道雲のわき立つ岬の方の風を見るようにしてから、堤防の上に立っているいくつかのちいさな人影に目をやった。

「さあ、飛ばすぞ、ツネ」

真ちゃんが大声で言った。山側に機首をむけて、真ちゃんは勢い良く飛行機を手から放した。飛行機は両翼をふるわせながら斜めに上昇し、ゆっくりと左に旋回して水平飛行の姿勢をとった。

「やった、やった」

ツネオが手を叩いた。三人は飛行機の行手目がけて泥山を駆け降りた。真ちゃんの飛行機は旋回しながらさらに上昇すると、上空の海風にあおられたのかふいに翼を斜めにして急降下をはじめた。

「あっ、いかん。踏ン張らんかよ」

真ちゃんは愛機にむかって声をかける。その声が聞えたわけではあるまいが、飛行機はまた水平を保ってゆっくりと旋回した。

「よし、そんでいいぞ」

飛行機は安定した瞬間から風に乗って、生きているように青空と白い雲を背景に飛び続けた。三人は飛行機を追いながら草むらを走る。

やがて動力を失なったのか少しずつ高度を低くして、堤防のコンクリートの手前の草むらに不時着した。

「成功、大成功。ご苦労、ご苦労」

真ちゃんが嬉しそうに愛機のプロペラを撫《な》でた。

英雄はゴムを一杯まで巻き上げると、海とは逆の方角に機首をむけて、飛行機を放した。むかい風に翼をふるわせながら英雄の飛行機は低空飛行から段々と上昇して行った。そうして真ちゃんの飛行機が風であおられた高さに達すると、急に機首を上にあげて凧《たこ》がむかい風に押されるように垂直になった。

「あっ、いかん」

英雄が大声を上げた。

垂直になった飛行機はグルリと宙返りをした。そのはずみに片翼が折れたように曲ったかと思うと、斜めになったまま急降下して行った。

「墜落じゃ。とんぼ切れ、とんぼ！」

真ちゃんが英雄の飛行機に叫んだ。しかし英雄の飛行機はバランスを失ったままむかいの泥山に突き刺さった。三人があわてて泥山に駆け寄った。鼻先を乾いた泥に埋もれさせた飛行機は無残に翼が折れ曲って、丁寧に紙を貼《は》った翼もずたずたに破れていた。

アーア、真ちゃんが壊れた飛行機を見て顔をしかめた。英雄は砂の中から飛行機を拾うと、折れ曲った翼を取り外して力なく笑った。

「特攻隊じゃな」

真ちゃんが英雄に言った。

「今度の強いゴムだと、この翼では持ち切らんみたいだ」

英雄が口惜《くや》しそうに言った。

「設計の失敗かの」

真ちゃんの言葉に英雄はうなずいた。

「よし、俺のをもう一回飛ばそう」

真ちゃんが威勢良く言うと、ツネオが、

「俺の番だ」

と真ちゃんに手を差し出した。

「いや、もう一回俺が飛ばしてからじゃ」

「約束した、約束した」

ツネオが半べそをかくようにせがんだ。

「うるさい、俺の飛行機じゃねえか」

「約束した、約束した」

ツネオは真ちゃんの腕を取って離さない。

「チッ、じゃプロペラは俺が巻くぞ」

真ちゃんが仕方なさそうに言った。

「いや、俺が巻く。巻かせてくれ」

英雄は折れた翼を分解していた。堤防の方で何かはやしたてるような声が聞えた。

「そんなに巻くな、ゴムが切れる」

ツネオは笑って、真ちゃんと英雄を見てから、ひとりで泥山に駆け上った。そうして嬉しそうに青空を見上げた。

「ツネ、そっちにむけちゃ駄目だ。山の方だ。山の方にむけろって、ツネ」

その時ツネオはもう海の方角に機首をむけて両手を放していた。追い風を受けて飛行機は急上昇して行く。

いかん、いかんぞー、真ちゃんが大声を上げた。飛行機は堤防の方にむかって飛んで行く。たちまち堤防を越えた。真ちゃんが堤防へ駆け上った。

回れ、回るんだ。真ちゃんの叫ぶ声などまるで聞えないように、飛行機はすでに海の上を飛んでいる。

三人は堤防の上に立つと、飛行機にむかって、

「戻って来い、戻って来い！」

と叫んだ。

馬鹿《ばか》ったれ、真ちゃんがツネオの頭を殴りつけた。戻って来い、戻って来い、真ちゃんが叫び続ける。

「あっ、飛行機」

可愛《かわい》い声がした。堤防の下の磯《いそ》を見ると、女の子と少年が飛行機を見上げていた。

「こっちをむくよ。ほら真ちゃん」

英雄が、岬の方に機首を変えようとしている飛行機を指さした。

「よし、よし帰って来い」

真ちゃんが言う。ツネオは頭に手をやって泣いている。しかし動力が切れはじめているのか、飛行機は少しずつ高度を下げていた。

「がんばれ、もうちょっとがんばれ」

真ちゃんの祈りも、あと少しのところで届かず、飛行機は海の上にゆっくりと不時着した。

「いかん。おい、すまん取ってくれよ」

磯にいたふたりに真ちゃんが言った。

英雄たちの立っている堤防から磯までは四、五メートルの高さがあった。磯に降りる階段は数百メートルむこうにあった。少年は一度英雄たちを見上げてから、素知らぬ顔で岩の間を覗き込んだ。

「おーい、聞えんのか。取ってくれよ、頼むから」

真ちゃんが言った。少年は真ちゃんの声が聞えないふりをして、岩の間に手を入れていた。少女だけが英雄たちと飛行機を交互に見つめた。

「頼むよ、沈んじゃうから」

英雄が言うと、少女は少年の方をちらりと見てから岩づたいに飛行機の方へ走った。少年が少女に何かを言った。少女は立ちつくしたまま少年をしばらく見て、飛行機を指さして話をしていた。少年は英雄たちを見上げると、仕方なさそうに岩場の突端まで行ってから、海の中に浮かんだ竹竿《たけざお》を拾って飛行機をたぐり寄せた。そうして飛行機を岩の上に放り投げた。

三人は堤防の階段のあるところまで走って磯に降りた。

「す、すまんな」

真ちゃんが少年に礼を言った。しかし少年は黙ったまま何も言わない。少女はじっと少年を見ていた。少年は岩場の貝を拾っているようだった。どこかで見た少年だと思った。

「どうもありがとう」

英雄が礼を言うと、少年が睨《にら》むような目で見返した。英雄は少女にむかって笑いかけた。少女はその瞬間、白い歯を見せてかすかに微笑《ほほえ》んだ。

真ちゃんは濡れた飛行機を手にして引き揚げながら、英雄に耳打ちした。

――あいつ転校生だ。

同じことをツネオにもささやいていた。

「そうだ生意気だ、あいつ」

ツネオが真ちゃんに同調して言った。するとツネオは急に足元の石を拾って、少年にむかって投げつけた。見当違いの場所に石は飛んで行って、からんと音を立てた。

少年が英雄たちの方をむいて、黙って足元の石を左手で拾った。

それを見た時、英雄は少年が昨日の野球大会でマウンドにいた投手なのに気付いた。

「なんだ、やるのか」

ツネオが肩をいからせて言った。真ちゃんが石を拾った。

「やめろよ、ツネちゃん、真ちゃん」

英雄が二人を制した。少年は少女に目くばせをした。少女は小走りに少年の背後に回った。

その時突然、堤防の上から声がした。

見上げると、五人の少年が堤防から磯を見下ろしていた。

「やっちまえ、そいつをやっちまえ」

学校で見かけたことのある最上級生の連中だった。

「おーい、石をぶつけてやれ」

少年たちが英雄たちに言った。

「そうじゃぶつけてやれ。その二人に近寄るな。そいつらはピカじゃからな」

少年と少女は黙って、英雄たちと堤防の上の連中を見ている。少女は少年にすがりついていた。

するとに急ツネオが、

「ピカじゃ、ピカがうつるぞ」

と声を上げた。

堤防の上の連中が土くれを投げつけた。それを避けようと二人が動いた。少女が足元を取られて倒れた。そこへまた土くれが投げつけられた。少女が声を上げた。少年は少女を堤防の壁に寄せると、ものすごい勢いでツネオにむかって走って来て、ツネオの頬を殴りつけると、そのまま堤防の階段の方へ駆けて行った。ツネオは唇を切って泣いている。英雄も真ちゃんも呆気《あつけ》にとられていた。

喧嘩《けんか》するぞ、真ちゃんが階段の方へ走り出した。ツネオも目をこすりながらついて行く。英雄は、堤防の下で顔を両手でおおってうつむいている少女を一度ふり返ってから二人に続いた。

夕刻、家に戻ると、母屋と東の棟の間で犬の鳴き声がした。吠《ほ》え立てるような鳴き声に英雄が様子を見に行くと、ビクの息子たちが広場の前に繋《つな》がれた黒い犬にむかって吠え続けていた。ビクは知らぬ顔でいた。ビクたちの倍はある大きな犬だった。

その犬を時雄と石健が腕組みをして眺めている。

「どうしたの、この犬」

「おやじさんが買って来たんですよ」

石健が言った。

「シェパードと言うんです。泥棒なんか噛《か》み殺すらしいぜ」

時雄が感心したように言った。その時ビクの息子の一匹が、シェパードにむかって飛びかかろうとした。シェパードが唸《うな》り声を上げて白い牙《きば》をむき出した。

「こりゃすげえ」

時雄が後ずさりをしながら、

「外国の犬はさすがじゃのう。アメリカはなんでも一番よな」

と石健に言った。源造が母屋から出て来た。

「笠戸に車を出すように言え」

源造が石健に言った。

「お出かけですか」

「ああ、新開地の土佐屋だ」

「ヒヒッ、またですか」

遊廓《ゆうかく》の名前が出て時雄が意味ありげに笑った。

「何を笑っておる。寄り合いだ」

源造が怒ったように言った。

「女郎屋がなくなるってのは本当ですか」

時雄が言った。

「早く車を用意しろ」

源造はシェパードに吠え立てる高木の犬たちをじっと見ていた。

英雄が居間に上ると、斉次郎が手さげの金庫から出した金を紫の布につつんでいた。

絹子がそばで、夏帽子と羽織を片手に斉次郎を団扇《うちわ》であおいでいた。

斉次郎は飛行機を持って部屋に入ってきた英雄をちらりと見た。

「お父やん、どこかへ行くのか」

「お仕事よ」

絹子が笑って言った。

「勉強はしとるか」

斉次郎が英雄に訊いた。

「してますよね。通信簿が楽しみね」

絹子の言葉に英雄はうつむいた。

「しかし、金の入り用が多いな。店を買おうとすれば、このざまだ」

「ああいう商売はむいてないっていう知らせじゃないですか」

斉次郎が絹子を睨んだ。その視線を絹子は無視するように立ち上った。斉次郎は玄関口へ行って草履《ぞうり》に足をかけてから、

「おまえ、新開地でこのところうろうるさくしてる連中とつき合うんじゃないぞ」

と絹子に言った。

「わかっています。それと山城さんのことよろしく頼みますね」

「ああ、わかっている。源造に話しておいた」

「そうですが。挨拶《あいさつ》にうかがいたいと美代子さんは言ってますし……」

「わかった」

「お帰りは？」

「わからん」

斉次郎は面倒臭そうに言った。

「行ってらっしゃい。お父やん、あのシェパードを連れて遊びに行ってええか」

英雄が言うと、

「まだ駄目よ。あの犬はなついてないから」

絹子が強い口調で言った。斉次郎は絹子の顔を見て、

「幸吉がなつかせるまで近寄るな」

と英雄に言った。

斉次郎は一軒の遊廓を買おうとしていた。彼が妻の絹子につき合うなと告げた連中とは、この春先からはじまっていた売春防止法の推進運動を街頭でしている連中のことだった。法律が国会を通らないように新開地の遊廓の経営者たちは陳情に懸命だった。

夕食が終って、英雄はひとりで縁側に腰掛けて西瓜《すいか》を食べていた。

珍しく絹子が夕餉《ゆうげ》の席にいなかった。

「絹さん、どこへ行ったの」

食事の時にお手伝いの小夜に聞くと、

「女学校の友だちの家へ届け物をされに行かれたんです」

と小夜は言っていた。

夜風が吹いて来たのか、大柳の木が葉音をさせて、そのたびに鼻をつく葉の匂《にお》いが縁側に流れて来た。

「ちょっとお風呂を見ますから。英さん、正雄さんを見ていて下さいまし」

英雄がふりむくと、弟の正雄が蒲団《ふとん》の上に手を突っ張ってこちらをむいていた。英雄は正雄の顔を見て笑った。正雄は英雄の顔を首をかしげて見てから、天井の蛍光灯を見上げた。英雄は池の方にむきなおった。

埋立地からの帰り道のことが思い出された。

――ピカがうつる。ピカがうつる。死んでしまう。

帰る道すがら、ずっと泣いていたツネオの顔が浮かんだ。

――ピカって何じゃ。

英雄は真ちゃんに聞いた。

――原爆じゃ。ピカって光って皆死んだんじゃ。すぐ死なんかった者もあとから皆死んでしまう爆弾じゃ。

――あの子たちはピカに遭《あ》ったの？

――六年生がそう言うとったろうが、ピカじゃあいつらは。ピカに遭った者にさわるとそいつもピカがうつって死ぬんじゃ。

――ピカがうつってしもうた。

ツネオがまた泣き出した。

――そうじゃ、ツネオは死ぬかも知れん。

真ちゃんが英雄にささやいた。英雄は急に怖くなって、ツネオから離れた。……

池の縁から、スーッと淡い光が葡萄《ぶどう》棚の方を横切って、庭の闇《やみ》に消えた。

「何だ？」

英雄が目をこらしていると、またひとすじ光が池の上を飛んだ。光は柳の木の手前の菖蒲《しょうぶ》の葉に止まり、一度消えてからまたぼんやりと点《とも》った。

「ホタルだ」

英雄が言うと、ホタルは縁側のすぐ脇の朝顔の鉢植に飛んで来た。

キャキャと背後で正雄の声がした。ふりむくと正雄が寝返りを打ったのか、蒲団から落ちて畳の上にあおむけになっていた。

「何しとる、正雄」

英雄は正雄を抱いて縁側に戻った。

「源氏ボタルだ。正雄、ホタルだぞ」

英雄はツルを竹に巻き上げた朝顔の葉にとまっているホタルを見つめた。正雄は英雄の腕を口で吸っている。

「よし捕えてやるからな」

英雄は正雄を縁側に寝かせて、鉢植にそっと近寄った。ホタルはふわりと飛び立って池の方へ飛んで行った。

「あっ、正雄さんが……」

小夜の声にふりむくと、正雄が縁側から落ちそうになっていた。

「ちゃんと見ててくれないと……」

小夜が怒ったように言った。

「小夜、ホタルがいるぞ」

「ホタルが？」

「うん、池のところに一匹と葡萄棚に一匹」

小夜が正雄を抱いて縁側に座った。

「ほら、光った。飛んでるよ」

「本当ですね。ホ、ホ、ホタル来い。あっちの水は苦いぞ。こっちの水は甘いぞ」

「何だその歌？」

「ホタルの歌ですよ。習わなかったですか」

「いや」

「でも大きいホタルですね」

「源氏ボタルだよ」

「うちの田舎にはたくさんいるんですよ。子供の頃、よく捕りに行きましたもの。ホタルを蚊帳《かや》の中に入れて眠るんですよ」

小夜は昔を思い出すように庭を見ている。英雄は日焼けした小夜の横顔を見た。

「小夜」

「何ですか？」

「小夜は、ピカを知っとるか」

「ピカですか。よう知ってます」

「ピカに遭ったのか」

「いいえ、私はピカに遭ってません。ピカに遭《お》うた人は皆死んでしまいます」

「皆死ぬのか」

「はい、その時に生きていても後から皆死んで行くんです」

「死んだ人を見たのか」

「はい、葬式は見ました。私の田舎から広島へ働きに行ってた人が大火傷《おおやけど》して帰って来てから、しばらくして死にました」

「その人を見たのか」

「見てはいませんが、私の母が見舞いに行って泣いてましたから。それに……」

「それに何だ」

「ピカの雲を見ました」

「ピカの雲？」

「はい、ピカが広島に墜《お》ちた日の夕方、私の田舎の山から西の空が黒くなっているのを見ましたから。年寄りはあれがピカじゃったのだと言ってました」

「どんな雲じゃ？」

「なんか気味の悪い雲でした。ピカに遭うと、その時、お腹《なか》にいた赤ちゃんも皆死ぬらしいですよ」

「ピカはうつるのか」

「そりゃうつるに決まってますよ。英雄さん、これは内緒ですが、東の棟の江州《ごうしゅう》さんいるでしょう。あの人の家族は皆ピカで死んだらしいんですよ。あの人もピカに遭うたって話です。だから私あんまりあの人のそばに行かないんです。ほら背中の刺青《いれずみ》のところに大きな傷があるでしょう。刺青で隠してるけどピカの跡だって皆言ってます」

「本当に？」

「だからあの人、独り者なんですよ。うつるでしょう。皆嫌がってそばに寄らないんです」

小夜が小声で言った。

「何話してんのよ」

風呂から上って来た長姉が言った。

「ピカですよ。ピカのこと」

小夜が長姉に言った。

「ああ原子爆弾ね」

「ピカは皆死ぬんですよね」

「そうよ、何万人も死んだのよ」

素っ気なく長姉がこたえたので、英雄はよけいにピカのことが怖くなった。

「あっ、見つけた、見つけた。姉さんこれ何なの？」

次姉が寝間着姿で白い封筒を片手にひやかすような声を出した。

「あっ、何すんのよ」

長姉は封筒を持った次姉に飛びかかって行った。

「ラブレターよ、ラブレター」

飛びかかった長姉が笑い声を上げていた次姉を押し倒した。大きな音がして倒された次姉が障子戸に頭を打ちつけた。ワァッ、と火のついたように泣き出した。

「人のもの勝手に取るからバチが当たったのよ」

居間に泣き出した次姉の声が響いた。

小夜も英雄も驚いて二人を見た。押し倒した長姉は障子戸を開けて出て行った。ラブレター、ラブレターと部屋の隅で頭をおさえながら次姉は泣いている。

「ラブレターって何？」

「好きな人に出す手紙のことですよ」

「なんだ、手紙か」

英雄が言うと、

「特別な手紙なんですよ。恋文《こいぶみ》、恋文なんですよ」

英雄は泣きべそをかいている次姉を見て笑いながら、庭の方に目をやった。ホタルはどこかに失《う》せていた。

その夜、英雄はあの少年と少女のことを考えた。たしかに飛行機を取ってもらったのに石を投げつけたツネオが悪いが、ピカがうつって死ぬのだから、ツネオを殴った少年もいけないように思った。いずれあの少年も少女も死んでしまうのかと思うと、英雄は怖くなった。小夜が話していた不気味な雲が見上げる天井の闇をおおい、その雲の下で死んでいる少年と少女とツネオと江州の姿が浮かんだ。

一学期の終業式の日、真ちゃんが、

「英ちゃん、〝恐れ本〟があるぞ」

と休み時間に言って来た。

「恐れ本？」

「ああ、恐れ本じゃ。図書館にあるんじゃ」

「何それ？」

「ピカで死んだ者の本じゃ」

英雄は真ちゃんを見た。

「昼休みに見に行こう」

「…………」

英雄は窓辺に頬杖《ほおづえ》をついているツネオを見た。ツネオはあの日以来、元気がなかった。

〝恐れ本〟は図書館の一番奥の棚の、それも最上段にあった。

高い書棚に囲まれた場所は、外からの陽差しが届かずひんやりとしていた。踏み台を運んで来た真ちゃんが、一番上に乗って、一冊の分厚い本を指先でようやく取り出すと、飛び降りた。

『広島原爆の記録』と背表紙に記された茶褐色の本だった。

「いいか開くぞ」

真ちゃんが一ページ目をめくった。そこには焼け跡に残った原爆ドームが写っていた。

「丸焼けだろう」

続いてページをめくると、文字ばかりのページが数ページあった。

「なんだ、変だな」

真ちゃんがぶつくさ言いながらページをめくった。するといきなり写真ページに変わった。

それはひとりの少女の顔だった。わずかに左の目だけが開いているが、顔の大半と首から胸へかけてどす黒く焼けただれていた。

わあっ、真ちゃんが後ずさった。英雄も目を見開いたまま、凍りついたように身体が動かなくなった。

「死んでるのか？」

少女の瞳《ひとみ》はじっと英雄を見据えていた。白黒写真なのに、黒く焼けただれた少女の顔はどす黒い色の中に赤味がかかったように見えた。少女の目は何かを訴えるというより、彼女に起こったことの訳がわからず、ただ写真を撮ろうとした者を見つめている表情をしていた。生きているのか、死んでいるのかわからない、不気味な光を目から放っていた。

真ちゃんが指先を震わせながら次のページをめくった。全身火傷をおった男が瓦礫《がれき》の中にあおむけに倒れていた。視線はどこかうつろに空を見上げていた。隣りのページには古井戸に寄りかかっている男とも女ともつかない丸坊主《まるぼうず》の人間が、背中を真っ黒にしてしゃがみ込んでいる写真があった。古井戸のむこうをよく見ると、建物は残らず失せて、朽ち落ちた焼け跡に杭《くい》のように死体が転がっていた。

――ピカは皆死ぬんじゃ。

英雄の頭の中で低い男の声が響いた。

——ピカは皆死ぬんじゃ。

口の中が乾いていた。生唾《なまつば》を飲もうとしたが、唾が出て来なかった。

「紙が差してあるとこがあると、上級生が言うとった」

真ちゃんがわけのわからないことを言っていた。

「これじゃ、この写真じゃ」

それは白い崩れかけた壁だった。

「何これ？」

「人間がピカで消えたんじゃ」

「消えたって？」

「消えてしまうんじゃって、上級生が言うてた。ほら、人間のかたちが壁に残ってるだろ」

原爆の投下された真下にその人はいたらしく、一瞬のうちに骨も肉も溶けて壁にその人の輪郭だけが残っていたのだという。

——身体が消えてしまうのか。

英雄は足が震えはじめた。

「おい、これを見てみろよ。黒こげの赤ん坊を抱いとるぞ」

「もういいよ。もういいって真ちゃん」

英雄は唇がわなわなと震え出し、喉《のど》の奥から異物のようなものが押し上げてくるのを感じた。

ウッ、と喉が音を上げた。英雄は口をおさえて走り出すと、図書館を出て廊下を渡り、洗面所に駆けこんだ。今しがた食べた給食を噴水のように吐き出した。吐いても吐いても腹の底から何かが押し上げて来た。英雄は背中を海老《えび》のように折り曲げながら痙攣《けいれん》させた。涙が次から次にあふれて、締め上げられた鶏のように、ぐえぐえと喉が鳴った。洗い場のタイルの上の素足は震えが止まらなかった。腕までが誰かに背後からゆさぶられているように揺れていた。耳の奥で先刻からずっと金属音のようなものが聞えていた。耳鳴りのようでもあったし、自分を追い駆ける何か得体の知れないおそろしい機械の音のようにも聞えた。

英雄は両耳をおさえた。

しばらく治まっていたあの発作がはじまったのかと思った。

――むこうへ行け。むこうへ行け。おまえも、ピカも近寄るな。

英雄はその場にしゃがみ込んで必死でつぶやいていた。

通信簿をもらっての帰り道、英雄と真吾とツネオの三人は、水田の畔道《あぜみち》を横切り、港のある桟橋の方へ歩いて行った。

キィーン、と上空で金属音がした。

英雄は思わず立ち止まって空を見た。

「あっ、飛行機がまた飛んでる」

真ちゃんが港の方の空を指さした。見上げると青空に一機、銀色の機体を光らせた飛行機が飛んでいた。

「先生が言うてた飛行機だ」

真ちゃんが桟橋の方へ駆け出した。ツネオも追い駆けた。英雄も訳がわからずついて行った。

「何なの、あの飛行機」

「今日から上之関《かみのせき》の自衛隊が飛行機を飛ばすって、先生が言ってたろう」

真ちゃんが嬉しそうに言った。図書館を出てから、英雄は自分が何をしているのかわからなくなっていたから、先生の話も憶《おぼ》えていなかった。ただ飛行機のエンジン音がひどくおそろしいものに聞えた。

「見物に行こうぜ、英ちゃん」

「行こう行こう」

ツネオが言う。

「ツネおまえ通信簿どうじゃった」

真ちゃんがツネオをからかうように見た。へへヘッとツネオは笑っている。

「見せろよ」

へへヘッ、ツネオは笑ったまま首を横にふっている。

「見せろって、こいつ見せないのか」

真ちゃんがツネオの首に腕を回した。英雄はそれを見ていて、ツネオはピカがうっているんじゃないのか、と真ちゃんを見た。真ちゃんは平気のようだった。

「見せるから」

ツネオが横カバンから通信簿を出した。それを真ちゃんが取り上げた。

「なんだおまえ、全部1じゃないか」

へへヘッ、ツネオは口を開けて笑っている。

「こいつ一番パーだな。ツネおまえパーだぞ」

「バーじゃないよ」

ツネオが英雄を見た。英雄がうなずいた。

「英ちゃんがパーじゃないって言うとる」

「いや、パーだ」

その時また上空で飛行機のエンジン音がした。三人は一斉に空を見上げた。すると古町の醬油《しょうゆ》工場の路地から、大声を上げてひとりの男がこちらにむかって走ってきた。

「なんだ、あいつ」

男は叫び声を上げて、見る見るうちに三人に近寄って来た。片手に白い帽子をふりかざし、汗だらけになって空を見上げながら走ってくる。

「戦闘開始、戦闘開始、敵機来襲……」

男の形相《ぎょうそう》は鬼のようだった。

「ゴンだ」

真ちゃんが叫んだ。

ゴンは擦れ違いざま、三人をちらりと見て、

「敵機来襲、総員配備につけ、戦闘開始」

と怒鳴り声を上げた。

「ゴンが狂ったぞ」

真ちゃんがツネオに言った。ツネオは、

「俺、爺《じい》ちゃんに知らせて来る」

と言うと、一目散に古町の方へ駆け出した。

「どうしたの、今のおじさん」

「ゴンは狂うんじゃ。この間も狂って人を怪我《けが》させた」

真ちゃんはゴンが走り去った方角へ駆け出した。ゴンの足はよほど速かったと見えて、角を曲った時にはもう姿がなかった。

「権次郎が暴れとるぞ」

新町の酒屋の店員が自転車を飛ばしながら、曙橋の方へあわてて漕《こ》いで行った。

「あっちだよ、真ちゃん」

二人は新町の方へ走ったが、ゴンの姿はもうどこかへ失せていた。

その夕暮れ、高木の家に二組の客が訪れた。

どちらの客も子供連れで、いずれも英雄の知り合いだった。

一組は母親と爺さんに連れられたツネオであった。

「何しに来たの？」

「おじさんのことで」

縁側でツネオの爺さんが斉次郎と話をしていた。英雄は昼間のピカの本のことがあって、なんとなくツネオに近寄れなかった。

「あれは普段はおとなしい奴《やつ》ですから、どうか高木さんの方から相手の家へ話してもらえませんか」

爺さんは人足のようなズボンを穿《は》いて、手拭《てぬぐ》いを両手でもみながら斉次郎に話していた。

「おたのもうします。弟は焼夷弾《しょういだん》で頭をやられましたから、あんなふうになるんです。うちらも注意して見張りますから」

ツネオの母親が縁側に腰掛けて頭をすりつけるようにして頼んでいた。

源造がそのそばで斉次郎を見ている。

「夏になって陽に当たり過ぎると起きるらしいんですな。去年は一度しかなかったよな、権三《ごんぞう》さん」

源造が言った。

「はい、ここのところは落着いてましたし。わしもよう目を光らせときますから、高木さんどうか今回のことを取りなしてもらえんですか」

権三はすがるような目で言った。

「よし、わかった。まんざら知らん間柄じゃないし、源造の古いつき合いの人じゃしな。どんな伜《せがれ》とて親は可愛《かわい》いものだ。かけ合ってみよう」

二人が礼を言うと、源造も斉次郎に頭を下げた。

「坊ちゃん、ツネオが世話になっとるそうで」

ツネオの母親が英雄に言った。権三爺さんは昆布《こんぶ》の束を絹子に渡していた。

「権三さん、大丈夫だって、相手はおやじさんがよう知ってる店だし」

と源造が言った。

済まんのう、済まんのう、と言いながら爺さんは引き揚げて行った。

彼等が立ち去ると、入れ替るようにまた三人連れが来た。

玄関先に立った三人連れは、中央にいる母親らしき女性の顔が門燈に照らされて真っ白に見えたので、英雄は幽霊かと思った。

「美代子さん、よく来てくれたわ」

絹子が嬉しそうにその女性に近寄って手を取った。

「息子の英雄です。英雄、ご挨拶《あいさつ》しなさい。母さんの女学校の友だちで山城さんのおばさんと、雄伍《ゆうご》君と美津ちゃん」

英雄はふたりを見て驚いた。

あの堤防でツネオを殴った少年と泣いていた少女であった。

「どうしたの挨拶は？」

英雄はじっと三人を睨《にら》んで、

「こいつらピカじゃ」

と叫んで東の棟に走った。

電燈を消して部屋の隅にうずくまっていた英雄に、表戸の方から声が聞えた。

「英雄」

斉次郎であった。

「英雄、いるのか」

英雄は黙っていた。

「表へ出て来い」

英雄は立ち上って、表へ出た。

斉次郎は浴衣《ゆかた》姿で立っていた。

「ついて来い」

それだけを言って斉次郎は歩き出した。英雄はうつむいたまま斉次郎のうしろについて歩いた。東の海側の門から斉次郎は家を出た。材木置場を抜けて、新町へ続く道を右に曲ると、三方を塀に囲まれたちいさな空地があった。雑草の中にぽつんと一本の柳の木が生えていた。柳の下にはちいさなお地蔵さんが月明りの下に立っている。お地蔵さんの前には、竹筒の花入れに小菊が供えてあった。英雄は高木の家の女衆が、ここで手を合わせているのをよく見かけた。

斉次郎は空地の真ん中に立って、柳の木を見上げた。高木の家の大柳と比べると、半分の高さもない柳であった。

「英雄、この柳の木を誰が植えたか知っとるか」

英雄は首をふった。

「おまえの叔父さんと源造の息子が植えた。昔ここに高木の家があった。この家でおまえも生まれた。まだ高木の家がちいさかった頃だ。皆若かったしな……」

英雄は斉次郎を見上げた。

斉次郎は懐《ふところ》から煙草《たばこ》入れを取り出して火を点《つ》けると、ため息をつくように煙りを吐き出した。

「おまえがまだ生まれる前、戦争があった。その頃わしらは船の仕事をしとった。九州の八幡《やはた》から海峡を渡って、呉《くれ》や広島に鉄材を運ぶ仕事だった。そん年の夏、わしの弟と源造の息子は広島へ荷を運んどった。そん時に爆弾が墜ちた。ピカじゃ。呉におったわしと源造はすぐに広島へ行った。船を探して、港を歩き回った。ひどい焼け跡じゃった。源造もわしも必死で、防空壕《ごう》から死体だらけの川の中まで、焼け跡に倒れている人間のあいだを探して歩いた。三日間探し続けた。見つからなんだ。戦争が終ってからも探しに行った。死んだと考える方がまともなんじゃろうが、源造もわしも、あいつらが今もどこかで生きとる気がする。丈夫な奴等だったからな……」

斉次郎は煙草を足元に捨てると、

「ひょっこり戻って来た時の目印に、昔、高木の家にあったこの柳の木だけは残しておこうと思うた。だからこの柳はそのままにしてある。……英雄」

斉次郎の口調が変わった。

「なに？」

「ピカが怖いか」

「…………」

英雄は黙っていた。

「わしもピカは怖い。ピカはひどいもんじゃ。あの焼け跡を見たら、戦争はただの人殺しだということがよくわかる。高木の家の者が死んだように、ピカでたくさんの人が死んだ。ピカでのうても人はいずれ、それは死ぬ。わしも死ぬ。おまえも歳《とし》を取れば死ぬ。しようがない。しかしな、わしが死んでも高木の家は残る。おまえがこの家をやって行けばな。おまえが死んでも、おまえの息子がやって行く。高木の家に集まって来る者は、どこにも行き場所がないから集まって来る連中じゃ。来た者がどこの何者でもかまわん。集まって来た者が一緒に働けばいい。それが高木の家のきまりじゃ。人をうわべで見るな。ピカがなんじゃ、男だろうが。おまえはわしが今死んだら、高木の家の大将にならにゃいかん男だぞ。こまいことをあれこれ思うのは女の仕事じゃ。絹さんが泣いとったぞ。行って悪かったと一言いえ。それでいい」

斉次郎はそこまで話すと、懐から手を出して新町の方へ歩き出した。大きな白い影が路地に消えるまで英雄は斉次郎を見送って、高木の家へ引き返した。

数日後の夕暮れ、英雄が蟬捕《せみと》りから家に戻ると、縁側で絹子が少女の髪を編んでいた。

美津であった。

あの日以来、美津は兄の雄伍が新聞配達を終えて迎えに来るまで、高木の家に遊びに来ていた。

あの夜、英雄は雄伍と美津に自分の言ったことを詫《わ》びた。美津と顔を合わせるとばつが悪かった。美津の大きな目でじっと見つめられると、どうしたらよいのかわからなくなった。

「お帰りなさい。手を洗ってね。もうすぐ晩ご飯ですから。はい、美津ちゃんでき上り。こっちをむいてごらんなさい。あら、可愛いわ」

絹子を見上げていた美津の目が英雄を見た。こくりと頭を下げて、かすかに笑った口元がまぶしかった。英雄は眉《まゆ》をしかめてうなずいた。

靴音をたてて、雄伍が東の門からやって来た。

「雄ちゃん、キャッチボールしようよ」

英雄は雄伍を見て言った。雄伍は首を横にふって、

「今日は駄目なんだ。広島からおばさんが来とるから」

美津が兄の姿を見つけて駆け寄って来た。絹子に編んでもらった髪を指でさすと嬉しそうに笑った。

「雄ちゃん、晩ご飯の鍋《なべ》、台所の方にありますから持ってってね」

「はい、ありがとう。美津、早く帰んないと、おばさんうるさいぞ」

雄伍は小夜から鍋を受け取ると、東の門の方へ美津の手を引いて行った。

美津が英雄の方をふりむいて手をふった。英雄は美津の目を見て、また眉をひそめた。

「雄ちゃんはよくがんばるわね」

背後で絹子が言った。

「俺も新聞配達しようかな」

「できるかしら、三日坊主《ぼうず》さんに」

「できるよ。俺、三日坊主じゃない」

「俺っていう言い方やめなさい」

「俺は俺だもの」

「お父さんに言いますよ」

「じゃ、わしならいいのか」

「変なとこばっかり似て……」

絹子は美津の髪をすいていた櫛《くし》でほつれた髪を整えた。

「なあ、美津はどうして学校へ行かないんだ」

「美津ちゃんはちょっと身体が弱いから」

「病気なのか」

「病気じゃないけど、もう少し栄養つけて元気になったら学校へも行けるでしょう」

「美津は何歳《いくつ》だろう」

「英さんよりふたつ歳下《としした》じゃない」

「三年生だな。美津は色が白いな」

「そうね、色白は美代子さんと同じだものね。美津ちゃんは美人になるわ」

「美人？」

「綺麗《きれい》な人になるってこと」

「大きくなったらか」

「そう、今でも美津ちゃん可愛いものね」

「…………」

英雄はまた眉をひそめた。

「そうそう、次の日曜日に海水浴へ行くんですって」

「本当か？」

「ええ、父さんが言ってたわ」

「真ちゃんも連れてっていい？」

「いいわよ」

三輪車の荷台に鈴なりの人たちが乗り込んでいる。握り飯や西瓜《すいか》の入った籠《かご》の上に板を敷いて、そこに麦藁《むぎわら》帽子をかぶった美津がビクを抱いてちょこんと座っている。帽子の赤いリボンが愛らしい。女衆は肩を寄せ合うように座り、男衆は立ち上ってすれ違う自転車や車に声をかける。

「おいおい、ありゃ新開地の民子だろう」

時雄が石健に言う。

「そうだな。あいつまた新しい男をこさえたんだ」

民子、この野郎、時雄が叫ぶと、民子は日傘をふり上げて笑った。

「新開地はなくなっちまうって言うじゃないか」

時雄が石健に言った。

「なくなりゃしないさ。昔からあるもんなんだから」

石健がこたえる。

「おまえは新聞を読んでねぇのか。なあ源造さん」

「さあ、どうだかな」

源造は煙草を吸いながら気持ち良さそうに風に当たっている。源造のそばでビクの息子たちが舌を出して尾をふっている。

英雄と真ちゃんと雄伍は荷台の一番前に陣取って前方を見ている。

バスだ、バスが来るぞ、真ちゃんが言った。三輪車は峠道でスピードをゆるめ、バスをやり過そうとする。

こら当てたら承知しねぇぞ、時雄が言いながらバスの窓を叩く。バスの乗客は驚いてガラス越しに高木の三輪車を見ている。荷台に積んだ一升壜《びん》が籠の中でぶつかって乾いた音を立てる。女衆の鼻歌が聞える。

「おい峠を越えたら風が吹くぞ。飛ばされるなよ」

子供たちに男衆が言う。

峠の頂きまで車が登り切ると、群青色《ぐんじょういろ》の水平線が目の前にひろがった。

「海だ！」

真ちゃんが叫ぶ。青い瀬戸内海に、いくつもの小島が陽差しを受けてうす緑色に浮かんでいる。沖を行く船の航跡が白く流れて行く。

英雄がちらりと美津をふり返ると、美津は涼しい目をして海を見つめていた。

「トンネルだぞ、口をつむれ」

三輪車はトンネルに入った。うす闇《やみ》の中で女衆の声がした。誰よ、さわったの、このど助平め。ヒヒヒッ。闇が開けると、木々の間を抜けてきた緑の陽差しが差し込んで、夏の葉の匂いが鼻を突いた。

遠浅の浜は潮が引いて、真っ白な砂浜が続いていた。

先に到着していた江州や幸吉たちがテントをこしらえて待っていた。

女衆は石を拾って来て炊事場を作る。男衆はテントの真ん中に座った斉次郎を囲んで、もう酒盛りをはじめている。

英雄と真ちゃんと雄伍は、笠戸《かさやん》に赤褌《ふんどし》をしめてもらうと、一斉《いっせい》に渚《なぎさ》にむかって走り出した。

「遠浅よりむこうに出ちゃいけませんよ。潮の流れが速いですから」

東の棟の女の子たちも波の中に立って声を上げている。

英雄は美津の姿を探した。どうして美津のことが気になるのか、自分でもわからなかった。美津はテントの中に座っていた。

「美津ちゃんは泳がないのか」

英雄は雄伍に聞いた。

「美津は少し風邪を引いてるんだ。あいつすぐに風邪を引くから」

おーい魚がいるぞ、ふたつ眼の水中眼鏡をかけた真ちゃんが呼んだ。英雄はまたテントの陰で麦藁帽子をかぶって海を眺めている美津を見た。英ちゃん、でっかい魚だぞ、真ちゃんの声に英雄はうなずきながら砂を蹴《け》って走り出した。

泳ぎ疲れて、三人は岩場へ寝転がった。英雄は大の字になって青い空と流れる雲を見ているうちに眠ってしまった。

英雄は夢を見た。

それはリンさんの大きな肩に担《かつ》がれて、初めて泳ぎを覚えたあの岩場の夢だった。

——大丈夫、大丈夫ですよ。ほら泳いでる。泳げましたよ、英さん。

リンさんのやさしい声と潮騒《しおさい》の音が聞えていた。

——リンさん、泳げたぞ！

英雄は声を上げた。

フフフッ。笑い声で英雄は目を覚ました。視界の中に麦藁帽子で丸く青空をふさいだ白い顔があった。

「フフフッ。寝言を言った」

美津であった。英雄は覚めきらない目で、美津の白い頰を首をかしげて見つめた。

林檎《りんご》をむいたときのような甘い匂いがした。

「皆が呼んでるよ」

美津の声に英雄は驚いて起き上った。

「西瓜割りをするんだって」

美津が指さした浜に皆が集まっていた。

酒に酔った時雄が足元をふらつかせながら見当違いの砂を棒で叩くと、皆が笑い転げた。江州《ごうしゅう》は見事に西瓜を割った。英雄は、江州の背中に描かれた般若《はんにゃ》の面の刺青《いれずみ》の右手に、黒くひろがる火傷《やけど》の跡を見つけた。

――ピカはうつらんのか。

――うつるわけないじゃないの、変なことを言って。

笑って言った絹子の顔が浮かんだ。

雄伍や美津が昔からの友だちのように思えた。

西瓜を食べると、また海へ入った。

男衆たちが集まって、遠浅に浮かぶ蛸壺《たこつぼ》の群れにむかって石投げをした。五、六十メートル先にある蛸壺に石が届くのは江州しかいなかった。

コツン、誰かの投げた石が当たる音がした。男衆たちがそちらを見ると雄伍がいた。

「今おまえが投げたのか？」

時雄が言うと、雄伍は恥ずかしそうにうなずいた。

「雄ちゃんはエースじゃから」

真ちゃんが自慢気に言った。

「どこで野球を覚えた？」

江州が訊《き》いた。

「広島で……」

「おまえ広島か」

江州が嬉《うれ》しそうに言った。

「もう一度投げてみろ」

雄伍は左手で石を拾うと、マウンドに立っているように、右足を高々と上げて全身を鞭《むち》のようにしならせると、水平線にむかって腕をふりおろした。

風を切る音が口笛のようにして、雄伍の石は蛸壺の群れを越えて行った。

「こりゃすげえや」

時雄が目の玉をむいた。すぐうしろで見ていた美津が手を叩いた。

雄伍は日焼けした頬を染めていた。

夕暮れがせまる頃、雄伍は何かを探して浜辺を歩いていた。

「何をしてるの？」

「貝を探してるんだ」

「食べる貝を？」

「いや、貝殻だよ。美津が集めてるんだ」

波打ち際《ぎわ》を見ると、美津も貝を探しているようだった。

「僕も探してあげるよ」

英雄は波打ち際を貝を探して歩いた。美津に美しい貝殻を探してやりたかった。

「英ちゃん何やってんだ？」

真ちゃんが駆け寄ってきて聞いた。

「貝殻を探してんだ」

「貝殻を？　女みたいだな」

「違うって、美津が集めてるっていうから」

「美津が……。英ちゃん、美津のこと好きなんと違うか」

英雄は真ちゃんの言葉に立ち止まった。

——好き。

という言葉が、ひどく恥ずかしく思えた。

「違うよ」

「ヘヘッ、そうか？」

「好きじゃないよ、あんな子」

英雄が怒ったように言ったので、真ちゃんは驚いて逃げて行った。

その夜、家に戻ってから英雄は、昼間真ちゃんが言った言葉を思い出していた。

——美津のこと好きなんと違うか。

部屋の天井の豆電球を見ていると、青空をさえぎるようにして自分を覗《のぞ》いた美津の白い頬とちいさな唇があらわれて、じっと英雄を見つめる大きな目がまたたいた。

——美津ちゃんは可愛《かわい》いものね。

絹子の声がどこからともなく聞えた。

英雄は寝苦しさに何度も寝返りを打った。枕元《まくらもと》にちいさな貝殻がひとつ置いてあった。うす桃色のさくら貝であった。岬の方まで歩いて見つけた貝だった。真ちゃんにおかしなことを言われて、英雄はそのさくら貝を美津に渡すことができなかった。

英雄はうす灯りの中でさくら貝を指でつまむと、灯りに透かしてみた。貝の彩《いろど》りに、また美津の顔が重なった。英雄は困ったような顔をして、そのさくら貝を握りしめた。

美津と二人して歩いていると、英雄は自分がいらいらしてくるのがわかった。美津は歩くのが遅かった。美津の歩調に合わせていると、英雄は怒り出しそうになる。美津は汗っかきなのか、ハンカチを頬に当てたまま英雄のうしろについて来る。

昼ご飯が終った後、絹子が歯医者へ行く英雄に美津を病院まで連れて行って欲しいと言った。

「歯医者さんが終ったら、ちゃんと美津ちゃんを迎えに行くのよ」

絹子は美津に麦藁帽子を渡して、病院で英雄を待っているように言った。

「少し休んでいい？」

美津がうしろで言った。

「またかよ。いつまで経《た》っても病院につかないよ」

「ごめん、じゃがんばる」

「いいよ。少し休んで……」

英雄は美津に対して、どうして冷たい言い方になるのかわからない。美津も英雄が不機嫌なのがわかるようで、汗をかきながらついて来る。それでも美津は疲れるらしく、我慢ができなくなると休みたいと言う。高木の家を出て、もう三度も休んだ。

「ごめんね。ちょっと苦しいから」

美津は時計屋の軒下の日陰に立つと、息を整えるようにうつむいた。英雄は腕を組んで通りを行く人を見ている。美津と二人っきりで歩いているところを真ちゃんや同級生に見られたくなかった。

「もう、いい？」

「うん、ごめんね」

英雄はすたすたと歩き出してから、美津をふりむいた。美津はゆっくりとついて来る。

——置いてきぼりにするよ。

そう言いたいのだが、それでは美津が可哀相《かわいそう》に思う。どうして美津が可哀相になるのかわからない。

病院まであと少しというところで、美津がまた休みたいと言った。日陰がなかったので英雄は通りの裏手にある公園に美津を連れて行った。木蔭に美津はしゃがんだ。

英雄は手持ち無沙汰《ぶさた》に公園の中を見回した。

男がひとりブランコを漕《こ》いでいた。半ズボンをはいた素足の男で、ブランコがキィーキィー音を立てるほど勢い良く漕いでいる。英雄はポケットに手を入れて、足元の小石を蹴った。ポケットの中の十円玉が指に触れた。

——帰りに美津ちゃんとキャラメルでも買いなさい。

絹子が家を出る時に渡してくれたお金だった。

「美津ちゃん、キャラメル買ってこようか」

「いらない」

「じゃサイダー飴《あめ》はどう？　口の中で音がして美味《おい》しいよ」

「…………」

美津は黙っている。

「すぐそこに駄菓子屋があるから買って来てやるよ。待ってな。それ食べたら元気になるよ」

英雄はそう言って駆け出した。

飴を買って公園に戻ると、木蔭にいたはずの美津の姿が見えなかった。

「あれっ……、美津ちゃん、美津ちゃん」

名前を呼んでも返事がなかった。ブランコに乗っていた男もいない。

「美津ちゃん！」

英雄は大声で美津を呼んだ。
ヒ、デ、チャン……。
かすかに美津の声が聞えた。声がしたのは公園の便所の方角だった。英雄は便所にむかって走った。便所の中には誰もいない。ざわざわと木枝が揺れる音がした。便所の裏手からだった。英雄は飛び出して裏手の方へ回った。

そこには男に抱きしめられた美津がいた。

「何してんだよ、おじさん」

英雄が言うと、男はふりむいた。

ゴンだった。ブランコを漕いでいたのは、あのゴンだったのだ。

「可愛いね、可愛いね」

ゴンは美津を抱きしめたまま頬ずりをしている。ゴンの目が異様に光っている。

「離せよ。離せったら」

英雄はゴンの肩をつかんでランニング・シャツを思いっ切り引っ張った。大きなゴンの身体《からだ》はびくともしない。

「苦しい、助けて」

美津が声を上げた。

「離せったら」

英雄は足元の石を拾って、それをゴンの背中に投げつけた。それでもゴンは美津を離そうとしない。英雄はゴンの背中に組みつくと二の腕に噛《か》みついた。ゴンがうめき声を上げて英雄の横っ面《つら》を払いのけた。英雄は便所の壁に飛ばされた。

「逃げろ、美津ちゃん！」

這《は》うようにして美津がつつじの脇《わき》を抜けた。その足をゴンがまた摑《つか》んだ。

「助けて、誰か助けて！」

英雄は大声で叫んだ。その声にあわてたゴンが、美津の足を持つ手を離して英雄にむかって来た。ゴンの手と汗だらけの顔とおそろしい目が近づいて来たところで、英雄は気を失なった。

目を開けると、絹子の顔があった。

「大丈夫？」

絹子が笑って言った。高い天井だった。

「ここはどこなの？」

「公園の隣りの柔道場。先生が助けてくださったのよ」

見ると柔道着を着た丸坊主の男が笑っていた。

「美津ちゃんは？」

英雄は起き上ろうとしたが、頭のうしろがずきんと痛んだ。

「痛てぇ」

「たんこぶだ。心配ない」

柔道着の男が言った。

「美津ちゃんは？」

「大丈夫、病院で休んでるから」

「ゴンは？」

「あの男は警察に突き出した」

幸吉の自転車に乗って英雄は家に帰った。夕刻、源造が英雄の具合を見にやってきた。病院に行っていた雄伍が英雄に礼を言いに寄った。

「ありがとう、英ちゃん」

雄伍に礼を言われると、英雄はむずがゆい気がした。

「美津ちゃん、大丈夫？」

英雄が言うと、雄伍は一瞬顔を曇らせた。

「大丈夫だよ。英ちゃんのこと心配してた。美津が、ありがとうって……」

「雄ちゃん、さわって見る？　たんこぶ」

「本当だ、痛くないの」

「少し」

「勲章《くんしょう》ね」

そばで絹子が言った。

「勲章って？」

「男の子のご褒美《ほうび》みたいなもの」

英雄は首をかしげて、雄伍と二人で笑った。夕食の後、風呂《ふろ》に入ってから東の棟に戻ろうとすると、出くわした江州が、

「英さん、ご活躍だったそうだね」

と言った。英雄は恥ずかしさに目をしばたたかせて江州を見上げた。

「さすがはおやじさんの子ですね」

江州が片目をつぶった。英雄は顔を赤らめた。部屋の戸を開けようとすると、背後で大柳の木の葉音がした。英雄は柳を見上げて、なにやら自分が少し大人になったよ

うな気がした。

翌日、英雄は雄伍と二人で病院に美津を見舞いに行った。

美津は大部屋の窓辺のベッドに寝ていた。

「美津、英ちゃんが来たぞ」

雄伍の肩越しに美津が嬉しそうに英雄を見つめた。英雄は胸がどぎまぎした。

「大丈夫か、美津ちゃん」

「うん、もう元気よ。英ちゃん、どうもありがとう。英ちゃんがいなかったら美津は……」

そこまで言って美津は言葉をつまらせて、大粒の涙を頬にこぼした。

「馬鹿だな。逢《あ》いたいって言うとった英ちゃんが来たのに、泣く奴《やつ》があるかよ」

英雄は美津の涙を見て、自分までが泣きそうになった。

「美津ちゃん、ごめんな。僕が置いてきぼりにしちゃったから」

美津は唇を噛んだまま涙をこらえるように首を横にふっている。

「すぐ泣くんだから、美津は。めそめそしてると帰っちまうぞ」

「もう泣かないから……」

無理に笑おうとした美津の目から、また大粒の涙が落ちた。

「英ちゃん、今度蟬捕《せみと》りに連れてってね」

「うん、もうすぐ家に帰れるの？」

英雄が訊《き》くと、美津が雄伍の顔を見た。

「もうすぐだよね、お兄ちゃん」

「ああ、もうすぐさ」

帰る時刻になって、英雄は廊下に出てから思い出したように美津のところへ行った。

そうしてポケットの中から、あのさくら貝を出して渡した。

「綺麗《きれい》な貝」

「あげるよ」

「ほんとに、嬉《うれ》しい。ありがとう」

美津が英雄の目を見返した。

「また採《と》って来てやるから」

美津は英雄の目をじっと見たままうなずいた。英雄は何も言わずに廊下に駆け出した。

その夜、英雄は自分を見つめていた美しい美津の目がずっと瞼《まぶた》の裏に残っていた。

港の守護である水天宮の夏祭りが終っても、美津は病院を出ることができなかった。

その日、英雄は絹子と二人で美津の病院へ行った。英雄の目に美津は元気そうに見えた。美津のベッドのそばのチリ紙に、さくら貝が大事そうに載せてあった。それが英雄には嬉しかった。

病院の帰り道、英雄は絹子に訊いた。

「ねぇ、美津ちゃんはいつ家に戻れるの」

「もう少しだって先生は言ってたわ」

「元気そうに見えるのにね。どこが悪いのかな」

「……元気だからもうすぐよ」

「絹さん、明日《あした》の夜、病院へ行っていいかな」

「どうして？　昼間に行けばいいじゃない」

「明日は花火大会があるだろう。あの病院からじゃ花火が見えないんだ。それで雄ちゃんと、美津ちゃんにぼくたちで花火をして見せてやろうって決めたんだ」

「そう、でも外には出られないでしょう」

「窓から見ればいい」

「……じゃ先生にお願いしてみましょう」

「本当に？　約束だよ」

頭上で飛行機のエンジン音がした。絹子は日傘を斜めにして上空を見ると、怒ったように飛行機を睨《にら》みつけた。


絹子が仕立てたあざやかな朝顔の柄の浴衣《ゆかた》を着て、美津が窓辺に立って英雄と雄伍を見ている。英雄は線香花火を顔まで持ち上げて、美津の方へ差し出した。火の粉が腕に散って熱かったけど、花火を嬉しそうに見つめる美津の顔を見られるなら我慢ができた。

「きれい」

美津が花火の炎に頰を光らせながら言った。英雄は花火をかかげながら、美津の目の中できらめくあざやかな光を見つめていた。英雄は、このままずっとこうして美津の喜ぶ顔を見ていたかった。朝顔の柄が美津にはよく似合っていた。透き通るように白い美津の頰が、花火を見て興奮しているのか、赤く映った。

「ねぇ、私もしたい」

美津が言った。

「いいよ」

雄伍が四つん這《ば》いになった。英雄は雄伍の背中に乗って、火を点《つ》けた線香花火を渡そうとした。その時、窓辺にかけた英雄の手を美津が握りしめた。冷たい手だった。冷たいのに手のひらの中は汗ばんでいた。美津は英雄の手を握りしめたまま花火を差し出した。

「きれい、きれい」

英雄は、美津の言葉をそのまま花火を見つめる美津に言ってやりたかった。

——きれいだよ、美津ちゃん。

ちいさな唇のうす桃色が、あのさくら貝の色に似ていると思った。

翌日また英雄は病院へ行った。しかし、美津に逢うことはできなかった。家に戻って、そのことを絹子に告げると、そう、と絹子は生返事《なまへんじ》をした。

三日後の明け方、絹子が英雄の部屋に来た。

「何？」

寝ぼけまなこで英雄が起き出すと、絹子は英雄のそばに正座をした。

「どうしたの？」

絹子の顔を見ると、泣いていたのか目が赤くはれていた。

「どうしたの、絹さん」

「英雄。今朝ね……、美津ちゃんが亡《な》くなったの」

英雄は絹子の顔を見返して、

「うそだ！」

と声を上げた。

「うそじゃないの。ずっと美津ちゃんは身体の具合が悪かったの。英さんにそれを内緒にして……、ごめんなさいね」

絹子は声をつまらせながら英雄を見た。

「うそだ、うそだよ」

英雄は絹子の袖口《そでぐち》を握りしめて言った。

「うそだよ、そんなはずないよ。この間だって花火をしたんだから。もうすぐ帰れるって言ったじゃないか」

「ごめんなさいね」

絹子が英雄を抱き寄せた。

うそつき、うそつきと言いながら、英雄は声を上げて絹子の胸の中で泣き続けた。

入江の堤に江州と英雄と雄伍が腰を掛けている。

三人のいる堤の下で、幸吉と石健が岸辺に杭《くい》を打ちながら台座をこしらえていた。対岸でも同じように台座をつくる人たちがいる。精霊《しょうりょう》流しの準備である。干上った泥の岸にクズ拾いをする男たちが膝《ひざ》までつかりながら、黒いものを海から引き揚げては捨てている。ツネオもどこかにいるのだろう。

「雄ちゃん、おまえは広島のどこで生まれたんだ」

江州が雄伍に聞いた。美津が死んでから元気をなくした雄伍が、町の名をぽつりと言った。

「そうか、天満《てんま》町か。なら近くだ。俺は住吉だ」

雄伍が立ち上って入江を見た。

「俺もピカで家の者が皆死んじまったんだ。おやじもおふくろも、兄貴も妹も皆死んじまった。俺だけが岩国の工場へ行ってた。雄ちゃん、そんな人間はこのあたりにはたくさんいるんだ。おまえだけが不幸なんじゃないんだぞ。そう言ったって今はわからないだろうが、身内を死なせた時は、そいつの分まで生きるしかしようがないんだ。おまえが元気じゃないと、おふくろも死んじまうぞ」

雄伍は怒ったような顔をして堤を駆け下りた。

「英さん、雄ちゃんと友だちでいてあげなさいよ。男がせんない時は友だちが一番だ」

英雄は岸に立って、石を海に投げている雄伍を見てうなずいた。

「江州」

「なんですか」

「どうして戦争をしたの」

「どうしてでしょうね。私にはわかりません。皆死んじまうんですけどね」

二人の上空を飛行機が音を立てて過ぎていった。江州は自衛隊の訓練飛行機を見上げて、

「馬鹿なんですよ。人間は皆馬鹿なんですよ。だから戦争をするんですよ」

と吐き捨てるように言った。

その時、泥の河から大声がした。見るとゴンが泥まみれになりながら、上空の飛行機にむかって帽子をふっていた。

まっ白な飛行機雲が、入江に立ちつくす雄伍の頭上に真一文字《まいちもんじ》にのびていた。

陽が落ちはじめようとする黄昏《たそがれ》時から、僧侶《そうりょ》たちの読経《どきょう》の唱和が、岸辺に設けられた台座ではじまった。曙橋《あけぼのばし》と葵橋《あおいばし》からふた手に分れた人の群れが、手に手に燈籠《とうろう》を持って堤を歩いて行く。

高木の家を出た一行は、幸吉の持つ大きな藁《わら》でできた供養舟《くようぶね》を先頭に、十数人が入江にむかった。

英雄も高木の家の亡くなった人たちの名前を記した燈籠を手に歩いて行く。隣りでは雄伍が同じように燈籠を持っている。雄伍の燈籠には書ききれないほどの名前が記してあった。その人たちが皆ピカで亡くなった家族だと、江州が英雄に言った。その江州も大勢の名前が書いてある燈籠を手にしている。

雄伍の母と絹子が並んで歩いて来る。雄伍の母の手には、ちいさな舟燈籠が載せてある。その舟燈籠には、人形がひとつと綺麗にむいた林檎《りんご》に葡萄《ぶどう》、半切りの蜜柑《みかん》に飴玉《あめだま》が積んである。山城美津と筆文字で書かれた帆が見える。舟の中央にちいさな燈籠の火が揺れている。源造の手にも笠戸《かさやん》や女衆の手にも燈籠がある。

昼間、幸吉たちが組み上げた台座に皆が座った。

満潮をむかえた岸辺には、無数の燈籠の灯りが火の華のように咲いている。潮風が吹くたびに燈籠の中の蠟燭《ろうそく》の火が揺れて、それが生きているように波立った。

――ホタルみたいだ……。

英雄は対岸の火の群れを見て思った。

暗い入江の海に、何艘《そう》もの小舟が燈籠を積んで停泊している。

その中を、一艘の伝馬船《てんません》が水の上を滑るように進んだ。

「おやじさんが見えますよ」

江州が言った。見ると伝馬船の舳先《へさき》に羽織を着た斉次郎の姿が見えた。

「権三の櫓《ろ》は見事だな」

源造がつぶやいた。

精霊流しの夜、遊廓《ゆうかく》で死んだ女たちの燈籠を、各廓《くるわ》の主が権三にたくして沖合いまで流しに行く。数年前から斉次郎は、その権三の船に乗るようになった。僧侶たちの唱える読経の声が一段と大きくなった。

「そろそろ流しはじめますね」

英雄は隣りの雄伍の顔を見た。蠟燭の灯りに雄伍の顔が赤く染まっている。

「ちゃんと沖まで行けばいいね」

英雄が言うと、雄伍は黙ってうなずいた。

むこう岸から流された燈籠がゆっくりと動きはじめた。こちらの岸辺でも、あちこちで燈籠が流れはじめた。

「さあ、こっちも流しましょうか」

源造が言った。

幸吉が大きな舟燈籠を水に浮かべた。西瓜、蜜柑、葡萄、赤飯、鯛《たい》……と宴《うたげ》の品物を載せた船である。舟燈籠はゆっくりと入江の中へ進んで行き、そこから糸で引かれたように流れはじめた。幸吉は手を合わせて祈っている。源造が、江州が、笠戸が、女衆が燈籠を流した。英雄も手にした燈籠を浮かべた。見ると入江には無数の燈籠が明りを水に映して沖へ進みはじめている。

「雄伍、流しなさい」

背後で雄伍の母の声がした。雄伍は手にした燈籠を水に差し出して、手を離した。

「じゃ、これもね」

それは美津の舟燈籠だった。

雄伍は美津の燈籠をじっと見つめていた。

「何をしてるの、流しなさい」

英雄は雄伍を見た。雄伍の舟燈籠を持った手が小刻みに震えている。帆に書かれた美津という文字が、落ちた涙ににじんだ。ぽとぽとと、大粒の涙が人形や飴の上に落ちた。

「雄伍、早く流しなさい」

雄伍は泣き声を押し殺すようにして、肩を震わせている。英雄が雄伍の肩に手を当てた。雄伍は喉《のど》の奥からしぼり出すような声で、み、つ、と言ってから、ちきしょうと声を出し、舟燈籠を握りしめた。英雄はたまらなくなって、

「雄ちゃん！」

と叫んだ。雄伍は何度もうなずきながらうつむいていた。英雄も涙があふれ出した。ふりむくと絹子も雄伍の母も頬が濡《ぬ》れていた。江州も源造も女衆たちも同じだった。唇を噛《か》んで怒っているような江州が英雄を見返した。

雄伍が舟燈籠を水に浮かべた。舟燈籠は流されるのをとまどうように、雄伍と英雄の目の前でちいさく左右に揺れた。それからゆっくりと一回転して、帆をかすかに震わせながら水の上を滑り出した。

英雄は涙にかすむ目で美津の燈籠を見つめた。人形のうしろ姿が縁側で絹子に髪を編んでもらっていた美津の姿と重なった。

舟燈籠は入江にあふれる火の華の中にむかって行く。その火に病院の窓辺で線香花火を見つめていた美津の大きな目が浮かんだ。

——きれい、きれい。

美津の声が聞えた。

雄伍のむせび泣く声がした。

美しい火の葬列の中にむかって、美津のちいさな炎はまぎれて行った。

第八章　白いライオン

陽が昇りはじめた曙橋《あけぼのばし》を、縮緬《ちりめん》のステテコに七分袖《そで》のシャツを着た男がひとり、雪《せっ》駄《た》の音を響かせて新開地《しんかいち》から古町《ふるまち》にむかって駆けて行く。前につんのめりそうになりながら、口から泡を飛ばして何かを言っているが、あわてているせいか言葉にはならず、雪駄の音だけが過ぎていく。

入江の水面《みなも》は、ようやく朝まずめの潮が動きはじめて、夏の終りにしては珍しく冷え込んだ夜明けの、名残りの霧がゆっくりと沖へむかって流れていた。

——殺しだ、殺しだぞ。

男は、浅蜊《あさり》取りに出かける老婆《ろうば》の手押し車にぶつかりそうになりながら、古町の通りを右手に曲った。身体《からだ》をひねった拍子に雪駄の片方が脱げて転がった。

——えい、ちきしょう。

男はいまいましげに声を上げて雪駄を拾うと、履《は》いていた片方も脱ぎとって素足で駆け出した。昨夜の酒がひたいの汗になって吹き出している。

遠くからラジオ体操の終りを告げるアナウンサーの声がスピーカー越しに、ソレデハ本日モ元気ニ……と陽気に聞えてくる。

——殺しだ、中洲《なかす》で人殺しだ。

夢中で走って行く男の白いうしろ姿を、朝の陽差しが明るく照らしている。

神社の境内で、終ったばかりのラジオ体操の出席の判子を捺《お》してもらうために、英雄は真ちゃんと列に並んでいた。

「おしてくれよ、おしてくれなきゃ叱《しか》られるんだよ、おいちゃん」

列の先頭でしつこくせがむ声がする。ツネオである。

「そんなわけにゃいかん。おまえがちゃんと毎朝来ねぇからだ」

町内の世話人のおやじが怒鳴った。

「おしてくれよ、おしてくれったら」

ツネオは譲らない。

「しばくぞ、おまえ」

その時真ちゃんが、ツネオの背後に素早く近寄って耳打ちした。

「おいさん、これちょっと判子が薄いから、こいつぐだ言うとるんじゃ」

真ちゃんの言葉におやじは目をむいて、ツネオの首からぶらさがった札を見直した。

「ちゃんとうつっとるど」

「もう一回おしてくれ」

おやじは舌打ちをして、ツネオの八月三十一日の欄に朱肉を付け直して判子を捺した。

「わしのも最後じゃからたっぷり」

真ちゃんが愛嬌《あいきょう》のある目をくるりと動かしておやじに言った。

「わしのも」

英雄も大声で言った。おやじは英雄が高木の伜《せがれ》だとわかると、しょうがないと言った顔でまた朱肉をつけて判を捺《お》した。

サンキュー、真ちゃんがツネオの手を取って境内の高麗犬《こまいぬ》の陰に走った。

「泣くなってツネオ。ほら、こうすりゃいんだ」

真ちゃんはひとさし指の腹を半ズボンで拭《ふ》いてから、頰をふくらませて息を吹きかけると、朱肉がまだ赤く盛り上ったところへ指の腹を用心深く押しつけて、写し取った印跡をツネオの日付けの空欄にぽんぽんと三日分捺した。それを見て、ツネオが前歯の抜けた口を開けて笑った。

「ほら、俺のも英ちゃんのもやってやるから……」

たちまちツネオの札に十日分の出席の印がついた。ツネオは泣いていたことも忘れて、すまんのう、すまんのう、とおどけたように両手を合わせて真ちゃんを拝んでいる。

「そのかわりに、またアイスキャンデーな」

ツネオは、うんうん、と垂れた鼻汁を指先でつまんで地面に切った。

「きたねぇな、おまえ」

真ちゃんが顔をしかめて、あとずさった。へへへッと笑うツネオの間の抜けた顔に、真ちゃんと英雄が笑い出すと、それに釣られてまたツネオが笑った。

朝の空を切り裂くように工場のサイレンの音が響く。三人は空を見上げた。霞《かす》み立っていた空はもう青く染まり出している。

「ツネオ、おまえ宿題はやったのか」

ツネオはあごを突き出して首を横にふった。

「馬鹿《ばか》だな、おまえ。ラジオ体操より宿題の方が叱られるんだぞ」

そこまで言って真ちゃんは、思い出したように手を打って、

「糖蜜船《とうみつせん》を見に行こうか、英ちゃん」

と目を丸くして言った。行こう、と英雄がうなずくと、もう三人は駆け出していた。

子供たちのラジオ体操の世話を終えた男たちが、長椅子《ながいす》に腰を掛けて煙草《たばこ》を吸っている。その中に、曙橋の袂《たもと》にある食堂のおやじが新聞をひろげているのを見つけて、真ちゃんが立ち止まった。

「おじさん、昨日、西鉄は勝ったか」

「いや、昨日は試合はなかった。おとといのダブルヘッダーは一勝一敗だ」

「どことだ」

「南海とだ」

「よし。いいな」

真ちゃんが腕組みをして言った。

「おじさん、稲尾《いなお》は投げたの？」

英雄が聞いた。

「第一試合に投げたが打たれっちまった」

「なんだ稲尾は打たれたのか。南海は強いからな、英ちゃん」

顔を曇らせている英雄に真ちゃんが言うと、

「大丈夫だって坊や。この遠征で先が見えるって」

食堂のおやじが自信あり気に言った。

「角満《かどまん》食堂さん、そりゃ本当かね」

スピーカーを片付けながら電気屋の主人が聞いた。

「盆が明けてから八勝一敗一分けだ。中西も怪我《けが》が治ったし、大下も当たってきた。島原に畑に、それに稲尾だ。去年とはライオンズはものが違うって」

「本当か？」

真ちゃんが大声で聞いた。

「まあ見てなって、俺はライオンズにしこたま張り込んでんだから。三原魔術でしまいにはジャイアンツを叩《たた》きのめすから」

すげえなあ、ねぇ、また平和台へ連れてってくれよ、優勝決定戦にね。真ちゃんの声に角満のおやじは自慢気にうなずいて、煙草を地面に捨てて立ち上った。その時、古町の方から警察の車のサイレンの音がかすかに聞えてきた。

「何かあったのか、こんな朝っぱらから」

男三人が入江の方を見た。英雄たちは糖蜜船の停泊する桟橋の方へ走り去った。

新開地の中洲の西端にジープが一台停って、その周囲に人だかりがしている。

やがてもう一台のジープが着いて、そこから数人の男たちがカメラや鞄《かばん》を手に中洲の方へ降りて行った。新開地の遊廓《ゆうかく》にいた客や女たちがぞろぞろとその後に続く。

むこうへ行け、古町の派出所の警官が竹の棒で人の群れを制している。

廃工場の裏手から、現場のそばまで近づいた江州《ごうしゅう》、石健《いしけん》、それに新開地の遊廓から事件のことを知らせに戻って来た時雄の三人が、刑事たちの物色している竹藪《たけやぶ》のあたりをじっと覗《のぞ》いている。

「流れ者か……」

石健が江州のかたわらでつぶやいた。

「時雄、おまえは見たんだろうが、顔を」

「そ、そうだが、顔は、つ、つぶれっちまってたからよう」

時雄がどもりながら言った。

「肝《きも》をつぶしたってか、おまえ」

「ち、違うって、馬鹿にすんな」

刑事のひとりが睨《にら》みつけるように三人を見返した。三人ともステテコに肌着のままである。刑事は彼等の肌着の下に刺青《いれずみ》が浮かんでいるのを見て、面倒臭そうにまた竹藪の方をふり返り、発見者の浮浪者に何事かを聞いていた。浮浪者は刑事に話しかけられる度に激しく首をふっている。

やがて数人の刑事たちが竹藪に降りて来た。その中のひとりが江州を見て、目で挨《あい》拶《さつ》をした。

「ご苦労さんで」

江州が声をかけた。新開地の世話人の男がひとり、迷惑そうな顔で刑事について来ていた。見ると新開地の堤の上は鈴なりの人だかりである。

死体はうつぶせのまま竹藪の中程に横たわっている。その足元に昇り出した陽が差していた。男はどこで脱ぎ捨てたのか、片方の靴《くつ》が脱げて、靴下の黒が奇妙にかがやいている。蟬《せみ》の声がいつの間にか周囲にあふれていた。むせかえるように暑いのだが、倒れている男だけが涼し気に映る。

世話人が死体のそばに呼ばれ、へっぴり腰で首を伸ばしている。男はすぐに顔をそむけて、手にした扇子を横に大袈裟《おおげさ》にあおいだ。

「おーい」

先刻の刑事が江州の方をむいて声を上げた。江州はつかつかと竹藪の中に入って行くと、しゃがみ込んでいた刑事の隣りに腰を下ろして死体を覗いた。石健と時雄が背後へ回った。

「来ちゃいかん」

若い警官がさえぎるのを、時雄が、

「何がだよ」

と言い返した。

血だらけの顔半分からは、白い鼻の骨がのぞいている。

「知ってる者か？」

刑事の言葉に江州が、いや、とだけ言った。現場の撮影が終ったのを確認すると、刑事は破れた背広の肩先を摑《つか》んで死体をあおむけにした。泥と血でどす黒くなった残り半分の顔がさらされた。ウッと時雄が背後で声を上げた。

「どうだ」

江州が石健をふり返った。石健が首を伸ばして死体をじっと見た。

「有楽館の……」

と石健が言うと、

「だな」

と江州がうなずいた。

「誰なんだ」

「有楽館の釘師《くぎし》ですよ」

「有楽館？　古町のパチンコ屋か」

「たぶん、そいつです」

「流れ者か」

「いや、もうかれこれ二年近く居ます」

「名前は？」

「たしか、……渡辺って言ったと思いますが」

「家族は？」

「いますよ。女房と子供が」

「いるいる。女房も有楽館で働いてるよ。ガキがひとりいたな。真公とか言ってた。ほら高木へしょっちゅう来てる、あのちんまいガキだろうよな」

時雄が石健に相槌《あいづち》を打つように言った。

江州が時雄の話を黙って聞いている。

「喧嘩《けんか》ですかね。刑事さん」

時雄が興味あり気に聞いた。刑事は時雄の顔も見ないで、喧嘩だろうがなんだろう

が殺しは殺しだ、とひとり言のように言って、

「おまえ悪いがこいつを連れて、その女房を呼んで来ちゃくれないか」

と若い刑事を江州に指さした。

「俺が行きましょう」

石健が言った。


「馬鹿だな、ツネオ。ラジョンズじゃなくてライオンズだよ」

真ちゃんが口を金魚のように開いてツネオに言っている。ラ・ジィオンズ……、ツネオが眉《まゆ》をしかめてつぶやくと、

「ラ・イ・オ・ンだって、おまえライオン知らないのか」

と真ちゃんはツネオの頭を叩いた。

「知ってらあ」

ツネオはムキになって言う。

「うそつけ。じゃどんなんだ」

へへヘッとツネオが笑う。三人とも桟橋の端に座って沖を見ていた。

「トラみたいな動物だよ。ツネちゃん」

英雄が言うと、ツネオはうなずいた。

「こいつトラも知らないぞ」

「知ってらあ」

「あんな形だよ」

英雄が、水平線に肩をせり出すようにふくらみはじめた積乱雲を指さして言った。おうおう、あんな形だぞツネオ、真ちゃんがツネオの肩を抱いて言った。ツネオは白い雲を口を開けて見上げている。

「でも速かったな、稲尾の球はよ」

真ちゃんが言った。

「うん、速かった」

英雄がこたえた。

「そんなにか」

ツネオが訊《き》く。真ちゃんが立ち上って左足を空に突き上げて投球フォームをした。手元から離れた小石が、海面に落ちて水音を立てた。

「俺は、宝物を持ってんだ。なあ英ちゃん」

真ちゃんの声に英雄は彼の顔を見ないで、黙ってうなずいた。

「ツネオ見たいか」

「何だよ。見せてくれよ」

「ここにゃないさ」

もったいぶった真ちゃんの言い方を英雄は苦々しく思った。

「何だよ」

「中西のサインボールさ」

「本当か？」

ツネオが大声を上げた。英雄はそっぽをむいていた。

この夏の休みに、角満食堂のおやじが古町の子供たちを平和台球場へ連れて行ってくれた。七連勝中の西鉄ライオンズと東映フライヤーズの試合だった。試合は六対六で引き分けたが、新人投手の稲尾の豪腕が見られたし、青バットの大下のどでかいホームランも間近で見た。試合が終って選手たちが球場を出て来た時、英雄もリュックサックの中に準備してきたボールを選手たちに差し出した。しかし身体のちいさな英雄は群がる大人や学生たちに押しのけられて、選手のそばに近寄ることもできなかった。幸運にも真ちゃんだけが中西太《ふとし》にサインをしてもらうことができた。

帰りの電車の中で自慢そうに見せびらかす真ちゃんに英雄が、サインボールをさわらせてくれと頼んでも、真ちゃんは人が変わったようにボールにさわらせてくれなかった。町に戻ってからも何度か真ちゃんに頼んだが、その時だけ真ちゃんは英雄を無視した。それが英雄には口惜《くや》しくて仕方なかった。

見せてくれよ、見せてくれよな真ちゃん。ツネオがせがんでいる。アイスキャンデー一本ならな、真ちゃんが言う。

「もったいぶんなよ」

英雄が急に立ち上って言った。

「何がだよ」

「あんなサインボールがなんだ」

「何を、もう一回言ってみろ」

「ケチのくせが、ツネちゃん、見してなんかくれないぞ」

何を、真ちゃんが英雄に飛びかかってきた。英雄も相手の首を摑《つか》んで押し上げた。やめろって、やめろよ、ツネオが二人の間に坊主頭《ぼうずあたま》を割り込ませて止める。英雄は摑んだ首根っ子を離さずに、真ちゃんの頭を殴りつける。真ちゃんも拳固《げんこ》で殴り返す。ツネオが泣きながら二人にしがみついた。

絹子は高木の家の前に立って、新町の方を見ていた。

とうに姉たちが朝食を食べ終っても、まだ戻って来ない息子を待っていた。

今しがた江州が報《しら》せてきた事件に絹子は驚いていた。

――たしかいつも英さんと一緒に遊んでいる男の子ですが……。

――真吾《しんご》君でしょう。どうかしたの？

――あの子の父親だと思うんです。

――何が？

――今朝方、新開地の西の中洲で殺されていた男がです。

――本当に。

――ええ、自分が見ましたから。

絹子は目を見張って江州を見た。どこか愛嬌《あいきょう》のある真吾の笑顔と、町で何度か挨拶を交わした母親の顔が浮かんだ。

――それで今どうしてるの、奥さんは。

――住み込んでいる有楽館の二階には誰もいないらしいんですよ。

――それで。

――隣りに住んでいる婆《ばあ》さんの話だと、女房は男と逃げたんじゃないかって言うんです。

絹子は小夜を呼んで、ラジオ体操の集合場所の神社の境内に英雄を探しにやらせたのだった。

犬たちが吠《ほ》え立てはじめた。風呂《ふろ》屋の方から、荷車を引いた釜炊《かまた》きの老人と犬の十兵衛が、高木の家の方にむかって歩いて来るのが見えた。玄関先を掃いていた幸吉が、竹箒《たけぼうき》で犬を家の中に追っ払う。

「暑うございます」

「ご精が出ますね」

老人と絹子は挨拶《あいさつ》を交わした。見上げると空はあざやかな群青色《ぐんじょういろ》に染まっている。屋根越しに、ツクツクボウシー、と蟬が鳴いている。

老人と荷車が新町へ続く角に消えると、見慣れた息子の半ズボン姿があらわれた。

英さん、絹子は大声で息子の名を呼んだ。しかし、英雄はうつむいたまま返事をしない。

何かあったのだろうか……、ひょっとして真吾の父のことを知ったのか……。もう一度名前を呼ぶと、英雄は顔を上げて足早に近寄って来た。

「何をしてたの？　朝御飯も食べずに」

英雄の顔を見ると、唇が切れている。

「どうしたの、その顔は。また喧嘩したの。ねぇ真ちゃんは一緒じゃなかったの」

「あんな奴《やつ》知らねえや、死んじまえばいいんだ」

英雄は憎々し気に言った。

「なんてことを言うの、友だちでしょうが」

「友だちなんかと違わい」

英雄は唇を嚙《か》んで家へ入った。


夕暮れ、母屋《おもや》の縁側に真吾がひとりで座っていた。

「さあ真ちゃん、ご飯を食べましょう」

絹子が声をかけた。真吾はじっと足元を見たまま黙りこくっていた。

その様子を、英雄は東の棟の戸の隙間《すきま》から覗いていた。それでなくとも自分と同じようにちいさな真ちゃんの身体は、夕闇《ゆうやみ》の中に消え入りそうに見えた。

——真ちゃんのお父さんが殺されたんですよ。

お手伝いの小夜から耳打ちされた時、英雄は小夜の顔を見返した。

英雄は真ちゃんの父さんを何度か見たことがあった。古町の端にあるパチンコ店の前で、真ちゃんの父さんは表に並んだ自転車の整理をしたり、店先に出してある小椅子《こいす》に腰を下ろして通りをぼんやり見ていたりした。いつも気むずかしそうな顔をしている人だった。

それでも一度、ビクが仔犬《こいぬ》を産んだ時に、真ちゃんと二人で仔犬を見せに行ったことがあった。

「飼ってもいいだろう、父ちゃん」

真ちゃんが言った。

「賢そうな犬だな。坊やのとこの犬が産んだのか」

「うん」

「柴犬《しばいぬ》が少し混じってるな……」

いかにも犬が好きそうに抱き上げて見ていたのを憶《おぼ》えている。

「飼ってもいいだろう、父ちゃん。俺がちゃんと世話をするから」

真ちゃんの頼みに、

「生き物は駄目だ。何度も言っただろう」

とその時だけ怖い目をした。仔犬を見つめていたやさしそうな目と、真ちゃんを怒って見返した険しい目が印象に残っていた。

殺されたと小夜は言っていたが、いったい誰にどこで、なぜ殺されてしまったのだろうか。新開地で去年の暮れに、ヤクザ同士の殺し合いがあったのは知っていたが、真ちゃんの父さんはそんな連中と喧嘩をするような人には思えなかった。

「英さん、英さん」

絹子が呼ぶ声がした。

真ちゃんの顔が、かすかに英雄のいる東の棟の方を覗いた。

その時、駅前の店へ仕事に出かける時雄たちが、東の棟から広場へ出て来た。

「それにしてもひでえ死体だったぜ」

時雄は白いスーツの下の吊《つ》りバンドを指でのばして、跳ね音をさせながら言った。

「そんなにひどかったのか」

弟分の修が大声で訊《き》いた。

「顔はぐしゃぐしゃだったぜ」

「よくわかったな」

「俺が見つけたんだよ。あの釘師はちょっと陰険だったからな」

時雄は釘師の伜《せがれ》がつい目と鼻の先の母屋の縁側にいるとは知らない。

「しかしなんで殺されたんだ」

「野郎の女房の男がやったんだよ」

「カカアを寝とられて、殺《や》られたのか。情《なさ》け無《ね》え奴だな」

「まったくなあ、ざまはないな。あっ女将《おかみ》さん、行って来ます」

時雄が台所から出て来た絹子に挨拶《あいさつ》を言った。

「何をいい加減なことを……」

絹子が言いかけた時、彼女のすぐ脇《わき》を真吾が駆け抜けて行った。

「あっ、待ちなさい。真ちゃん、待ちなさい」

絹子が真吾のあとを走り出すと、追い越すように英雄のちいさな影が表に飛び出して行った。

「いけねぇ、ガキが居やがったのか」

時雄がぺろりと舌先を出して首をすくめた。なんのことかわからない修が手をひろげて空を仰いだ。

「ちぇ、降って来やがった。新調を着るところだ」

上着の尻《しり》を蹴上《けあ》げるように頭にかぶって、時雄は歩き出した。玄関を出ようとする時雄の腕を絹子が摑《つか》んだ。

「時雄さん、あなたに親がいないわけじゃないでしょう。いつからあなたはそんな人になったの。サキさんに恥ずかしくはないの」

絹子の両目は、今しも涙がこぼれ落ちそうに濡《ぬ》れていた。

「あんなババア、親じゃありませんよ」

ふてくされたように時雄が言った。

「そう、そうなの。それがあなたの考えなのね」

絹子は唇を噛んで、母屋へ去って行った。

稲妻が白く光って、激しい雨が降って来た。

「真ちゃん。待ってくれよ、真ちゃん」

夕立の中を英雄が真吾を追い駆けて行く。うしろから聞えてくる英雄の声にも真吾はふりむこうとせず、曙橋を越えて中洲《なかす》を走り抜けると、日の出橋の古い木橋を駆け上った。

英雄は真吾が海へ飛び込んでしまうような気がした。真吾の名前を大声で呼びながら、日の出橋を登った。橋の中央の欄干《らんかん》に真吾は立ちつくしていた。大粒の雨が橋板に音を立てて撥《は》ねている。両手の拳《こぶし》を握りしめた真吾は、沖合いを睨《にら》んだままじっとしていた。ランニング・シャツに雨粒が激しく当たって、細い真吾の背中を容赦なく叩《たた》いて行く。震え出した真吾の上半身を英雄は黙って見ていた。

「ちきしょう！」

真吾は大声でそう叫んでから、ちきしょう、ちきしょう、と何度も口にして、欄干の根元の濡れた泥を摑んでは海に投げ捨てた。

「こんな街大嫌いだ！ どいつもこいつも死んじまえばいいんだ！ 死んじまえ、死んじまえ！」

あとは言葉にならぬまま声を上げて泣きはじめた。

「真ちゃん、ごめんよ。ごめんよ、真ちゃん」

英雄は真吾の腕を取って、泣きながら謝まり続けた。それでも真吾は、おまえも、おまえの家の者も、皆死んでしまえばいいんだ、と泣きながら英雄の頭や胸を殴りつけた。


新学期がはじまった日、真ちゃんの机だけが空席だった。

――渡辺君は家族の方にご不幸があって、しばらくお休みです。

と担任の先生から生徒たちは知らされた。事件のことは新聞に大きく報道されていたから、クラスの中では皆が真吾の机を見ながら、ひそひそと話をしていた。休み時間にわざわざ見物にやって来る上級生もいた。英雄は何を聞かれても黙っていた。そんな英雄の隣りでツネオだけが顔をしかめていた。

三日後に、真吾の叔母さんという人が学校に挨拶にあらわれて、お世話になりました、と生徒の前で頭を下げて帰って行った。

土曜日の午後、英雄が家に戻ると、絹子が、

「さっき真ちゃんが来て、これをって置いてったわ」

と英雄に言った。

それは赤茶けたキャンデーの缶《かん》だった。中を開けると、ビー玉やメンコと一緒に、あのサインボールが入っていた。

「どこへ行ったの、真ちゃんは？」

英雄は台所にいる絹子に叫んだ。

「三時の汽車だって言ってたから、まだ家で荷物を片付けてるんじゃない」

英雄は外へ駆け出した。古町の通りを山側へ走っていると、背後で低い汽笛の音が二度続いた。糖蜜船《とうみつせん》が出航する合図だった。

パチンコ屋の裏手へ行くと、日傘《ひがさ》を差した叔母さんと真ちゃんが、店の人に挨拶を

していたところだった。

「真ちゃん！」

英雄は大声で真吾を呼んだ。

真吾は英雄の姿を見つけると、白い歯を見せて笑った。それが英雄には昔の真ちゃんのようで嬉《うれ》しかった。

「真ちゃん、もう行くの」

「うん」

「どこへ行くの」

「…………」

真吾は黙って笑っている。

「ねぇ、どこへ行くの」

「叔母さんちだよ」

「これいいよ。真ちゃんの大事なもんだから」

英雄はポケットからサインボールを出して真吾に返そうとした。真吾はサインボールをじっと見てから、英雄の目を見ると、

「いいんだよ。俺、博多へ行くから、これから何度でも平和台球場へ野球を見に行け

るんだ。稲尾のも大下のも高倉のも貰《もら》えるんだ」

「本当に？」

「うん、叔母さんがいつでも連れてってやるって」

真吾はちらりと、店の女と話している叔母の方を見て言った。

「良かったね」

「うん」

「駅までついて行っていい」

「叔母さん、うるさい人だから……」

「俺、何も持って来なかったから……」

「いいんだよ」

真吾、早うせ、汽車に乗り遅れてまうがな。叔母が面倒臭そうに言った。ああ、わかった、真吾は答えてから、

「じゃあ……」

とちいさな声で英雄に言った。英雄は何かを言わなくてはいけないと思うのだが、何を言っていいのか言葉が見つからなかった。

「真ちゃん、西鉄ライオンズは優勝するよ」

英雄は歩きはじめた真吾に言った。

真吾は英雄をふりむいて、笑ってうなずいた。

「真ちゃん、さっき糖蜜船が出航したから、きっと右田岬の浜を汽車が通る時に見えるよ。俺、汽車の中から見たことあるんだ。さっき船の汽笛を聞いたから、きっと見えるぞ」

真吾はまたふりむいて、うなずいた。

「真ちゃん、それから、それから……」

言い足りないことが何なのかわからなかった。叔母から風呂敷《ふろしき》包みを渡された真吾がまたふり返って英雄を見た。

「真ちゃん。佐瀬川の鉄橋に立ってるから、ツネちゃんと一緒に立ってるから、見えたら手をふってくれよ。鉄橋のとこだよ」

英雄は入江でクズ拾いをしていたツネオを見つけて、二人して鉄橋まで駆けて行った。

「わかるかな」

泥だらけの顔でツネオが嬉しそうに言った。

「わかるよ」

鉄橋のそばで青い服を着た線路工夫たちが働いていた。

ツネオがランニング・シャツを脱ぎはじめた。それから堤に生えていた背高泡立草《せいたかあわだちそう》を引き抜いて茎にシャツをくりつけ、旗のようにふった。英雄もシャツを脱いで、汽車を待った。上りの列車が一度、駅の方へむかって通過したが、いつまで経《た》っても下りの汽車は来なかった。

しばらくすると線路工夫たちが声をかけ合って、線路から離れた。

「ツネちゃん、もうすぐ来るよ」

英雄が言うと、ツネオは真剣な目で背高泡立草の旗を両手で握って身構えた。

煙りが駅の方角から見えた。

来る、来る、とツネオが声を出した。

トゥ、トゥオーと鉄橋を渡る汽笛の音がした。D51の運転士が工夫たちに片手を上げているのが見えた。ツネオが、真ちゃん、と叫んで旗をふり出した。しかしその汽車は貨物列車だった。

「窓がなかったな」

ツネオが首をかしげた。英雄も変だと思った。英雄は鉄橋に寄ると、工夫にむかっ

て、

「おじさん、三時の九州へ行く汽車はまだ来ないの」

と聞いた。

すると工夫は、

「三時はさっき通った上りの列車だけだぞ」

と返事をした。

「うそだよ、三時の汽車だって聞いたから待ってるんだ」

「うそじゃねえよ坊主《ぼうず》。時間を間違えたらこっちは死んじまうんだ。下りの客車は五時まで来ないぞ。それも急行だから駅は通過だぞ」

「うそだよ、三時の博多行きが」

英雄は大声で言った。

「うるさい。むこうへ行かないとぶん殴るぞ」

工夫の怒鳴り声に他の工夫たちが笑い出した。その笑い声を聞いているうちに、英雄は真ちゃんが嘘《うそ》をついたのだと気が付いた。

「なんだって、英ちゃん。汽車は来るってか？」

ツネオが言った。

英雄はうつむいたまま首を横にふった。顔を上げて、涙ぐんでいる自分を見られるのが嫌だった。泥で白茶けたゴム靴の上に、一つ涙が落ちた。こらえようと思っても、次から次へと涙があふれてきた。

どうしたんだよ、どうしたんだよ。ツネオの声が聞える。英雄はポケットの中のサインボールを何度も握りしめながら、堤の上を歩いて行った。

その夜、夕食の後で、英雄は縁側にひとりで腰を掛けて真ちゃんにもらった缶《かん》を開いていた。ビー玉を取り出して手のひらに載せると、片目をつぶって白い歯を見せていた真ちゃんの顔が浮かんだ。

半分はツネオに分けてやろう、と思った。

——俺またいじめられんなあ……。

帰りの堤の道で、ツネオがぽつりと言った言葉が思い出された。真ちゃんの本当の友だちは自分ではなくて、ツネオだったような気がした。

曙橋の袂《たもと》で別れた時、入江の階段をとぼとぼと降りて行くツネオの背中が、どこか淋《さび》しそうに見えた。乱暴な言い方をしたり、いつもツネオのクズ拾いの金でアイスキャンデーをおごらせていた真ちゃんだったが、今から思うと、痛い、痛い、と言いながら首に腕を巻かれても、頭を叩かれても、笑ってばかりいたツネオが、本当はそれを喜んでいたような気がした。

英雄はメンコの裏に〝渡辺真吾〟と書かれた真ちゃんの文字を見て、ツネオがいじめられたら、自分は守ってやれるだろうか、と思った。すると急に、自分ひとりでこれから先やって行けるのだろうか、と不安になった。

——どうして皆、自分のそばから去って行くのだろう。

頭の上でさわさわとお化け柳が風に揺れる音がした。母屋の灯りに柳の太い幹が光っている。幹は春先より根元のあたりがふくらんでいるように思えた。見ると池の上や足元に無数の柳葉がこぼれていた。池の縁にへばりついた葉は、夏の初めのまぶしい若草色と違って、どす黒く汚れた茶色をしていた。

——あの葉っぱみたいに自分もなってしまうのだろうか。

汚れた池の水が底なしの沼のように見えた。

——美津もあんな色になって死んで行ったのだろうか。

——リンさんも暗い沼の底に眠っているのだろうか。

英雄は自分を助けてくれる者は、もう皆いなくなってしまったような気がした。

「真ちゃんには逢《あ》えたの？」

声にふりむくと、正雄を抱いた絹子が立っていた。英雄は何も言わず膝《ひざ》の上の缶の蓋《ふた》を閉じると、立ち上って東の棟へ行こうとした。

「お兄ちゃんは元気がないわね」

絹子の声が聞えた。英雄は絹子をふり返ると、

「お父やんは今夜、帰って来るの？」

と聞いた。

「今夜も遅いわね。明日は駅の方のダンスホールが店開きだから、大変なんでしょう」

「新しい店はもうできたの」

「ええ、とっても大きいらしいわよ。明日はお休みだから見に行ってみたら」

「いいのかな」

「お父さんも喜ぶわよ」

絹子が目を細めて笑った。

「じゃ行ってみるよ」

「今夜は冷えるかもわからないから、ちゃんと窓を閉めて寝るのよ」

英雄はうなずくと、正雄をちらりと見て歩き出した。

ダンスホールは、遠目からでもわかるほどあざやかな色をした建物だった。

低い二階建てばかりが並ぶ繁華街の真ん中に、外国船の煙突のように円型のビルが突き出ている。その煙突からアドバルーンが上っていた。午後の青空に白と赤の気球が浮かんでいた。

通りの角を曲ろうとすると、幸吉が道に杭《くい》を打って立看板をこしらえていた。

「英さん、おめでとうさんです」

幸吉が言った。口数の少ない幸吉の声と顔がどこか楽し気に見える。

ダンスホールの周囲には数台の車が停っていて、人だかりがしていた。風に乗って音楽が聞えてきた。

繁華街に住む女たちや通りすがりの人々が、自転車を停めてホールを見物している。

——さあ、今夜は七時オープンだよ。いよいよオープンだよ。西日本一のダンスホール〝エデン〟の開店だ。

聞き慣れた声に人の輪をくぐり抜けると、ハデな空色のスーツに赤い蝶《ちょう》ネクタイをした時雄と修が見物人にビラを配っていた。

——今夜は特別大サービス。本格バンドの生演奏で踊りっ放しだ。グレン・ミラー楽団より魅惑的なバンドだよ。

時雄はホールの中から流れてくる音楽にステップを合わせてビラを撒《ま》く。

――飛び切りの若くて美人の踊り子で一杯だよ。よう兄ちゃん、いい女《こ》ばかりだよ。今夜待ってるよ。

英雄は人の輪を抜けて、目の前の建物を見上げた。町には珍しいコンクリートの建築で、外壁をあざやかなピンクで塗装してあった。ちょうどホールの正面にネオン管を取り付けようとしているところだった。組んだ足場の上で男たちが大きなネオン管を持ち上げていた。

「どんなもんかね、ネオンの高さは」

高い足場の上から男が声をかけた。

「ちょっと待ってくれ、今おやじさんを呼んで来るから」

笠戸《かさやん》だった。

すぐに斉次郎《さいじろう》があらわれた。仕立ての良さそうなズボンに吊《つ》りバンドをかけて、蝶ネクタイをしめていた。伊達《だて》眼鏡をしているせいか、英雄には父が別人のように見えた。

「もう少し上にしろ」

「これ以上は無理なんですがね」

足場の上の男が言う。

「上にしろ」

斉次郎が言った。足場の男はバンドの音で斉次郎の声が聞えないのか、耳に手を当てている。斉次郎はすぐ隣りにいたニッカボッカの男に何事かを告げて、またホールの中へ消えた。

上と言ったら、上なんだ、馬鹿野郎！　ニッカボッカの男が大声で怒鳴った。

「どうです、英さん。大きいでしょう」

ふりむくと源造が立っていた。

「うん、大きいね」

「列車の窓から見たら、皆駅で降りてしまいますよ」

そう言われて駅の方に目をやると、線路工夫たちも仕事の手を止めて建物を見物していた。

「中を見て下さい」

蘇鉄《そてつ》のアーチをくぐり、大きな空色のドアを開けて中に入ると、英雄の目に青い光が飛び込んできた。

「駄目、駄目。もっとソフトなブルーにしなきゃ、ブルースはムードが出ないでしょう」

かん高い女のような声がした。声の主は女ではなく、小柄の細いズボンをはいた赤シャツの男だった。

ホールの中央に作ったばかりの氷細工の女神像を職人が拭《ふ》いている。

「じゃルンバ行くぞ」

声のした方角を見ると、中二階にこしらえたバンド台に数人の男が楽器を手に並んでいた。

ホールの奥半分には、きらきらと輝く真赤なドレスを着た女たちが、床に靴音をさせて群がっている。

「ジミー、もっと乗ってよ」

群がる踊り子たちの中から、黒いドレスを着た女がホールの中央に出てきて、バンド台にむかって叫んだ。女は髪に真紅の薔薇《ばら》をさしている。

「マダム、乗れないのはおまえのダンスの腕前だろう。俺たちは最高だぜ」

「何言ってんのさ、ラリパッパが」

「さあ、ぐだぐだ言ってないで、ルンバよ」

先刻の赤シャツが手拍子をしながら言った。手拍子の音がホールの中に木霊《こだま》のように響いた。見上げると大きな扇風機の羽根が回って、天井に描かれた薔薇の花が流れるように見えた。

英雄は別世界にいるような気がした。父を探すと、中央の奥にある椅子《いす》に足をひろげて腰掛けていた。その隣りにはさっきの薔薇をさした女が寄り添うように足を組んで座り、踊り子たちを見ている。

「ちょっと、あなた。そこの黄色のドレスの子、もっと他のドレスないの。それじゃ指名して来る客は一人もいないわよ」

「間奏でミラーボール回すわよ。いいわね。高木さん見てて下さいな」

指を鳴らす音がしたかと思うと、いきなり激しいコンガの音が鳴り、演奏がはじまった。リズムに合わせてホールの照明が青から赤に、赤から黄色へと変わる。照明の中で踊る女たちはスクリーンに浮かび上った幻のように見えた。ハーイ、ミラー。男のかけ声で、ホールの壁から床に見事な花が咲いた。ホール中に静止していた花がトランペットの音とともに一斉《いっせい》に流れはじめた。手をかざすと、指先を光の花が撫《な》でて行く。身体の中を光が通り抜けて行くようだった。

演奏が終りホールが明るくなった。英雄は夢から醒《さ》めたように目を見張った。斉次

郎のところへ歩み寄ると、

「お父やん」

と声をかけた。

「おう、来てたのか」

斉次郎が英雄を見て笑った。斉次郎の笑顔を見るのは、ひさしぶりのことだった。

「あら高木さんの坊やなの。こんにちは、よろしくね」

とかたわらの女が英雄に手を差し出した。女の指先はまっ赤だった。驚いて見つめると、爪《つめ》に血のような赤を塗っているのがわかった。英雄は女の手にそっと握手した。

鼻の先がかゆくなるような甘い香りがした。

「可愛《かわい》い手ね。好きになりそうよ。仲良くしましょう」

斉次郎が立ち上って、源造を呼んだ。

英雄はホールの外へ出た。

「もたもたしてるな」

江州が、花輪を並べる男たちを指図していた。

「ねぇ、あれなんて読むの」

英雄はネオンの文字を指さして江州に訊《き》いた。

「エデンです」

「エデンって、どういう意味？」

「楽園ってことですよ」

「楽園って何？」

「皆が集まって楽しくやるってことらしいです。本当は私にもよくわからないんですがね」

江州は鼻をかきながらネオンを見上げた。

「屋上に行ってごらんなさい。眺めがいいですよ」

「うん」

英雄はホールの右手から、屋上へ続く鉄製の螺旋《らせん》階段を上った。屋上の物見台には、アドバルーンが繋《つな》がれていた。

そこに立ってみて、英雄は斉次郎が建てたこの建物が、このあたりだけでなく街で一番高いのに気付いた。駅舎の屋根も、青物市場の屋上も、バラックのマーケットも、すべて見下ろせた。海の方に目をやると、二つの岬も向島も見えた。傾き出した夕陽に水平線がかがやいている。その水平線の彼方《かなた》から、積乱雲が峰のように連なって南へ流れていた。

こんな高い場所から海や雲を眺めるのは初めてのことだった。風が頬に当たった。英雄は今日、斉次郎に逢ったら聞いてみようと思っていたことがあった。そのことを口の中でつぶやきながら、ここまで歩いて来た。

――どうして皆いなくなってしまうの？　お父やんや絹さんがいなくなったら、わしはどうすればいいの？

積乱雲が茜色《あかねいろ》に染まりながら形を変えて行く。雲を見ていると、いろんなものに似ているような気がする。そういえば、ツネオと見た雲は、ライオンの形をしていたっけ……。夏の雲は千切れながら、空に滲《にじ》もうとしていた。

――誰かの顔みたいだ。

英雄はちいさな声でつぶやいた。

――リンさんだ。リンさんに似てる。

目を凝らして見るうちに、流れる雲は沈もうとする夕陽に刻々と形を変え、彩《いろど》りを深めて行く……。千切れたちいさな雲が誰かのうしろ姿に見えてきた。

――美津だ。美津の背中みたいだ。

懐《なつか》しい思いでいっぱいになり、英雄の身体は雲の彼方に吸い込まれてしまいそうだった。その瞬間、雲の峰は燃え立つ黄金色《こがねいろ》に染まって輝いた。投げつけたビー玉がガラス板をつらぬいて遥《はる》か彼方へ飛んで行くような光だった。英雄は身体の中を何か得体の知れないものが突き抜けていくのを感じた。

　話し声が聞えた。目をやると、中二階のベランダで、時雄と踊り子のひとりが立ち話をしていた。

「だから今夜、終った後ちょっとでいいからよ。一目惚《ぼ》れなんだからよ」

「上手《じょうず》言って、本気なの？」

　二人のむこうでは、空色のスーツを着た幸吉が江州に蝶ネクタイをなおしてもらっている。

　螺旋階段の方角からサキソホーンのけたたましいスイングの音色が聞えてきた。英雄は弾《はじ》かれたように立ち上ると、ほてった頬を両手で叩いた。手を開くと、黒いドレスの女の匂《にお》いがした。

「泣かせるんでしょう」

　ベランダから甘えるような女の声が耳に届いた。

　街の男や女たちがレコードでしか耳にすることがなかったフルバンドの生演奏が絶え間なく響き、神戸《カミ》からやって来た踊り子のアカ抜けたステップに興奮した客で、エデンのホールは熱気にあふれていた。

噂《うわさ》を聞いて、隣りの市《まち》から汽車に乗って踊りに来た男たちもいた。

「えらい賑《にぎ》わいですの、高木さん」

招待された県会議員が斉次郎に世辞を言って来た。

「先生、もう一曲踊ろな」

夕刻、時雄が言い寄っていた踊り子が、大胆に胸元を見せた赤いドレスで飛びついて来た。

「よしゃ、もう一曲な」

踊りの中に消える二人を見て斉次郎は微笑《ほほえ》んだ。

「ねぇ、高木さん、私少し疲れたわ」

汗に頬を光らせた黒いドレスの女が斉次郎の腕を取りながら耳元で囁《ささや》いた。

「一杯、ご馳走《ちそう》して」

黒いドレスの女は斉次郎を濡《ぬ》れたようなまなざしで見つめた。

二人はホールの奥の階段を上って行った。

英雄は、エデンの二階にあるバンドマンの控え室で、ベースギターの大きなケースに隠れるようにしてうたた寝をしていた。

――もうすぐ迎えを来させますから、それまで二階で待っていて下さい。

源造に言われて英雄は二階に上った。大きなソファーとバーカウンターがある斉次郎の部屋にいたが、物珍しさもあって二階の他の部屋を探索したりした。踊り子たちの部屋があり、バンドマンたちの控え室や従業員の休憩所があった。

衣裳《いしょう》を吊《つる》した踊り子たちの部屋からは、先刻の黒いドレスの女から匂《にお》って来たような甘い香りがした。

机の上に楽譜が散らばったバンドマンの控え室で、英雄は生まれて初めて見る横文字ばかりの音楽雑誌を見ていたが、いつの間にかうとうとと眠ってしまった。

「ねぇ、ずっとここに居てくれるんでしょ」

甘えるような女の声で英雄は目覚めた。

ぼんやりと目を開くと、ガラス窓に映り込んだネオン管のきらめきが英雄の視界に飛び込んだ。

「もう酔ってもいいでしょう」

その声はバンドマンの控え室の隣りにある斉次郎の部屋から聞えた。

「まだ仕事の最中だろうが」

斉次郎の声がした。

「だって……、朝から準備して疲れたんだもの」

聞いたことのある女の声だった。英雄はドアに近寄ると、鍵穴《かぎあな》から中を覗いた。あの黒いドレスの女が斉次郎の首に手を回し、グラスを持った赤い指先を揺らしていた。斉次郎の顔は見えなかった。

女が斉次郎の頬に唇を寄せた。英雄は見てはいけないものを見てしまった気がした。

「ねぇ、私のこと好き？」

斉次郎の胸にしなだれかかった女が言った。

英雄は息を止めて、生唾《なまつば》を飲み込んだ。鍵穴から目が離せなかった。

「英雄、何をしてるの？　そこで」

声に驚いてふりむくと、絹子がそこに立っていた。英雄は目を丸くして絹子を見上げた。

「何もしてないよ」

英雄が大声で返事をした。声に気付いたのか、背後のドアが開いて黒いドレスの女が顔を出した。

「あら坊や……」

女はそう言ってから数秒、着物姿の絹子をじっと見つめた。絹子がゆっくりと会釈《えしやく》

をすると、

「初めまして、エデンをまかされました杉本リエです」

今しがたとはまるで違う声で女も絹子に挨拶《あいさつ》をした。女は斉次郎をふりむくと、

「じゃ高木さん、そういうことでよろしくお願いします」

と言って階段を降りて行った。

「来ていたのか」

斉次郎が言った。

「はい。おめでとうございました。立派なお店でございますね」

英雄は、絹子がいつもよりあざやかな着物を着て、化粧をしているのに気付いた。

「ミラーボールを見たか？」

大声で聞いた英雄の言葉に返事もせずに、

「じゃ、私は英雄を連れて戻ります」

絹子が帰ろうとすると、

「待て、……わしもぼちぼち引き揚げよう」

と斉次郎が蝶《ちょう》ネクタイを外しながら言った。

「えらい豪勢なダンスホールですな、高木さん……」

タクシーの運転手は斉次郎にエデンのことを誉《ほ》めていた。

英雄は二人の間に座って、絹子の銀色の草履《ぞうり》と斉次郎の白い革靴《かわぐつ》を交互に見ていた。

「入江の方から回ってくれ」

斉次郎が言った。車は屋敷町を左に折れて堤の道に出た。

「ここらで降りよう」

斉次郎が運転手に言った。絹子が夫の顔を見た。

「祝い酒が回った。少し夜風に当たろう」

英雄は斉次郎と絹子にはさまれるようにして堤の道を歩いた。潮の流れが変わる時刻なのだろうか、岩を洗う波音が聞えた。潮騒《しおさい》の音に斉次郎の固い靴音と絹子の土をするやわらかな足音が重なった。

英雄はこうして父と母と三人で並んで歩くのは、今夜が初めてのことだと思った。こんな時間がこの先ずっと続いてくれればいいと願った。

そう考えた途端に英雄はふいに不安にかられた。たしかに今手の届く距離に斉次郎も絹さんもいるのだけど、二人が急に自分のもとを離れてしまうのではなかろうかと思いはじめた。急に怖《こわ》くなった。真ちゃんのお父さんが殺されたように、お母さんが真ちゃんを放ってどこかへ行ってしまったように、そんなことが自分にも起こりそうな気がした。

「あのバンドの人たちはしばらくこの街にいらっしゃるんですか」

「二カ月の契約だからな」

「一度ゆっくり聴きに行ってもいいですか」

「かまわん」

「踊り子さんたちの踊るところも見てよろしいですか」

「……かまわん」

頭の上で交わされる斉次郎と絹子の会話が段々と遠くで聞えた。またあの病気が出て来る気がした。

皆が自分を置いてけぼりにして、どんどん遠去かって行く……。ずっと一緒にいられると思っていた真ちゃんがいなくなった。兄のようだったヨングも海のむこうへ行った。リンさんも、そして美津も死んでしまった。きっと、斉次郎も絹子もいなくなるに違いない。

英雄は立ち止まった。

身体が小刻みに震え出した。震えを止めようと歯をくいしばると、口の中で歯が音を立てた。

「どうしたの、英さん？」

絹子の声がした。英雄は足元を見つめたまま拳《こぶし》を握りしめて頭をふった。

「ど、どうしたの？」

「どうして皆いなくなってしまうのか！」

英雄は大声で言った。

「何が？」

「どうして皆わしのそばからいなくなるんじゃ！　お父やんも絹さんもいつかいなくなってしまうのか……」

英雄の声はかすれていた。

「いなくなるって？」

「リンさんも、美津も、真ちゃんも……ヨングもサキ婆《ばあ》も……」

英雄は好きだった人の名前を挙げながら身体を震わせた。

絹子が斉次郎の顔を見た。

「先に戻っていろ」

斉次郎が絹子に言った。

英雄は黙って斉次郎のうしろを歩いていった。

曙橋、葵橋《あおいばし》を左手に見て、入江が切れる古い桟橋へ二人は出た。斉次郎は桟橋から海へ続く階段を降りた。英雄もあとに続いた。砂利の渚《なぎさ》を歩いて行くと突端に岩場があった。

引き潮が波音を立てていた。

斉次郎は大きな岩の上にあがった。見上げる英雄に斉次郎が手を差し出した。がっしりとした手が英雄の手を摑《つか》んで、軽々と岩の上へ持ち上げた。

「ええ風じゃな」

斉次郎が言った。英雄が斉次郎を見上げると、星明りに沖を見つめる斉次郎の目が光っていた。

手拍子を打つような波音が岩場から聞えた。ゆっくりと回って来る燈台の灯りが、二人の姿を時折り浮かび上らせた。

「英雄、何歳《いくつ》になった？」

「十歳《じゅっさい》」

「十歳《とお》か……。もうそんなになるか」

斉次郎はシャツのポケットから煙草《たばこ》を取り出すと、ライターで火を点《つ》けた。闇《やみ》の中に赤く浮かび上った斉次郎の顔が別人のように映った。斉次郎は煙草を一服吸うと、声をあらためて、

「英雄、わしが今から話すことをよく聞いておけ」

海を睨《にら》んで話し出した。

「わしがこの街に初めて来たのは十七歳《じゅうななさい》の時じゃった。わしのおやじとおふくろは、わしが十二歳《じゅうに》の時に死んだ。わしと九歳《ここのつ》になる弟の二人が残った。わしら二人は村を出て行った。いろんな仕事をした。それでもひもじい日が多かった。十五歳《じゅうご》の時、わしは五人の仲間と一緒に本州へ行こうと決めた。海峡を渡るオンボロ船に乗った時、船が座礁《ざしょう》した。夕暮れじゃった。船が少しずつ傾き出して、船長が、もうこの船はいかんから、皆飛び込んで岸まで行け、と怒鳴った。大人たちは船にあった箱やら荷を放り投げて、それをめがけて海へ飛び込んだ。皆必死で岸にむかって泳いだ。女や子供もいた。背中で聞えていた声が泳いで行くうちに少しずつ消えて行った。弟に声をかけ、仲間に声をかけて、わしは泳いだ。泳ぎ切らねば死ぬことはわかっていた。誰も助けてくれる大人はおらんかった。手を貸してやれば死んでしまうのが海だからな。暮れて行く岸に街の灯が見えていた。そこを目指して、とにかく泳いだ。やっとの思

いで岸に上ったとき、見回すとわしと弟しかおらなんだ」

そこまで話して、斉次郎は大きなため息をついた。

「喧嘩《けんか》をする時もせんない時も一緒だった五人は、とうとう岸に揚って来なんだ。夜の海にむかって、わしと弟は岩の上からそいつらの名前を呼んだ。そいつらの声がしたのはわしもこの耳ではっきりと憶《おぼ》えている。しかし仲間を助ける力はわしにはなかった。せんなかった。あんなにせんなかったことはなかった。じゃがな、そん時にわしがふり返って手を貸せば、わしは死んでおったろう。英雄……」

斉次郎が英雄を見た。英雄も斉次郎を見上げた。その時、燈台の灯りが回って来て、斉次郎の顔半分を白く照らし出した。斉次郎の目が光っていた。こんな強い目で斉次郎が英雄を見たことはなかった。

「何じゃ、お父やん」

「いいか、人は死んでしもうたらそれでおしまいじゃ。何が何でも生き抜くことじゃ。あの海峡を渡る時は、途中でわしも沈みそうになった。わしが泳ぐのをやめておったら、おまえも正雄も生まれては来なんだ。生きるいうことは、ほれ、この潮を渡り切ることとかも知れん。おそろしいとかつらいとかで泳ぐことをやめたら、人はそれで終りじゃ。おまえは泳いで泳ぎ抜くしかないんじゃ。それがせんないなら死ぬしかない……」

斉次郎が海を見た。英雄も闇の海を見つめた。潮騒だけが聞えた。

「わしも泳ぐ。おまえも泳げ。いいな、英雄」

斉次郎はそこまで言うと、大きな腹を海へ突き出すようにして息を吸い込んだ。そうして沖へむかって、ウォーッと大声を上げた。それは野獣がうなり声を上げたような雄叫《おたけ》びだった。

「おまえもやってみろ。気持ちがええぞ」

斉次郎がふりむいた。白い歯が見えた。英雄も笑い返して、岩の突端に歩み出た。

両手を口に当てて、英雄はあらん限りの声を出した。

「もっと腹に力を入れて出してみろ」

英雄は息を大きく吸って、大声を上げた。二度、三度と真っ黒な海にむかって英雄は叫び続けた。声は少しずつ力強くなって、海峡へ引いて行こうとする波に乗って沖へ流れて行く。

秋へむかう海流が、英雄の声をかき消すように、波音を立てて流れていた。

一瞬、波音が途絶えた。英雄の声が長い余韻を残して周囲に響いた。

英雄はかすかに微笑《ほほえ》んで、斉次郎をふりむいた。斉次郎の姿が岩の上から消えていた。英雄は驚いて、あたりを見回した。背後から燈台の灯りが回って来て、桟橋の方へ砂利浜を歩く父の白いうしろ姿が見えた。岩の上から見ているのに、斉次郎は大きな木が動いているように映った。灯りが去った闇の中に、父のそびえる白い背中が残った。

英雄はちらりと沖をふり返ると、岩を蹴《け》り上げて砂利浜に着地した。跳ねた砂が顔に散った。彼は頰の砂をぬぐいもせずに、お父やん、とつぶやくと、桟橋にむかって走り出した。

犬と少年時代

堂本剛

この『海峡』のいろんなシーンに出てきた犬のビク。読んでいて、なつかしい友達に再会したような気持ちでした。実は今、伊集院静さんと月刊アサヒグラフ『person』で「きみとあるけば」というエッセイを一緒に連載させてもらってます。伊集院さんが文章を書いて、僕がイラストを担当するというスタイル。このエッセイの第一回に登場したのが同じ名前の犬、ビクなのです。

この時はビクとの出逢《であ》いと悲しい別れが描かれていました。仔犬《こいぬ》の頃に左足を怪我《けが》したビクは、大きくなってその足が自由に動かなくても、他の犬との争いに負けなかった、と書かれてました。『海峡』に出てくるビクも十兵衛《じゅうべえ》という大きな土佐犬にいつも立ち向かって行きます。

最近、僕もよく考えるのですが、犬も人間も似たところが多いのですね。僕と暮らしてるミニチュア・ダックスフントのケンシロウも嬉《うれ》しいときはゴキゲンな顔をして、寂しいときはしょぼくれた顔をします。そして何かに立ち向かっていく時は、勇ましい顔で突進するのです。

僕は子供の頃からみんなと騒いだりするのが苦手で、広く浅く大勢の人と付き合うことが出来ませんでした。気の合う友達と一緒に過ごすのは大好きだったけれども。だけど今は関西を離れて、東京へ来て大勢の人と仕事をしなきゃならない。コンサートツアーでは何万人もの人の前で喋《しゃべ》らなきゃならない。だから身体《からだ》も心も自分自身を鍛えて、強くならないとやっていけないとつくづく感じているんです。この『海峡』に出てくる犬のビクのように、色々なハードルに勇ましく突進していくしかないんだな、と。

主人公の英雄にも次々と「人生のハードル」が現われますが、伊集院さんの少年時代もこんな感じだったのでしょうか。でも「高木の家」は大勢の人が出入りしてなかなか楽しそうでもありました。乱暴者もいれば頼りになる人もいる。中でも〝お父やん〃の斉次郎の存在感は圧倒的でした。僕らのことばで言えば「めちゃ濃いウチやなぁ」といった感じです。

友達との喧嘩《けんか》や切ない別れもまわりの人がさりげなく支えてくれる。それで英雄は立ち向かって生きていくことを覚えていく……。僕もこんな少年時代を過ごしたかった！　と素直に思いました。社会に出ると、人間として見ればおかしいのに、社会的には正しいとされることが目の前にゴロゴロ転がっています。それに立ち向かう勇気を与えてもらった小説でした。伊集院さん、ありがとうございました！

（平成十四年五月、アーティスト）

解　説

北上次郎

井上靖《やすし》に『夏草冬濤《ふゆなみ》』という作品がある。昭和三十九年から産経新聞に連載され、昭和四十一年に新潮社から刊行された長編小説だ。現在は新潮文庫に収録されている。今さら紹介するまでもなく、少年小説の名作である。三島から沼津の学校まで徒歩で通う洪作の中学時代の日々を、絶妙な人物造形と群を抜く描写力でゆったりと描く傑作で、洪作の小学生時代を描く『しろばんば』の続編でもあり、このあとに旧制高校に入るまでの浪人生活を描く『北の海』が続いて、自伝的小説三部作を形成している。私の愛する作品だ。

実は、少年小説全集が出ないものかとずっと夢見ている。児童文学を除く少年小説の名作をずらりと並べて全五十巻。児童文学を外すのに深い意味はない。児童文学まで対象にしていたら、とても全五十巻にはおさまりきれないというだけのことで、井上靖『夏草冬濤』がそうであるように、一般小説の中にも少年を主人公にした小説は意外に多いのである。だったら、それをまとめることは出来ないものか、というのが私の長年の夢想なのである。もし、そういう叢書《そうしょ》が企画されたら、井上靖の『夏草冬濤』は確実にリストアップされるだろう。他の作品としては、阿久悠《ゆう》『瀬戸内少年野球団』、芦原《あしはら》すなお『松ヶ枝町サーガ』、近年の作品では川上健一『翼はいつまでも』も、有力候補だ。全巻構成を考えるだけで愉《たの》しくなってくる。

そして、その少年小説全集が実現したら、伊集院静『機関車先生』が真先に収録されることは容易に想像できる。たった七人の生徒しかいない瀬戸内海の小島に、病気で口がきけなくなった大きな先生が赴任してくるという『機関車先生』は、いきいきとした子供たちを活写した少年小説の傑作といっていい。柴田錬三郎賞を受賞した長編だから、今さらここに紹介するまでもないのだが、こういう少年小説を書かせたら、伊集院静は舌を巻くほど、うまい。そうなのである。伊集院静は他にも少年小説の傑作が目白押しなので、『機関車先生』以外の作品も収録したいと少年小説全集の編集委員はおそらく頭を痛めるに違いない。

たとえば、私の好きな短編に「トンネル」という作品がある。汽車に乗っている小学生の久一が過ぎ去った日々を思い出す掌編だが、この回想が切なくて、胸が痛くなってくる。久一は、太郎岩で死んだ二歳下の弟のことを思い出すのである。怖いもの知らずの弟は仲間にひやかされて太郎岩から飛び降り、そのまま海から帰ってこなかった。久一は海が怖いと言えず、その日弟たちと同行しなかったのだが、太郎岩から飛び下りてはいけんという爺《じい》さんの忠告を伝えるためにバスを追いかける。ところがバスに間に合わなかった。なぜあのとき、もっと一生懸命に走らなかったのだろうと、久一は後悔している。そこに、回想がどんどん重なっていく。笑っていた弟のこと。その死と同時に父も母も家に帰ってこなくなり、家族がばらばらになってしまったこと。追い払うように駅で彼を見送った母のこと。さまざまなことが富海の浜を通りかかった途端に、一気に噴出する。伊集院静がうまいのは、そこに作業服を着た大きな男と、その母親である老婆《ろうば》を登場させることだ。「わしの伜《せがれ》は勉強が嫌いで、この歳《とし》になってもこの通り世話ばかりかけますわ」「しっかり勉強して下さいまし」と老婆が語りかけてくるのである。さらにラストも絶妙で、車窓から見える家の灯に身を乗り出す久一を引き寄せて大きな男がリンゴを差し出すシーンで、すとんとこの掌編は閉じている。まったく、うまい。

小説誌デビュー作の「皐月《さつき》」もここに上げておくべきだろう。これは主人公の惇が父正作と山に笹《ささ》を取りにいく短編で、「惇は正作が笑う時の皺《しわ》くちゃになる鼻が好きだった。どこにいても正作の笑い声はすぐに分かった。大きな笑い声が聞えると両の拳《こぶし》を腹の前で合せて顔を真赤にして首を振りながら白い歯を見せて笑う正作の顔が浮かぶのだ。そうすると惇は笑い声の方角へまっしぐらに走るのだった」という父と息子の蜜月《みつげつ》が緊密に描かれた短編である。このように、少年を主人公にした作品は、伊集院静に少なくない。もちろん、少年小説以外の作品も数多く書いている作家ではあるけれど、伊集院静の少年小説はどれも哀切で、胸に残る作品なのである。

『海峡』三部作は、そういう伊集院静が満を持して書いた自伝的長編である。その第一部である本書は、主人公高木英雄の少年編であるから、結果としてこの作家が得意とする少年小説になっている。だから、ぐいぐい読ませる。物語はゆったりとしていながら、緊密な文体で描かれているので、ある種の緊迫感が最後まで貫いている。

舞台は瀬戸内の港町だ。英雄の父斉次郎は、港を中心とする土木工事、港湾荷役の口入れ業、駅前や繁華街にあるキャバレー、飲食店、連れ込み旅館などを経営している男で、それらの店で働く人々が、一緒に住んでいる。その数、五十人。朝鮮、韓国、台湾、中国、フィリピンなど、国籍もまちまちで、高木家が住む母屋《おもや》から、庭を隔てて、それらの人たちが住む棟が並んでいる。東の棟の前には五十坪あまりの広場があり、その真ん中に六畳ばかりの炊事場と洗濯場を兼ねた井戸囲いがある。井戸を中心に、南に、食堂と宴会・集会場に使われる柔道場のような広間を持つ棟が一つ、東に五十人程の従業員とその家族が住む棟が長屋のように継ぎ足し、継ぎ足しして並んでいる。母屋に住む英雄の家族も、東の棟に住む従業員も全部ごっちゃにされて、近所の人たちは彼らのことを「高木の家」「高木の人」と呼んでいる。そして、次のように描かれている。

「賑《にぎ》やかな家であった。と言うより騒々しい家であった。何か祝い事があると広間で宴会がはじまり、歌い、踊り、大声を出し、果ては喧嘩《けんか》になって派出所の警官が来た」

もう少しだけ紹介しておくと、英雄の父斉次郎は暴君である。一度家を出たらいつ帰ってくるのかわからないし、仕事で家を空けているのかと思っていると外に女を作ったりする。食事のときは父が上座に座るが、父が不在のときは英雄がその席に座ることになっている。高木家はそういう家だ。母親は彼を「英さん」と呼び、英雄は母を「絹さん」と呼ぶ。この関係は少し変わっている。そういう家で育った英雄の少年の日々が活写されてゆくのである。

それはまず、別れの日々だ。彼のまわりにいる友人はすぐどこかに行ってしまうのである。パチンコ店に勤める釘師《くぎし》の伜真吾、サキ婆《ばあ》さんの孫ヨング、渡りの時計職人の伜イサム。仲良くなったと思ったら、彼らには彼らの事情があり、英雄の前から姿を消していく。英雄はその寂しさに耐えなければならない。

もう一つは、成長の日々だ。英雄のまわりにいる大人たちがみな、英雄に何かを教えてくれるのである。たとえば映画館の二階から落ちて死んだリンさんは、海で泳ぎを教えてくれたし、グローブを買ってきてキャッチボールの相手をつとめてくれる。サキ婆さんは山に連れて行って自然の雄大さを教えてくれるし、笠戸は釣りに連れて行ってくれる。英雄の父斉次郎は滅多に家にいないので触れ合うことが少ないが、その代わりに、さまざまな大人が父の役目をしてくれるのである。たとえばリンさんは、「喧嘩はいかんですが、男の子はどうしても戦わなきゃならん時があります。強い相手と喧嘩をして負けると、いろんな人ができます。ひとつは逃げる人です。一回逃げるとずっと逃げなきゃなりません。次はその相手の家来になる人です。だけど一回家来になると、何でも言うことをきかなくてはいけません。相手が言ったことが間違っていても、ずっと言うことをきかなくてはいけません。英さんはどっちの人がいいですか。……どっちもいやですよね」「逃げるのも、家来になるのもいやなら、むかって行くしかありませんぞ。むかって行ってみなさいよ、思い切って」と英雄に語りかけるし、江州は「喧嘩は力のあるものが勝つものでもないんですよ。大事なことはむかって行けるかどうかです」と言う。英雄が「あのお母さんと子供は、どうしてこの街に渡って来たの」と尋ねると、笠戸は「生きて行くためですよ」「朝鮮や韓国にいるより日本の方が住み易《やす》いと信じているからでしょうね。貧しいんですよ、きっと。だから命懸けで海峡を渡って皆来るんです」と言う。わからないことがあると、みんなが教えてくれるのである。迷っていると、彼らが進むべき道を示唆《しさ》してくれるのである。みんなが英雄の父なのだ。この関係は、みんなが寄り添って生活している「高木の家」特有のものなのかもしれないが、そういう関係を失ってしまった現代から見れば、大人と子供の至福の繋《つな》がりといっていい。

もちろん、斉次郎も何もしないわけではない。「どうして皆、自分のそばから去っていくのだろう」と言う英雄に、斉次郎は本書のラストで次のように言う。

「いいか、人は死んでしもうたらそれでおしまいじゃ。何が何でも生き抜くことじゃ。

あの海峡を渡る時は、途中でわしも沈みそうになった。わしが泳ぐのをやめておったら、おまえも正雄も生まれては来なんだ。生きるいうことは、ほれ、この潮を渡り切ることかも知れん。おそろしいとかつらいとかで泳ぐことをやめたら、人はそれで終りじゃ。おまえは泳いで泳ぎ抜くしかないんじゃ。それがせんないなら死ぬしかない……」

そして、最後にこう付け加える。「わしも泳ぐ。おまえも泳げ。いいな、英雄」

はたして英雄は、父の期待するような人間になっていくのかどうか。それは第二部を待たねばならない。『海峡』三部作、いよいよ開幕である。

（平成十四年五月、文芸評論家）

この作品は平成三年十月新潮社より刊行された。

海《かい》　峡《きよう》［海峡　幼年篇］

新潮文庫　い－59－1

平成十四年七月一日発行
令和七年一月十日七刷

著者　伊《い》集《じゆう》院《いん》静《しずか》

発行者　佐藤隆信

発行所　株式会社　新潮社

郵便番号　一六二―八七一一
東京都新宿区矢来町七一
電話　編集部(〇三)三二六六―五四四〇
　　　読者係(〇三)三二六六―五一一一
https://www.shinchosha.co.jp

価格はカバーに表示してあります。

乱丁・落丁本は、ご面倒ですが小社読者係宛ご送付ください。送料小社負担にてお取替えいたします。

印刷・大日本印刷株式会社　製本・加藤製本株式会社

ISBN978-4-10-119631-2 C0193